绿镜头

汪永晨——著

欧洲（上）

文汇出版社

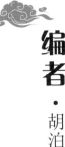

编者·胡泊

《绿镜头》系列图文内容，作者此前都在博客上发布过。此次出版前，编者对其做技术处理之余产生几点感想，借此机会和读者分享。

第一，"绿镜头"以"绿"开头，顾名思义，首先是着眼于环境保护的绿色观念。环境保护正在逐步成为人类共识，中国是世界第二大经济体，还是世界人口大国，中国环保事业是全球环保事业的重要组成部分。包括"绿家园"在内的中国民间环保组织，几十年来坚持不懈、脚踏实地、一点一滴地做力所能及的工作。本书展现的就是这样一批人走出国门后的所思所想，而非"到此一游"、定点打卡的导游手册，不可能面面俱到。这是事先要向读者说明的。

第二，《绿镜头》系列是作者马不停蹄，遍访各国的行记，更是基于环保主义者立场的考察笔记，而且是口语体的、日记体的和生活化的。这应和作者的播音记者身份有关。近年来，中国人眼界大开，对世界的认识也呈现多样化，有些海外游记是很深入、细致的。相对而言，本书没有那样强的指导功能，比如教你怎样游学和旅行。其价值可能在于作者对如何把各大文明和中国国情相结合的思考，而这正是目前最缺乏的。

第三，从某种意义上说，《绿镜头》系列是以图带文的，相当于画册。作者行迹遍及五大洲，拍摄的照片涉及生态、地理、历史和人文的方方面面。限于篇幅，本书只选取其中一部分，不可能像网络媒体那样海量采用。建议读者关注作者的公众号或视频号，那里呈现的是和本书不一样的视角，而且更适合展示影像。

通过环境保护，实现人与自然的和谐，既是一种美好的理想和情怀，更是刻不容缓的现实和每日应有的践行。"他山之石，可以攻玉"，传播中国环保人在海外的感受，让更多人行动起来，把中国的环保做得更好，是出版《绿镜头》这套书的意义所在。衷心希望这一目的能够早日达到。

作者的话

当您打开这本书的时候，我希望您感受到的不仅是欧洲的风土人情、自然地貌，而且是从这些人情、自然中演绎出来的情愫。这应该也是我写作的动力——表面看起来的照片、文字，内涵却会有很多的意想不到。

那天，陪我走进挪威著名雕塑公园的朋友问我：走近艺术家创造出来的生命之泉，会不会觉得生命不仅仅是肌体、呼吸、繁衍，还是蓝天、江河、山脉，更是意志、信念和奉献呢？我告诉她：同感。那一刻，眼前的雕塑一个个都是那样熟悉、那样亲切，又是那样陌生、那样无情。有人说：对多数人来说，一旦停止呼吸、大脑死亡，就意味着生命结束，然而，对有些人来说，生命是延续的，随着时光流转，越发生动精彩。维格兰雕塑大师的生命一定属于后者。

"绿色记录"（Green Accord）是意大利一家环境非政府组织，自2003年起每年举办一届国际环境记者论坛。从2005年起我加入该论坛，一去就是连续六年。论坛促成来自世界各地关注环境的记者每年聚会一次，如同一个热爱自然的国际大家庭。

在意大利举办的国际环境记者论坛上经常听到一句话：向过去学习是为了未来，传统与文化将会越来越体现其价值。美国一位教授说：什么是可持续发展，现在美国年轻人开始到乡下度假，开始文化旅游。传统生活中体现着可持续发展的精髓，这既是传统的价值，也是可持续发展有可能的借鉴。

2009年12月，全球气候大会在哥本哈根举办，一些国际环保组织在哥本哈根机场展示宣传画，其中最引人注目的是把各国政要画成2020年时的老人，一个个低着头表示歉意说：如果我们早十年关注环境，这个世界也不会是现在这个样子。作品看起来有些夸张，却不能不算是那次全球气候大会目的之所在。全球的气候在变化，我们人类能做些什么？各国政要和关注环境的人都来了，这会对变化着的全球气候产生什么影响？宣传画显然是在警醒前来参会的人。

绿家园生态游，是从1996年在北京蟒山森林公园领养树木和1997年到内蒙古库布奇沙漠的恩格贝种树开始的。2008年春节，绿家园生态游第一次出国，游到了尼泊尔，开创独具特色的国际生态游。独特之处在于生态与文化的结合，还有在大巴上随行专家讲课，我们称之为大巴课堂。

土耳其生态游的同行者用了这样一个词——颠覆，这是对土耳其有了颠覆性的重新认识。形状各异的现代化建筑，华丽肃穆的清真寺宣礼塔（传音塔），博斯普鲁斯海峡上的跨海大桥，《荷马史诗》中的特洛伊城遗址……迷人的自然风光，丰富的文物古迹，宜人的气候条件，游人向往的乐园，如果不是亲眼目睹，真是难以想象土耳其会享有"旅游天堂"的美誉。

此行中，在公安大学教外国文学的于洪笙教授出发之前提出的唯一希望就是去特洛伊古城。在外国文学中，特洛伊占有太重要的地位。

"当心希腊人造的礼物"这一俗语在世界上许多国家流传。它提醒人们警惕，防止被敌人的伪装欺骗，特别是不能让敌人钻进自己的心脏地带。这正是来自木马计的警示。"特洛伊木马"现在已成了"心理战"的同义语，比喻打进敌人心脏的战术。

波兰是绿色的世界，所有的山峦、田野被绿色尽情染了个透。对我来说，真正被那里的环境所感动的，是无论在城市马路的石缝里、田野中，还是在农户民居里，都有花的陪伴。

有人说，生态环境的保护，在世界范围内受到重视似乎是近几十年的事。然而，波兰人重视环保的历史却要久远得多。早在 1820 年，波兰就出版了环保杂志《希尔万》，这是世界上最早的环保刊物之一。

捷克有一座小城，自 19 世纪起兴建了大批装饰华丽的新艺术风格的建筑。徜徉城中，你会觉得置身于古老的奥匈帝国时代。秀美的峰峦与纯欧式建筑、清澈的流水相互辉映，构成现代版世外桃源，令人大有"山中方七日，世上已千年"之感。

行走在小城里时我们得知，得天独厚的人文环境，令人心旷神怡的温泉佳酿，使小城得到大批名人的青睐。马克思、歌德、席勒、贝多芬、勃拉姆斯、普希金等，都在此留下足迹。

我先生酷爱喝啤酒，到了捷克，他才知道这里人均啤酒消费量连续 7 年位居世界第一。让我们都没想到的是，正宗"百威"啤酒原产地不是美国，而是在我们所到访的捷克南部的百威小镇。这里自中世纪起便酿造啤酒，以制作方法独特、啤酒花味道芳香而出名。后来美国密苏里州一家酒厂前来观摩，开始以同样的技术在美国酿造啤酒并在北美洲销售。再后来，美国酒厂做大了，不再向捷克百威酒厂购买啤酒花，双方便打起一场旷日持久的侵权官司，结果是捷克百威占据欧洲市场份额，其余由美国酒厂经销。中国消费者喝的都是美国"百威"，很少有人知道真正的原产地是在捷克这个小镇。

去过布拉格的人，将其称为世间最美的城市之一。伏尔塔瓦河像一条绿色的玉带，将这座城市分为两部分。横跨在河上的十几座或古老或现代的大桥，让人们看到不仅仅是桥梁本身的雄伟，更有艺术创作的精湛。桥上一座座雕塑记录着捷克几百年来自然与人文的历史，其中最著名的是有 400 年历史的查理大桥。

走在伏尔塔瓦河边，不能不畅想《伏尔塔瓦河》交响诗，它创作于 1874—1879 年，在音乐史上有着很高的地位，历来被认为是捷克民族交响音乐的起点。

此次走在多瑙河沿岸，不管是在奥地利、斯洛伐克还是匈牙利，也不管是在城市、农村还是路边、田野，河水都是清清的。不过很难想象多瑙河的颜色也是变化着的。那不是人为的干扰，而是大自然的作为。网上有人作过统计，多瑙河的水在一年中要变换 8 种颜色：6 天是棕色的，55 天是浊黄色的，38 天是浊绿色的，49 天是鲜绿色的，47 天是草绿色的，24 天是铁青色的，109 天是宝石绿色的，37 天是深绿色的。可惜我们没能目睹大自然的这种神奇与多样。

我们访问法国环保部时看到，会议室相当简朴。更有意思的是，前来介绍情况的女官员胳膊竟然夹着滑板。同事笑着向我们介绍，巴黎的公共交通虽然不错，可下了车为了少走路，用这种方式"偷懒"就不仅仅是年轻人的选择。我们这些中国草根组织人士，很难想象这个岁数的人去参加官方会议还能以滑板为交通工具，这是浪漫、方便，还是简朴？

聪明的巴黎人利用有着 100 多年历史的下水道建成了下水道博物馆。人们在这里游览，可以全面了解巴黎的地下排水系统。巴黎下水道规模远超巴黎地铁，是世界上最负盛名和最早可供参观的地下排水系统。从 1867 年世博会开始，陆续有外国元首前来参观，现在每年有十多万人来参观学习。

在法国尼斯开会时，关于信仰的作用，让我有了很新的认知。英国作家里德表示，我们往往忽视"无为"的力量，他引用老子的"为无为，则无不治"，人类往往过度信任一个以理性为基础的自我，而自我在很多时候不能做出正确决定。这时就要求助于那神秘的生命本原，信任生命，自由生活，信念自然会带领我们。他认为，一个有信念、经历过人生中超越物质生活的其他维度的人，无论做什么都不会以物质追求为人生目标。通过内省，看到人生超越物质的价值，是治愈危机的基础。

如今，持有这种理念的人自然是少数。有可能成为多数吗？如果真的成为多数人的理念，社会又将会有怎样的变化？对此，本书中有不少观点与见解。

都柏林有一项特色久负盛名，就是这里房门的颜色。19世纪初，两位著名作家乔治·摩尔和哥瑞德是邻居。为防止烂醉后走错家门，两家把自家房门涂成醒目的绿色和红色。今天人们路过每一扇漂亮的门的时候，总是忍不住想象里面的故事。

健力士啤酒在中国颇受欢迎。啤酒厂有个瀑布，水池里有很多硬币。这些硬币被收集起来作为清洁水源的基金。一家制造啤酒的工厂以这样的方式保护自然，爱护江河，令人叫绝。

健力士啤酒还有更耐人寻味的故事。1954年，这家啤酒公司的执行董事休·比佛爵士发现人们在酒吧里常常会谈论无解的问题，如果有一本书能为这类争论提供答案的话，既能帮人们找到吹牛的依据，又助酒兴，卖出更多的酒，酒吧受益无穷。于是，他决定出版一本记录这种"世界之最"的书，这就是享誉世界的吉尼斯世界纪录的由来。

一提到风笛，大家就会自然而然地想起苏格兰。只因在世人心中，苏格兰风笛并不单指乐器本身，还连接着一长串代表苏格兰高地传统文化的历史。詹姆斯二世在位时，风笛就作为高地各部族之间传统文化的一部分，抵御异族文化侵略。直到今天，高地风笛曲在苏格兰社会中仍扮演相当重要的角色。苏格兰风笛的发音粗犷有力，音色嘹亮，采用各种装饰音，适用于表现英雄气概。

林语堂有句经典语录：世界大同的理想生活就是住在英国的乡村，屋里安装有美国的水电煤气管子，有个中国厨子，娶个日本太太，再找个法国情人。英国的乡村生活让人充满浪漫的幻想。的确，在大部分英国人的心里，最理想的生活就是赚足了钱去乡下买一座或建一座庄园，过着世外桃源般的生活。

写这篇"作者的话"时，我是住在妈妈的老家——河北蔚县涌泉庄的村里，既感受着田野的芬芳，也饱受着扶贫的艰辛，且深深地渴望着什么时候世界大同的理想生活，是住在中国的乡村。

目录
CONTENTS

挪威的生命之柱不孤单——访维格兰雕塑公园

挪威首都奥斯陆，这座城市正如北欧人直爽的性格，透彻而奔放。挪威是欧洲纬度最高的国家，其最南点（近北纬 58 度）比中国最北点（近北纬 54 度）还要北。北极圈横穿挪威北部，该国全境三分之一的土地位于北极圈内，有"午夜太阳之地"的别称；挪威也是斯堪的纳维亚半岛上唯一毗邻北冰洋的国家，每年夏季有两个月的时间是极昼，是名副其实的"日不落王国"。挪威（Norway）一名意为"通往北方之路"，传说古代北欧人来往斯堪的纳维亚半岛时有一条沿半岛北部海岸的"北路"，挪威因此得名。

挪威海岸线曲折，近海岛屿达 15 万余个。在其西海岸可欣赏到由百万年前冰川地形变动而形成的峡湾景色。远古时代，巨大的冰川使不堪重负的山体一点点下沉，最终与海洋连通，形成今天的峡湾。世界上风景秀丽的地方很多，但挪威的景色只用秀丽来形容是不够的，它的特色是奇。奇，和它的国土由峡湾形成不无关系。或许正是这个奇字，让艺术家伸展想象之翼时，有了与众不同的作品。

雕塑公园大门　　　　　　"生命之柱"

在挪威，我被雕塑"生命之柱"所震撼。该作品就在挪威首都奥斯陆的雕塑公园，是艺术家古斯塔夫·维格兰（1869—1943）历时 14 年完成的。在这座占地 50 公顷的公园里，有维格兰受国家之托并由政府出资花 40 年完成的 192 座雕像和 650 个浮雕。其中有石雕，也有铜雕，是艺术家毕生心血的结晶。"生命之柱"是由 121 个神态各异、男女裸曲的躯体攀绕而形成的雄伟挺拔的柱状体。耸立的圆形石

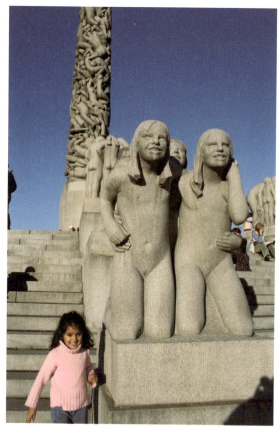

"生命之柱"周围群雕之一

"生命之轮"

柱高17.3米，直径3.5米，重270吨，形状类似我国古代的华表。情态不同、首尾相接、向上盘旋、竞求光明、奋力抗争的裸体浮雕塑像，展现着人间的生老病死，刻画着人类与困难搏斗的情景。雕塑公园内所有的作品都与生命有关，分成"生命之桥""生命之泉""生命之柱""生命之轮"四大区域。每一个区域，表现的是包括亲情、友情及爱情在内的人性反应。不论哪一个区域，都以裸体呈现。维格兰认为，唯有以最自然的方式呈现作品，才能让世人看到生命的真义。每一个在这里诞生的"生命"无不闪耀着思想的火花，讲述着人性的故事。

2005年10月，我来到"生命之柱"面前。它气魄之宏大、形态之逼真、含义之深刻，给我的震撼，如果不是亲眼看见，是无论如何难以想象的。有人说：对"生命之柱"，每一个人感受到的是艺术家描绘的爱贯穿于其叙述的人们生命的从始至终。而更深深被触动的，是那一个个雕塑体现的生命力的旺盛、生命力的延续。在这片雕塑中，你可以明显感到生命之柱并不孤单，而是被周围数座表现母子、情

"生命之桥"之一

"生命之桥"之二

"生命之桥"之三

"生命之桥"之四

"生命之桥"之五

人、夫妻、父子、兄妹等友爱、情爱、性爱、亲情的单座石雕环绕着。

2005年深秋，行走在挪威奥斯陆维格兰公园"生命之桥"上的我如同进入了另一个世界。"生命之桥"区域矗立着58座人体青铜雕塑，栩栩如生，令人称奇。

2005年挪威之行是我第二次踏入北极圈。第一次是坐船从美国的诺姆进入北冰洋，一览北极熊、北极海象在大海中穿行、嬉戏。在挪威看到的是住在峡湾里的人与自然和谐相处，因为下雨，没能和北极光相遇。当地朋友说：住在这的人没有没看过极光的。这样说来，如果没有神奇的极光，会有维格兰雕塑公园里那些让我们和另一个世界相通的"人体"吗？

"生命之桥"之六

金黄色的秋叶像是每座塑像的画布

"生命之桥"之七

出，形成水帘，泼洒而下，如河水唱响着欢乐的歌儿，孜孜不倦。四周池壁都是雕塑，刻画着人从生到死的每个阶段，伴着泉声奏起人生悲壮的交响乐章。

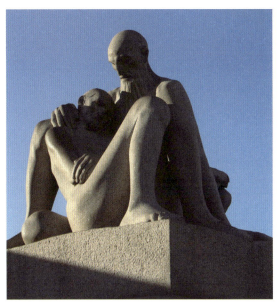

"生命之柱"周围群雕之二

"生命之泉"之一

"生命之柱"周围群雕之三

"生命之泉"之二

　　走过"生命之桥"后是"生命之泉"，眼前是巨大的喷泉雕塑群。黑绿的青铜色，加深雕塑群的凝重、壮观。中间喷出的泉水滚滚涌

"生命之泉"之三

陪我走进这群雕塑的挪威朋友问：走近艺术家创造出来的生命之泉，会不会觉得生命不仅仅是肌体、呼吸、繁衍，还是蓝天、江河、山脉，更是意志、信念和奉献呢？我告诉她：同感。眼前的雕塑，它们一个个都那样熟悉、那样亲切，又是那样陌生、那样无情。有人说：对多数人来说，一旦停止呼吸、大脑死亡，就意味着生命结束；然而，对有些人来说，生命是延续的，随着时光流转，越发生动精彩。维格兰大师的生命一定属于后者。

在喷水池正中，六个体魄健壮的男人托起硕大的铜盘，清澈的白色水瀑顺盘沿洒下，给雕像罩上一层淡淡的"白纱"，让象征男人负担沉重的外表增添几许浪漫。水池的四周，有二十多棵修剪得整齐的"树木"，"树"下是造型各异的男女塑像，或蹲踞盘屈，或相拥依偎。顽皮的童年，热恋的青年，沉思的中年，孤独的老年，四个"人生乐章"在此构成生命的交响。驻足凝视，喷水时一轮彩虹悬在空中，把"生命之泉"装扮得更加绚烂多姿、五色斑斓。

"生命之轮"

"生命之泉"一旁，雕塑家还意味深长地设计了迷宫。走出这个迷宫，需拐500个弯、步行3公里、花45分钟时间。随后迈步登上35个台阶，来到"生命之轮"。挪威朋友这样解释："生命之轮"象征人生圆满循环的过程，

远望"生命之柱"

展现人类世代繁衍生存的轨迹，蕴含着人生的希望、再生的理念，生死的真谛都是爱！不过我觉得，每个人会因自己人生经历的不同，对生死有着不同的理解，一个"爱"字，包容得下吗？

挪威首都奥斯陆的确是一个美丽而富有活力的城市。浓郁的人文气息，比比皆是的艺术作品，让人仿佛置身于一个百花盛开的艺术园地；厚重的历史沉淀，则给人以无限的遐想空间。在那里，你会冲动、亢奋、感动、赞叹，回味无穷！这座公园的人体雕塑，堪为世界之最，当之无愧。

公园最高处就是"生命之柱"。在一个巨

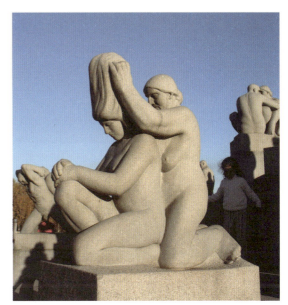

"生命之柱"周围群雕之四

大的方台正中，121 个体态各异的裸体雕像层层叠摆，自上而下，从生到死，讲述着多姿多彩、艰难曲折的丰富人生。周围还有 18 对情态不同的男女雕像，表现的是人生千情百态、喜怒哀乐。

雕塑公园里的爱情

"生命之柱"周围群雕之五

最后是"生命之轮"。由 4 个成年人和 3 个孩子手脚相连形成，象征人生的完美和永恒。

在公园导游解说词中有一个"因祸得福"的故事，那是关于"愤怒的小男孩"雕像的。那生气的样子太逼真了！为什么能这样？据说旁边恩爱拥抱的男女是他的父母，男孩因嫉妒

"愤怒的小男孩"

而愤怒。我不太喜欢这一解释，但这个小男孩的确是公园里最著名的雕塑之一。

这尊雕塑因其知名而被盗走，盗贼以此向政府勒索，遭到拒绝。后来发现其被遗弃在一个废弃的仓库里，最终失而复得。从此"愤怒的小男孩"就更加出名了。站在雕塑面前，看着眼前这个单腿独立、架着胳膊、紧握双拳、瞪着双眼、紧锁眉头的他，还真让人忍俊不禁。越发产生联想，就越发感到可笑可爱，也不得不为大师的独具匠心和精湛技艺叫绝！

公园里到处都有人形雕塑，或立或坐，造型不尽相同。曾有人这样形容它们：有的是享受亲情的温暖写照，有的是小孩蹒跚学步的过程；有年轻人的青春活力，恋人的温柔相爱，父母的疼爱与管教，老年人的寡欢。有人这样评论维格兰的作品：以公园中央的生命之柱为中心，越往外雕刻出的小孩越显成熟，从中间的出生到最外面的死亡，犹如人生历史。生老病死的循环正是该作品的艺术价值所在。

维格兰的作品，给人以美的享受和追求，给人以对生活和生命的认识及探寻。充满生活情趣是维格兰作品的重要特点。他把欧洲古老传统与现代艺术思潮及挪威民族风格融为一体，向人们阐释生活的丰富和生命的哲理。

公园一侧，一处平房式建筑有游人进进出出，这里原来是维格兰的"工地"——工作和生活的场所。自 1924 年奥斯陆市政府专门为他提供，到 1943 年他逝世的近 20 年里，大师一直在这里工作、生活。大师在这里送走日日夜夜，送走酷暑严寒，留下传世作品。

维格兰塑像

"生命之桥"之八

游客与"生命之柱"

峡湾暮色

与雕塑在一起

1924年，奥斯陆市政府为感谢这位杰出的雕塑大师对挪威人民乃至对世界的无私奉献和不朽功绩，将公园命名为"维格兰雕塑公园"。1947年又将这片"工地"改造为维格兰艺术博物馆向公众开放。馆里陈列雕塑1600座、4202个木刻和1.2万幅素描作品。这些作品向人们展示了维格兰的成长过程。

维格兰塑像矗立在公园进门的右方。一个身材并不高大的普通人，手握一锤一凿，紧锁双眉凝视前方。他双目炯炯，智慧发达的头脑，仍像在思索着。站在像前，我沉思良久。难道大师留给世间的，仅仅是眼前的雕塑、公园、博物馆和一件件不朽的作品吗？我想一定不仅仅是！

2008/2010，罗马"绿色记录"
——两次参加意大利国际记者年会纪行

　　"绿色记录"（Green Accord）是意大利一家环境非政府组织，自 2003 年起每年举办一届国际环境记者论坛。从 2005 年起，我和北京师范大学的田松加入该论坛。论坛促成来自世界各地关注环境的记者每年聚会一次，如同一个热爱自然的国际大家庭。

　　绿色记者论坛，前几年都在一个古堡里开会。2008 年 11 月这一次，安排在罗马以北两小时车程的维泰博古镇。在意大利，很多小镇看起来很不起眼，深究起来却有很深的

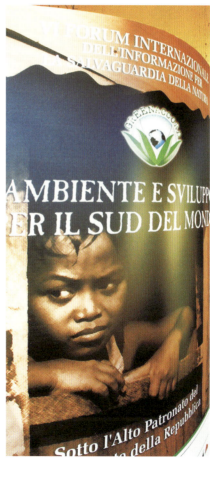

2008 "绿色记录" 年会海报

会场所在地的古建筑

文化孕育其中。用田松的话说，有点儿像在我们中国中原一带旅行，动辄遇到中古遗迹。我们这次开会的会场和住的旅馆，有一部分建筑是文艺复兴时期与米开朗基罗齐名的建筑师设计的。

来自世界各地关注环境的记者聚集在一起

各国记者眼中的环境问题

记者一见面，话题当然离不开经济危机对环境的影响。开会第一天，巴基斯坦、澳大利亚、印度记者纷纷强调，亚洲不能拯救这场经济危机，因为亚洲经济也是世界经济的一部分。他们说，必须反思当下的经济模式，要对收入重新分配，要对提高生活质量重新解释——社会进步不等于经济进步，重新寻找一种合作模式。我在想，这句话是不是也可以这样说：经济发展不等于社会发展？

布隆迪记者加布里尔提问非常尖锐，他提到欧洲对非洲的环境侵害。马里文化与旅游部前部长迪亚迪埃现在是世界社会论坛（World Social Forum）协调人，该论坛反对经济全球化。他发言的主题是"从殖民化到边缘化"。澳大利亚、巴基斯坦、印度的记者一起吃饭时讨论的问题是：能源、交通是现在各国都面临的挑战。澳大利亚记者说，他们现在确保的是校车用油，抓住这个时机发展公共交通。这番话得到大家的认可。

前几年的论坛中，记者说的大多是自己报道的领域和各国的环境问题。今年的内容是媒体与NGO的合作。电台主持人艾米莉说，在菲律宾，一个记者背后要是没有NGO支持，会觉得很孤独。牙买加、马拉维的记者说，他们也有自己的NGO，记者也组织很多环保活动。《南拉美日报》记者赞蒂是论坛活跃分子，也很得意于自己国家现在的环境虽然有很多问题，但是河流污染并不严重。她说，牙买加现在可以狩猎，不然野生动物太多了也会失衡，当然狩猎者要有狩猎证。会有那么多野生动物吗？我问赞蒂。她笑着说，我们工作得很辛苦。能看出来，在保护野生动物方面，牙买加媒体所做的工作是卓有成效的。马拉维记者也强调生态平衡。这位记者说，在他们国家，现在野生动物也有点多了，依法保护起到了很大的作用。我问，你们国家的河流是否还在自然流淌？河水的污染严重吗？他说：保护河流要靠法律。

乌拉圭记者这次参会，是和 NGO 组织负责人一起来的。看来媒体在关注环境问题时的优势、媒体与民间环保组织合作所发挥的作用越来越大，特别是在发展中国家。不过，立陶宛驻意大利记者则有不同说法。在该国，民间环保组织还是新鲜事，所以记者报道时都非常小心。因为太新了，怎么掌握分寸还要摸索。这位记者说，东欧一些国家成为欧洲大家庭成员后，遵守游戏规则成了在经济发展和体制改革中的重要内容。欧盟在很多领域都有统一规定。对于新入盟国家来说，如何遵守 "条条框框" 是报道中不能不重视的。乌拉圭记者见我身边有空位，一边坐下一边说，小国记者要挨着大国记者坐。我们在一起讨论时，他说，经济发展没那么快的乌拉圭，环境问题也没那么大。可见经济到底需不需要发展得那么快，也是仁者见仁，智者见智。

"靠技术支持第三世界环境保护和发展" 是马可·波罗环境组织主席安东尼奥·贝尔托洛托的发言主题。但田松对此很不以为然，他指出，会上放的介绍在梵蒂冈大量使用太阳能的电视片太奇怪，在那么历史悠久的文化建筑上安装如此多的现代设备，是对古文化的亵渎。按照田松的理论，在当前经济框架下，技术非但不能帮助解决第三世界的环境和发展问题，而且只会使问题更严重。

欧洲人喜欢晚饭慢慢吃，边吃边聊。也就是说，不仅是吃饱肚子，还要说够想说的话。各国记者还关心正在北京举办的奥运会，奥运几乎是每一个和我们打招呼的记者都要问到的。奥运后北京环境如何，差不多就是他们接下来要问的。北京奥运影响力之深远，可能是我们无论怎么想都想不到的。

媒体可以向公众学习很多东西，公众可以给大公司施加很多压力；可持续发展没有现成样板，不同层次的问题要在不同的层次解决；经济危机可以带来新的希望……这些是本次论坛的热门话题。"向过去学习，无论是在

会场外

德国还是在意大利。"如果聊起环保方面的话题，这是会场上经常听到的一句话。向过去学习是为了未来，传统与文化将会越来越体现其价值。这是美国犹他大学社会与环境系教授讲"什么是可持续发展"时着重提到的内容。他说，现在美国年轻人开始到乡下度假，开始文化旅游。传统生活中体现着可持续发展的精髓，这既是传统的价值，也是可持续发展有可能的借鉴。我问：你对绿色 GDP 怎么看？教授说，对绿色 GDP 没有什么研究。这种计算不仅要算今天，也要算明天的价值，肯定是好的。但关键是人们对未来的认识要有共识。从目前来看，要有这些共识，还需走很长的路。他认为，对绿色 GDP 的认知，要从孩子开始。

尤塔是意大利自由撰稿人。她说全球气候变化的影响是，以往意大利即使是在冬天，像

意大利自由撰稿人尤塔

会场外的大树

如今才 11 月气温就到零摄氏度的时候也很少。意大利冬天气温一般是 5—10℃。现在是冬天更冷、夏天更热了。极端天气在增加，风越来越大。她有时甚至要反问自己，这还是意大利吗？哥伦比亚著名媒体人安吉拉也每年都参加记者年会，对亚马孙河保护很在意。她说，亚马孙河流经哥伦比亚时是很漂亮的一段。整条亚马孙河至今没有一座水坝，甚至没有一座大桥。她小时的亚马孙河是什么样，现在还是什么样，没有什么变化！她和我说这些时，显然带着自豪感。

镜头中的环境与自然

"绿色记录"论坛每年要请一些著名学者做有关生态、环保方面最前沿的学术报告，今年请来两位影视记者讲怎样用镜头关注自然、

保护自然。

意大利节目制作人大卫在会上放了两个他主持的电视片。一个讲的是，一片森林遭砍伐，一群人穿上大猩猩"服装"走进森林，向砍伐者说：不！大卫也成了这样一只"大猩猩"，加入反对者的行列。在意大利，媒体从业人员就是以这样的方式参与民间环保活动。大卫说：装扮成大猩猩，这种带有表演性的抗议活动，使得公众的加入不那么激烈，还有一定的趣味性。这种方式团结了不少艺术家，一起为保护自然、保护家园努力。

第二个片子讲的是，在泰国，为招揽游客，把大象训练得能进行各种表演。比如一排人躺地上，大象从缝隙中走过去而不会伤人，间或还用大脚在人肚子上踩一踩。该片以动物权利保护者的视角提出：难道为了人类的娱乐，就能让动物那么"懂事"吗？这个片子争议性很大。这也正是现实中人们对动物是否享有权利之争的反映。

这次年会用整整一个下午放了一部纪录片，拍的是与工业污染制造者斗争14年的经历。意大利电影制作人记录下污染与反污染的生活情景：

在风光如画的农村，牧羊人过着平静的生活。自从这里成了工业垃圾堆放地，一只只羊在挣扎中死去，更多的羊等待死亡，一页页死亡名单上记录的是一个个生命的结束。面对孩子对污染物的无知，妈妈对污染的质疑，男人对地上一堆堆燃烧中的工业垃圾的愤怒和走到污染者面前的抗议，纪录片中的记者终于疯了。这位记者一边开着车，一边大声喊：食物在哪里？房子在哪里？羊在哪里？孩子在哪里？意大利人用这种方式表达对污染者的愤怒、对受害者的同情。"我是记者，这是我的责任。"这是作者在回答为什么要拍这样一部片子时，我听到的一句话。

野生动物摄影师米尔科·马尔凯蒂（Milko Marchetti）也在会上展示照片，有一张是犀牛在喷水，极有冲击力。大家问他怎么拍到的，他讲了这段故事："今年6月我到赞比亚。不知为什么，此行河里没有水，但野生动物还是很多。那天我们一行九人正拍得高兴，本来一直在水里的犀牛突然掉过头正对着我，并喷出了一大片水花。当时我完全愣在那了，但还是按下了手中佳能'马克3'的快门，以每秒10张的速度把这头犀牛的动作拍了下来。"你和犀牛相持了多长时间？有人又问。三个小时。你不害怕吗？他说："刚看到它冲着我的镜头时，还是吓了一大跳，但接下来就是要拍下这些难得的镜头了。一共拍了三四百张，非常好的也有 40 张。"

米尔科给我下载的照片中，有一张是猛禽在空中飞翔时眼睛直盯着他。他说这张照片是拍了 1500 张鸟在飞翔中的照片中得到的一张，一切都臻于完美。这就是拍摄野生动物的吸引力——我俩在看这张照片时，几乎同时说了这句话。

这些是米尔科给我的照片：

米尔科自拍像

米尔科还说：这就是我的生活。他的个人网站 www.milkomarchetti.com 还有更多他拍摄的野生动物照片。

国际社会对 GDP 的思考

2010 年 10 月 13 日，第八届国际环境记者论坛在意大利西北部小城库内奥举行。本次论坛主题是"人们构建未来——可持续生活方式的界限和价值观"，根据开幕式上"构建和传播一个崭新的发展模式"的主题发言。来自全球 40 多个国家的环境记者将在 4 天时间里，共同探讨一个环境友好型的经济 / 社会 / 政治模式。

年会组织者 Green Accord，前两年被译成"绿色记录"，其实更准确的意思应该是"绿色和谐"。今年和我一起参会的还有绿家园总干事倪一璟。她的英语好，所以今年的文章写得更多一些。

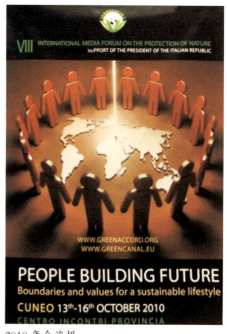

2010 年会海报

国际环境记者论坛一向立意很高，且往往独辟蹊径。第一天的发言议题有：都灵大学理论物理学教授路易吉·赛尔托里奥（Luigi Sertorio）从整个生物界能源消耗情景分析人类的贪得无厌——不断奢望通过技术手段无止境地获得额外能源。佛蒙特大学生态经济学教授罗伯特·科斯坦萨（Robert Costanza）从地球生态极限上做文章。可持续欧洲研究院主任弗里德里克·兴登堡（Friedrich Hinterberger）则从环境负债和社会负债的角度指出，应该对人类经济活动设定界限。卡梅里诺大学研究环境可否持续发展的教授安德烈亚（Andrea Nasullo）强调，人类要有所不为，才能有更加美好的明天。

第一天的会议系统总结了国际社会对 GDP 的反思。GDP 这一概念是二战后推出的，沿用至今。半个多世纪以来，GDP 被公认为衡量国家经济状况的最佳指标，反映一国经济运行状况，还被视作衡量国力强弱与财富多少的标准。有人甚至将 GDP 比作描述经济发展的"卫星云图"，不仅显示经济发展的概况，还能预测未来经济走向。会上有人指出：GDP 只是一个数量指标，而不是一个质量指标。GDP 没有考虑国民收入的分配，也没有对经济活动的价值进行道德判断。例如政府建造监狱的支出与创办大学的支出没有区别；处理核事故的花费和对太阳能项目的投资对 GDP 增长的贡献几乎一样。其实，GDP 之父库兹涅茨早就警告过这种经济指标的局限性。他在提交给美国国会的报告中称，GDP 既排除了做家务等无法计价而又具有社会价值的活动，又不能计算经济和人力资源的损耗，"因此一个国家的幸福与繁荣几乎不可能由 GDP 表现出来"。美国前参议员罗伯特·肯尼迪也说过："GDP 既衡量不出我们的才智，也衡量不出我们的勇气；既不能衡量

我们对国家的感情，也不能衡量我们对国家的热爱。简言之，除了使我们的生活有意义的东西外，它衡量一切。"

为了测度包括幸福感、生活质量在内的人类福祉，各国际组织和研究机构从 20 世纪 90 年代起就陆续开始研究更全面描述社会和经济发展水平的指标。这些指标林林总总，但大都遵循两个原则：一是将经济发展对生态环境可能造成的破坏考虑在内；二是将物质满足之外的居民幸福感计算在内。简而言之，这些指标都试图更好地描述一个社会及其经济的"可持续"发展状况。其中比较有影响的包括 GPI（真实发展指数）和 HDI（联合国人类发展指数）。GPI 指数本质上是对 GDP 数据进行加减和修正。传统 GDP 指标对所有经济活动一视同仁，犯罪和采伐等都被加总到 GDP 中。根据 GPI 计算，有的国家虽然 GDP 增速喜人，但经济增长并未给居民生活带来改善。1970 年至 2004 年，虽然美国人均 GDP 增长 80% 多，但人均 GPI 则几乎没有增长。有的国家虽然 GDP 停滞不前，但 GPI 却稳定增长，显示民生方面一直有切实进步。与会专家指出，各项指标各有侧重，也各有局限，并不存在完美无缺的指标体系。同时他们反复强调，资源是有限的。须知我们中国人均资源更远低于世界平均水平，

且单位 GDP 所消耗的资源水平大大高于国外，这样的发展是不可持续的。因此专家提出的 GPI 等体系无疑具有更强的实操性。

构建怎样的未来

从米兰机场到库内奥要两个多小时，到达时正赶上夕阳，金色洒在阿尔卑斯山上。刚刚在路上还看到雪山，夕阳中虽然看不出白色，但红色的山峰却让前来开会的各国记者陶醉在暮色中。

这次年会的主题是讨论如何缔造环境友好型的经济社会和政治模式，所以请来的专家大多是从经济角度解读当今社会。在我听来，GDP 在这里似乎成了众矢之的。当大会发言把 GDP 和幸福指数相提并论时，对幸福指数的追求似乎是远高于 GDP 的。

中午吃饭时，我和美国教授罗伯特聊天时提到，为什么大家都知道 GDP 高速发展并不是一件好事，可各国不管是政府还是百姓都在追求 GDP 增长？今年 6 月我在墨西哥拉巴斯开会，美国前总统肯尼迪的侄子在讲演中说，美国是被大公司控制的国家。我问罗伯特：你认为现在从全世界来看，有多少国家的政府是受大公司控制的？他答道，80% 到 90%。有这么高比例吗？我问。他说：是的，斯堪的纳维亚

的几个国家好一点，但也不能说完全不受大公司影响。

也是在饭桌旁，澳大利亚电视主持人乔恩一个劲地说中国现在是太阳能、风能等清洁能源制造大国。倪一璟指出，澳大利亚现在和中国有太密切的贸易关系，所以当然要说中国经济的好话。国际社会经济发展有太多复杂因素，这些因素又直接制约着我们的环境现状。今年的国际环境记者年会把政治、经济与环保的相关性作为主题，还是很有意思的。

其实现在还有一点，不知全世界是不是都一样——那就是不管开什么会，经济支持是重要的因素，这次年会也不例外。晚饭前大家被带到一个养牛场，被告知意大利最有名的奶酪就是这里生产的。我们先从养牛看起，接着看奶酪的成型与晾干。

据说是意大利最好的牛　　牛奶在这里提炼

晚上和俄罗斯记者尤里聊了好一会儿，其实他更应算是杂志科普作家。我俩的一个共同愿望是，有一天也能召开一个中俄两国记者

会，不光讨论环境，也讨论文化艺术和教育。我说，中国50岁以上的人不少都有俄罗斯情结。我们会唱很多俄罗斯歌曲，熟知一个又一个俄罗斯作家、音乐家和画家。尤里说，我们

俄罗斯作家、记者尤里

两国经济改革后的社会问题，也很值得一起探讨探讨。

尤里说，他现在虽然是一本环境杂志的主编，但每月工资只有300美元，所以还给五六家杂志写稿。他说在俄罗斯，跑经济口的记者要比他们做环境的记者富裕多了。我告诉他中国也一样。尤里说，俄罗斯虽然也有很多环境问题，但森林还是很多，包括莫斯科周围。不过，受全球气候变化的影响，这两年的气候也很不正常。就是今天，2010年10月13日，莫斯科下了很大的雪，这可有点太早了。而过去几年，圣诞节都完全没有雪。在俄罗斯，雪是和圣诞节同日而语的，现在却竟然有了没有雪的圣诞节。

尤里在2009年罗马记者年会上约十几个国家的记者一起采访阿尔卑斯雪山，可我时间排得太满，没能与他同行。他对中国的友好

很是让我感动。有点遗憾的是，在我写这本书时，尤里已经去世几年了。记者年会的朋友听说后，还为其募捐。给那么多杂志写稿，生活还那么拮据，不知在俄罗斯作家的生活中普遍不普遍？

另一个和我聊得挺起劲的是意大利人和阿根廷人混血的巴西人薇丽亚。我告诉她，全世界目前只有四种淡水豚，亚马孙和中国长江白鳍豚是其中两种。很遗憾，白鳍豚差不多已经没有了，而亚马孙豚在2009年我去时还很容易看到成群的。

薇丽亚告诉我，在巴西，人人都知道这样一个传说。雄亚马孙豚晚上喜欢跑到岸上来找姑娘。第二天一大早，它们会拉着巴西的姑娘一起走到河边，而这个时候姑娘的肚子已经大了，她们会生下半豚半人的孩子。我问薇丽亚，如此有意思的传说，说明的是什么呢？薇丽亚笑着说：只是玩笑，巴西人并没有赋予这个传说什么特别的意义。你去过巴西，你知道，巴西人脸上永远带着微笑。而在欧洲，人们一脸严肃。我说，在巴西，人们也追求GDP吧？薇丽亚又笑了：我们更喜欢桑巴，那是我们的生活。我们天生就是要唱歌、跳舞的民族。

在每次年会上和记者聊各自国家的政治、环境与文化，让我学到很多知识，丰富着自己

的阅历，结交许多有着各种不同习俗与传统文化的朋友。能把这些友谊故事写下来与朋友一起分享，也是一大乐事。

各国记者合影

消费主义的黄昏

库内奥位于阿尔卑斯山下，山顶终年积雪。城虽小却布局合理，中央广场周围教堂环绕，南侧运河流淌，建筑风格朴素大气，应该非常符合老子"小国寡民"的理想。10月14日，年会第二天，这里阳光灿烂，引得各国记者下了大巴后纷纷在街道旁合影留念。

第二天的主题进一步集中在对消费主义的反思和批判上。倪一璟在纪事中写道：年会第一天的主题是围绕发展模式进行反思。在GPI和GDP的对比分析中，强调切实提高生活质量才是发展的目的。而目前这种牺牲环境和过度

库内奥街景

消费的发展，只会使人类走向毁灭。所以每一个人都应该接受资源的束缚，采取更加节制和负责任的生活方式。

一开场，持续社会基金会副主席朱利亚纳·加利开宗明义对道德衰败的社会现状进行暴风骤雨般的批评，倡导"从充满竞争的个人主义向协同社会转变"。只说意大利语的路易吉·赛尔托里奥教授说，根据物理学基本原理，人类对化石能源和核能不加节制的追求无异于自杀。人类这种自杀行为正在把整个地球引向毁灭。从这个角度看，人类是自杀者，同时也是谋杀者。世界观察研究所（World Watch Institute，WWI）高级研究员加里·加德纳明确提出，要把可持续性理念作为发展的指南，进而探讨发展的含义和全球各国在新能源方面

的积极举措。一位南美记者提出尖锐的问题：全球尚有数亿人身处饥饿之中，美国等国把粮食用于开发生物能源是否人道？

第三位演讲者是来自那不勒斯的费德里克科大学哲学教授阿尔多·马苏洛。他对无所不在的谵妄和道德标准的丧失表示痛心疾首，认为个人意识过分膨胀，忽略人际关系的和谐是根源所在。WWI 高级研究员埃里克·阿萨杜里安进一步把对消费主义的批判引向深入。他认为消费主义是文化的破坏者，应该借鉴消费主义传播和渗透模式，树立可持续发展的新理念。WWI 专门把文化转变作为重点课题并出版相关研究报告，在欧美记者中拥有较多粉丝。巴塞罗那大学教授霍安·马丁内斯·阿利尔则关注穷人生态问题，提出责任共担的协同社会理念。其演讲获得拉美和印度记者的支持和呼应。

其实，反对消费主义不是新鲜事，在联合国层面就多次举行国际会议加以探讨并拟定十年可持续行动方案。但这次年会却有些与众不同，不少人在对现实问题的反思中加入不少道德批判成分，而许多时候是演讲席和听众席互相呼应的。最后大家一致认为，消费主义把人类社会引入歧途，无处不在的广告渗入生活方方面面，不断诱使消费者购买并不需要的商

小城的秋天灰蒙蒙的，不知是晨雾还是什么

品。晚餐时正好与 WWI 的埃里克和加里坐在一起，我们自然而然继续着反消费主义的话题。问到这个起源于美国二战后凯恩斯主义经济刺激政策的消费主义文化何时可以转变为可持续发展文化，埃里克苦笑了一下，说大概需要两百年。看来消费主义文化虽然在西方已经日薄西山，甚至已沦为天人共愤的对象，但要走到末日，还有很长的路。

中国的公司比美国的好

今天开会时几位教授在发言中说：中国在发展太阳能、风能等清洁能源上做出很大贡献，且有不错的经济效益。会议休息时，一位在荷兰工作的拉美记者对我说，中国现在大量出口这些清洁能源的设备，但太阳能板在生产

中是污染很严重的。你们等于把污染留给了自己，而让别人用上清洁能源。这其实也是近年来我国一些科学家包括环保人士的忧虑。过去我也说过，我们把污染留给了自己。特别是在算碳排放的时候，这些碳排放指标都算在中国头上。

今天会上，我向美国一位科学家提问：你们美国人说，美国是被大公司控制的国家。那你认为现在世界上的能源发展是受谁控制的呢？你又是如何评价中国现在这样大量向发达国家出售清洁能源设备的呢？专家没有正面回答，只是大说了一通现在气候变化解决的办法就是应该发展清洁能源。至于在哪个国家生产，在他看来或许并不重要。后来和西班牙大学教授又聊起这个话题。他认为，小国政府被大公司控制的比较多，大国受公司控制可能少些，但也不是一说公司就不好。

这位西班牙教授在同济大学成立 100 周年时受邀到过上海和北京，对中国目前的发展充满希望。他认为，中国政府的力量是大于公司的。中国还是要信息公开，这是发展中要解决的大问题。这位教授下午的讲演很受发展中国家记者的欢迎。晚饭后回来的大巴上，我和他坐在一起。他说自己 70 岁了，家里没有车，和家人、朋友出去玩就租车，甚至租自行车。

现在西方人吃肉也少了。意大利、西班牙以前也有像中国目前遇到的问题，穷怕了，希望赶快发展，现在已经越来越觉得钱不能解决一切，快乐、健康都不是钱能买来的。过去孩子在学校，也会比谁家有汽车，有什么名牌车，现在已经不这样了，特别是孩子，会更注重环境保护。

今天的晚餐由巴尔吉市市长卢卡•哥伦贝多请客，席间我和他聊了一会儿。有点遗憾的是这位市长讲法语，所以一定要有人翻译。我问，你所领导的小城是如何保护文化与传统的？答：要看是什么文化、什么传统，还有这些文化和传统是不是可能给今天的人带来幸福与快乐。可以带来的，就要保留。市长说，现在一个很大的问题是人口大幅度下降，这可不是好事情。当我让他说说所了解的中国时，没想到他说这个小城在欧洲是华人最多的地方，占人口的 14%；学校里的中国学生更是占学生总数的 35%。如果这个数字是准确的，那么这个小城的未来，可能会有更多中意文化的交流。我想。

全球气候变化对这个小城有什么影响？我问市长。他说：以前巴尔吉四季分明，现在就只有两季了：冬天、夏天；而且冬天越来越冷，夏天越来越热。前两年在罗马参加国际环

采访市长

境记者年会时，就听当地人说过气候变化对意大利的影响。真不知道现在世界上还有没有不受气候变化影响的地方。

晚上在车上和西班牙教授聊天，他说在自己这些年的研究中，生态经济到了不能再不引起人们关注的时候了。特别是那些太平洋上的小岛国，应该受到世界的重视。我说，还有青藏高原受气候变化影响，冰川消失，河流干涸，现在获得世界的关注程度也是很低的。教授这时做了这样一个比喻，讲文化传统与经济应该分开的道理：文化，就像妈妈生的孩子，长得好看与否由不得你选择；经济则不然。生态经济在中国到了要认真对待的时候了。

今天还有一个比较有意思的聊天，是我和一位巴西记者聊到亚马孙。亚马孙现在真的每天有足球场大的面积消失吗？她说也不一定是每天都有那么多，但确实消失得很厉害。不过现在巴西正大力推进碳交易，这对保护亚马孙是有帮助的。欧洲各国、澳大利亚等也在以碳交易的方式保护热带雨林。这位记者发现一个利于热带雨林保护的倾向，就是当地年轻人喜欢进城。她说，这无疑减少了雨林的压力。自己虽不是专门研究森林问题的记者，但政府制定的一些严格的法律对保护自然保护区非常重要，她就此写过文章。我告诉她，去年去了巴西，同去的在巴西使馆工作的老朋友生态学家

晚饭中的表演

来自古城街上的快乐

酒店实习的女学生

沈孝辉说，巴西人很看重生活质量。如果是周末和节假日，给多少钱也没有人加班，因为巴西人认为，周末是和家人在一起的时间，是上帝给的，是这样吗？这位穿着入时的记者笑了：在巴西，快乐是第一位的，钱要排在快乐后面。

年会期间，每天晚饭时都要唱歌、跳舞，这是意大利人、南美人带着大家一起热闹的节目；而且唱啊跳啊要闹到半夜十二点、一点。过着这样的生活，活得就像昨天我认识的巴西志愿者薇丽亚说的，脸上总是带着微笑。

不过就像我们身边的人一样，有对生活充满希望的，也有对生活抱有忧虑的。一位没参加年会的意大利老朋友和我通电话时，一个劲地抱怨今天意大利的腐败。大概这就是任何一个社会都存在的两面性。

两个小姑娘在晚饭中一直站在我们身边为顾客服务，问了后知道是实习服务员，都只有16岁。她们上的是酒店管理学校，学习期间有两年是在酒店工作。在意大利，像这样的专业学校对很多年轻人来说是未来的选择。不一定非要上大学，只要有一技之长照样生活。与职业相关的教育在世界上许多国家很普及，特别是欧洲。我觉得在中国也应该大力发展，因为学历并不等于能力。做自己喜欢做的事，发挥自己的人生价值，何尝不是一种快乐人生。上了大

学，甚至有了更高的学历，却干着与学到的东西毫不相关的工作，这样的教育是不是也要画个问号呢？这是我从这两个小姑娘身上得到的启示。

快乐人生一席谈

10月15日，年会移师阿尔巴小镇。沿途路过许多酒庄，组织方说此地原来的淳朴村

会场是有百年历史的剧场

小镇建筑

民因酒而富，生活日益奢华。车上各国记者纷纷议论，认为一夜暴富对快乐而言往往并非好事。倪一璟把这些记了下来，碰巧，今天会议主题正是快乐人生。

年会主办方邀请当地神学教授、印度教协会副会长、犹太协会代表和兼职隐士一起登台，畅谈快乐人生。在剧场聚光灯下，今天的年会倒更像是一台好戏在上演。各方神圣阐述快乐的意义，最后殊途同归，都得出反消费主义的结论。这样的无讲稿直播，谈的又是玄学，两位翻译难免前言不搭后语，有时候简直不知所云。不过依靠表情和肢体语言，大家也能猜个大概。

其实中国古代圣贤对快乐人生有许多精辟的论述，例如老子、孔子。主办方只以印度佛学作为东方智慧代表，未免遗憾。反观目前中国正在成为全球奢侈品的最大市场，超前消费成为时尚，月光族人数众多。然而消费主义并未像广告暗示的承诺那样给人们带来实实在在的快乐，一旦陷入不断消费的误区，欲望会日益增长，永难满足，也更容易造成不快乐。

哥斯达黎加环境部长再次登台，分享作为英国新经济基金 "快乐星球指数" 榜首国家的成功经验。她放的PPT集中各种美好笑容，令人感动。谈及快乐立国之道，该部长归因于哥

国不设国防部，把节约的军费全部投入教育。不过这个成功经验恐难复制。

下午参加新能源展开幕式。除了常规的各方演讲，值得一提的是意大利国防部官员分享如何通过节能外包由专业公司提供全套解决方案的案例。联想到中国居高不下的公共部门开支，这也许是个值得借鉴的经验。开幕式反复播放的照片中以儿童居多，主题是留给儿童一个清洁美好的未来，看来全球人同此心。

新能源展可谓小巧玲珑，共有三家企业供应太阳能硅晶板，并有许多图片展示应用的成功案例。问及硅晶板是否意大利生产，答案是全部来自美国、日本和中国的三家知名企业。欧洲人用清洁能源，制造中的重污染却留在当地，国际环境问题中的不公平可见一斑。如果还把这种出口归入绿色GDP，则讽刺意义更重。以

艺术品

牺牲环境为代价的 GDP 发展模式，实际上已经对普通民众的身心健康造成严重的影响。事实证明，财富增长与快乐之间并不存在必然联系。

本次记者年会，来自拉美和非洲的代表所占比例较大，再加上南欧的意大利人是东道主，晚餐期间欢声笑语不绝，许多人脸上发自内心的笑容具有很强的感染力。这些国家和地区发展相对落后，但民众幸福感却远远超过很多发达国家。如果灿烂笑容可以成为指数，则发展模式的优劣又将如何评判？

在葡萄酒产地听中国人故事

这几年的年会都会组织记者到有特色的古堡或有特产的地方访问，今年也不例外。10 月 15 日会场是在 14 世纪就有的古城阿尔巴。这里不是旅游热点，整个小城既古老又宁静。主

古城山路

午间时光

题为"快乐人生"的会开完，有时间在小城走走聊聊，每个人都可以从自己的视角阐述快乐人生的意义。

来自世界各地的关注环境的记者，把相聚开会视作快乐人生的重要组成部分。大家在一起，既可以探讨各自面对的环境问题与解决办法，也可以了解不同的文化与传统。这种国际间的交流，让大家庭般的情谊一年又一年不断加深。当然，对于快乐人生或叫幸福感，每个记者的认知是不同的。比如，我和俄罗斯记者尤里聊天，他对意大利人表示出极大的羡慕。我说你看到的可能也是表面现象，他说这里天天都是阳光灿烂，温度适宜，而俄罗斯现在受全球气候变化影响，前天下的大雪意味着莫斯科已经进入严寒，今年的冬天可能又是一个很难过的冬天。意大利的阳光和温度要是能给俄

小店

老门

哥伦比亚记者安吉拉

罗斯一些，该有多好呀！

　　就在这时，我接到一位前几年来参会的意大利记者尤塔的电话。因为身体不好，她已经两年没有来年会。她向我抱怨的是，记者也不说真话了。尤里和尤塔，两位都是记者，在说同一个国家，却有这么大的不同。当然他们一个是站在圈里，一个是站在圈外。这可能也是当今世界的一大特色。如果从今天我们开会的主题快乐人生这一说法看，两位都只看到问题的一面。每个国家固然有自己的问题，但换个角度去想想，别人有的问题你可能还没有，那没准就是你好的一面。记者当然总是会更多地看到问题的一面。这也正是记者的责任，舆论监督嘛。但是因此就失去信心或不去发现解决问题的办法，那就真的会陷入苦恼之中了。

　　这两天和发展中国家的记者聊天，我觉得他们的精神面貌要好于发达国家人士。布隆迪国家广播电台记者对我说，国家很穷，但人们过得都挺舒服。虽然没有多少钱，但也没有饥饿的问题。我查到布隆迪是农牧业国家、联合国宣布的世界最不发达国家之一。其发展经济困难在于国家小，人口多，资源贫乏，无出海口。70%以上的人是文盲，没受过任何教育。我不太相信：文盲的比例这么高？他说城里可能好些，但布隆迪是农业国家。我问全球气候变化对布隆迪有什么影响，他说没有什么影响。

　　我问，在布隆迪，记者工资一般是多少？他说300到700美元。我又问了哥伦比亚资深记者安吉拉，她说一般在500到1000美元。问从哥伦比亚到荷兰工作的记者，她告诉我自己在荷兰做两份工作，电台和网站，一个月2000至2200欧元。如此巨大的工资差距，能说明什

市中心一角

梯田里种的是葡萄

参观老酒窖

老板讲中国商人做慈善的真实故事

么？快乐人生的前提是钱多吗？从随后的笑声中不难听出，钱在这几位记者心里所占位置和快乐人生的关系不大。提到财富与快乐，2010年8月绿家园生态游在东欧时我写过文章，意思是今天东欧的GDP一定不如中国发展得那么快，在很多人看来，那里现在比中国穷，可是那里每一个小城和小镇都有自己的特色和文化。

这个古老而不大的小城，看得出来并不那么发达，但给人的感觉是舒服。人们晒着中午的阳光，坐在马路边享受着午餐——不是麦当劳，也不是快餐，而是有当地风味的汤和凉菜。

下午，我们到阿尔巴小城的古老酒窖参观。酒窖老板讲了一个香港有钱人在这里花大价钱买酒曲，义卖后再把钱捐给慈善机构的故事。太有意思了！

在这样一个商业性很强的活动中，老板给来自世界各国的记者讲慈善，而他口中的慈善家恰巧是中国人。我当时最强烈的感觉就是，在这个被称为意大利最好的葡萄酒产地，老板在告诉我们什么是贵族以及贵族和暴发户有什么不同。

年会主办方真是用足力气给我们安排能安排的一切，生怕这些记者闲着了。从早上8点半到晚上8点，我们还被安排听两个小时的当地新能源展览开幕式发言，当地人想让世界知道他们对新能源的理解与实践。

新能源展中有许多图片展示应用的成功案例。一些发达国家的记者坚持认为：中国在清洁能源发展中做出重大的贡献。对此我将持续关注。

窖藏

新能源展上的太阳能硅晶板

酒窖里的厨房

新能源展一角

关于新能源的展板

夜景

酒窖里小坐处

后创新时代的可持续发展

10月16日，年会进入最后一天，主题是"缔造全新的经济组织"。

第一位演讲嘉宾皮耶尔朱赛佩·多尔奇尼来自 ACRI 基金会环境委员会，演讲题目是"倡导节能文化"。内容基本延续前两天批判 GDP 发展模式和消费主义泛滥的思路，寄希望于文化转变。

变成会场
的古堡和
窗外风景

古堡窗前

第二位演讲嘉宾卡尔森·查理·哈格罗夫来自澳大利亚默多克大学城市工程系,演讲题目是"需要重造的经济"。他引用大量图表说明,在过去20年间,如果被动等待,风险较低,而回报也较少;但未来20年完全不同,如果再被动等待,则风险很高,回报很少。可见人类应该采取更加积极的举措,以控制气候变化带来的风险。

第三位演讲嘉宾是美国犹他州立大学环境与社会系的约瑟夫·泰恩特,演讲题目是"创新与可持续发展"。演讲从创新的定义和历史开始,层层递进,成功粉碎以技术创新拯救地球于气候变化的希望。

泰恩特指出,人类经历了一个精彩纷呈的创新过程,从内燃机、电话到电脑,所以就理所当然地认为技术的突破是永续的。其实依靠创新求发展的模式恰恰是不可持续的。因为创新发展到今天,过程已日趋复杂,时间和资金投入的门槛也日益提高,具体表现为研究团队人数不断增长及人均专利数量不断减少。最后

小镇教堂雕塑

他得出结论：可以预见的是，大家所熟知的创新年代不过是人类历史中一个正在离我们而去的阶段。它不会永远存在。

正所谓不破不立。当各国记者沉浸在梦想破灭的沮丧中时，"最快乐之国"哥斯达黎加再次扮演拯救者的角色。在由女部长剪彩的展览中，一些色彩艳丽、风格轻松的PPT展示该国在

哥斯达黎加环境部长剪彩

生态多样性保护方面的先进经验，昭示生态多样性是构建一个公平和可持续发展模式的支柱。

下午，建筑师杰奎因·埃布勒重点介绍零排放建筑设计理念。有意思的是，他参与的两个示范项目都在中国，位于广东和海南。来自维泰博当地的企业家、马可·波罗环境组织主席安东尼奥·贝尔托洛托则分享了生态旅游的理念。看来中国在这方面真有奋起直追的必要。

最后是各国记者代表的发言时间。来自巴西、哥伦比亚、喀麦隆、荷兰、澳大利亚和美国的环境记者分享了自己在过去一年里事业及人生的变化和思考。总体而言，纸媒日渐衰微，环境记者在这一大萧条背景下普遍日子不好过。我和来自美国华盛顿的克里斯蒂娜交流较多，了解到记者的公信力在美国正面临前所未有的挑战，而网络记者的兴起则带来另一冲击。

全部议程结束后，来自澳大利亚的主持人乔恩·迪伊受各国记者委托，向组委会宣读对本次年会的意见和建议。前几天看他似乎一直神游会外，热衷于摆弄一系列以iPad、iPhone为代表的新潮电子设备，今天看他有理有节、刚柔相济地发表意见，才见识名主持的专业水准。难得的是，乔恩还为澳大利亚中小企业写了《可持续增长》一书，主要通过一些切实可行的节能节水举措来为企业带来实际的成本节约。

古城街景

惊慌的眼神

记者的社会责任是什么

2009 年年会结束时，巴西记者保罗告诉大家自己要去非洲采访。2010 年年会上，保罗带来用 9 个月时间在非洲拍的照片。特别是在苏丹，一头头充满活力的野生动物在他和儿子的镜头中被活灵活现地记录下来。

保罗整个讲演充满冲动及激情，就像刚在非洲拍到野生动物照片那样。他说，这就是今天的非洲。在一些人看来非洲是贫穷的，但在他看来那里充满生机。

苏丹，在一些发达国家看来不是那么安全。可保罗说，作为记者，走进苏丹，以关注生态、关注动物的视角采访，他觉得每一天都是那么安全而有意义。其实，这也是我在大自然中的感觉。大自然让我觉得踏实，而且还能感悟到很多在城市感悟不到的东西。保罗说，

在苏丹，如果他提到每年都来参加年会的苏丹记者的名字，他带的钱就只有装在口袋里的份了，因为一切免费。当地人认为，这位记者的朋友就是他们的朋友，也是野生动物的朋友。

在保罗眼里，非洲至今仍然保留着独具特色的文化与传统，包括在自然中的生活方式和鲜艳的服饰。对保罗来说，拍下这些不是猎奇，而是记录，是传播，更是传承。在人们越来越崇尚现代化生活方式、追求名牌的今天，非洲人甚至还以裸体为生活的常态。这样的文化与传统，能用落后与不开化去形容吗？保罗的采访就是试图在尊重的前提下发现当地人生活中的独特、合理与可持续。

演讲结束后，我对保罗说，你应该也到中国西藏、云南采访，那里还有一些少数民族保持着自己独特的生活方式。保罗告诉我，2008

年奥运会之前他到过西藏，拍了大量照片，采访也充满激情。记录文化与自然，是他这辈子的追求。当这样一名记者，他干得有滋有味。在这点上，我很认同保罗的观点。换个视角去看别人的生活与文化，回过头再来看问题时，视野就会是成倍的，甚至更多。在今天这个世界越来越国际化的时候，个性化越显其价值。记者记录这些，是职业，也是职责。

说到这里也想提一句，我在新浪微博上放了不少这些年来在世界各地拍的照片。一些人指责我说，明明是一个环保主义者，却坐着飞机满世界地跑，高耗能，不低碳。我是这样想的：如果仅是一个环保主义者而不是记者，是不是就不应该以这种方式记录历史、记录自然呢？如果仅是记者，我的记录能有那么深入且能通过自己的表现方式加以传播吗？每当想到这些，内心那些对低碳生活的纠结，会让我换个角度庆幸自己作为记者与环保主义者的双重身份。

卡通，现在的市场很大。荷兰记者在大会上播放他制作的呼吁关注动物的卡通照片，会场里传出阵阵笑声。生活中的美与丑，在他笔下都用卡通来赞扬、嘲笑、抨击。昨天参观新能源展后，他也是几笔就在一个绿色气球上画下他眼中的现代人类。

澳大利亚广播记者艾米丽去年和我聊了很

多这些年该国的生态问题。今天她发言中播放的照片又一次让我们看到那里的严重情况，包括砍树、沙化、大火和物种消失。

演示澳大利亚的河流问题

澳大利亚是世界上唯一独占一个大陆的国家。澳洲大陆早在5000万年前就同其他大陆分离，形成独特的地理环境。封闭的环境、特有的物种，使澳大利亚生态系统成为世界上最特殊的系统之一，人类稍有不慎就会破坏当地生态平衡，造成重大生态灾难。艾米丽告诉大家历史上发生过三次"生态灾难"。

一次是野兔之灾。澳大利亚原本是没有兔子的，殖民者在开发初期引进欧洲的兔子。这里温暖的气候、丰富的牧草，为兔子提供良好的生存条件，加上缺少天敌，兔子就开始以惊人的速度繁殖起来。几年后，草原上到处都可见到野兔的踪迹。野兔庞大的数量消耗大量的牧草，而且野兔在草原上到处挖洞筑穴，毁坏牧草根系，形成水土流失，土壤沙化，造成草场大面积退化并严重威胁畜牧业发展，畜牧业产值开始大幅度下降。

另一次是牛粪之灾。1770年，殖民者引进黄牛，发展养牛业。澳大利亚具有多样的天然牧场、丰富的地下水、温暖的气候、冬季无暴风雪的天气，再加上没有虎、豹、狼等凶猛野兽，很适宜养牛业发展。但是伴随着牛只数量增长，新的生态问题出现了。大量牛粪再加上其他牲畜粪便，平均每天有1亿公斤左右。这些粪便遮盖牧草，影响植物光合作用，导致牧草成片死亡；同时粪便还大量滋生蚊蝇，严重影响环境卫生。20世纪30年代，科学家从我国大量引进蜣螂（屎壳郎）充当"清洁工"。几年过后，大草原恢复勃勃生机。不是听艾米丽介绍，我还真不相信这是真的呀！

还有一次是刺梨之灾。刺梨属仙人掌的一个分支，原产在拉美地区。1840年作为观赏植物被带到澳大利亚。这里许多地方的草原气候适合刺梨生长，于是刺梨以惊人速度席卷一片片耕地、牧场。到1925年，刺梨已占据约24万平方公里土地。人们开始用刀砍、车压、火烧等方法应对，但由于刺梨块茎也可以繁殖，残余一丁点都会再长成一大片，还在不断扩大地盘。

外来物种对澳大利亚本土环境的影响，让

我想起2010年春天我国西南大旱。当时有专家和环保人士提出，云南、广西、海南近年来大量砍伐原生森林，改为种植桉树，对当地环境影响几何——当地人管桉树叫霸王树。可是也有一些专家出来说，谁说桉树有问题？它们在澳大利亚长得就很好！须知在人家那儿长得好，是因为那是人家本土物种，有当地的生态系统，有伴侣也有天敌。不知说桉树在澳大利亚长得很好的专家是否知道澳大利亚这几次生态灾难？知不知道这些生态灾难给当地人带来什么？其实这些常识农民感受最深。2008年我和凤凰卫视制作"江河水"节目，在云南、四川采访，得知外来物种紫茎泽兰不仅对当地生态，还对当地农业都有很多可怕的影响。

我写过一篇在墨西哥过周末的文章，提到看到的都是墨西哥人脸上的笑意。这次论坛上也有一位墨西哥的记者，我问他：墨西哥人的生活是快乐人生吗？对方拿了张纸，写下了几个百分比。墨西哥城现在有63%的人是穷人，23%的人快乐，12%的人上不起学；全国有52%的穷人，其中有18%的是吃不饱饭的穷人。穷和快乐，在他眼里并不矛盾。他说，墨西哥人受教育程度不一定太高，但文明程度很高。也许墨西哥城等一些城市的治安不怎么好，但在乡下，老百姓是非常友善和快乐的。这是墨西哥民族的性格。

对此，在我两次去墨西哥开会与采访中深有体会。我觉得墨西哥人的文明程度非常高。墨西哥的博物馆在世界大城市中名列前茅，墨西哥人过周末无论去博物馆、参加体育节还是唱歌、跳舞，都有丰富的选择。我想，在这样的环境中长大的孩子，与一天到晚在各种补习班里长大的孩子，快乐程度是不一样的。当然一定会有人说，是多学知识，不输在起跑线重要，还是快乐重要？

美国记者克里斯蒂娜在发言中批判了一通自己国家的记者。我以前总认为西方记者更自由、公正，可通过她的介绍我才知道，在美国当记者并不是那么民主与纯粹，也有那么多的钱权交易，也有那么多的生活压力。克里斯蒂娜特别讲了2010年墨西哥湾石油泄漏中一些记者不光彩的报道与石油公司BP的关系。这次会后，我有机会去了墨西哥湾石油泄漏现场，采访当地渔民后知道，那里也有大公司的封口费，也有化验室不接受渔民要求的检测，更有媒体的失声……

生态建筑师杰奎因·埃布勒对生态村充满理想。他认为建立生态村，是当前面对全球气候变化的重要措施，也是为人与自然的和谐提供了可能。从他在记者年会上放的照片看，在其生

生态建筑师埃布勒

态理念中，人所居住的空间是非常重要的。而这些空间包含的不仅有生态，也有各自不同的文化。在这位崇尚生态建筑的艺术家眼里，生态、文化、传统，缺一不可。这些年在中国农村的经历给了埃布勒信心。我们相约什么时候一起到中国在建的生态村去看看。希望未来的中国，能看到更多加入生态元素的住宅与村庄。

"绿色记录"论坛一年又一年继续，记者从那里得到不同的信息并传递回自己的国家，让人学习，供人借鉴。对记者来说，参加这样的论坛，不仅丰富自己，更会丰富自己所从事的职业与职业所赋予的使命。带着这种使命重新回到自己的工作岗位，记者能用更广泛的视角面对环境问题的挑战，这应该也是公众的期待。我们需要努力！

2009，全球气候大会在哥本哈根
——能否影响人类历史

2009 年 12 月 6 日，我在雨中走进哥本哈根。这个卖火柴小姑娘生活的，有着寒冷冬天的地方，现在下起冬雨。这就是全球气候变化下的哥本哈根。前两天我在挪威，那里也是阴雨不断。靠近北极圈的挪威以往 12 月早就大雪过膝，现在却是淅淅沥沥。

一些国际环保组织在哥本哈根机场展示宣传画，其中最引人注目的是把各国政要画成 2020 年时的老人，一个个低着头表示歉意说：如果我们早十年关注环境，这个世界也不会是现在这个样子。作品看起来有些夸张，却不能不算是本次全球气候大会目的所在。全球的气候在变化，我们人类能做些什么？各国政要和关注环境的人都来了，这会对已经变化着的全球气候产生什么影响？宣传画显然是在警醒前来参会的人。

全世界都在关注哥本哈根大会，丹麦人自己怎么看呢？坐上出租车，我就问司机。英文讲得不太好的司机用手比画着打架的姿势，然后蹦出一个英文单词：difficult（困难）。在老百姓看来，这是一个打架的会。要想开出什么结果，不容易。是不容易，但开还是非常必要的。一个研究中国妇女问题的丹麦朋友（中文名米小林）这样回答我。

还没到哥本哈根时，已提前到达的中国横断山研究会首席科学家杨勇已发来短信：说好的今天晚上可以注册到 9 点钟，7 点去了，因为人太多，注册已经停止。外面人挤满了，来的人太多了。明天注册，不知要花多少时间。

丹麦有不少著名雕塑，安徒生童话中"海的女儿"的雕塑几乎全世界家喻户晓。这次我看到有不少为哥本哈根大会创作的雕塑作品，比如正在融化中的地球、北极熊等。主会场外面的雕塑是 2050 岁的地球人，一个象征生态难民的老人。

未来 12 天能影响人类历史吗

今天一大早就往会场赶。在地铁站里，首

地铁里的地球模型

街头演说

开幕式当天报纸头版

融化中的"美人鱼"

时间紧迫

先映入眼帘的就是一个地球模型，上面还有用中文写的"阻止气候变暖"。接着看到座位上的报纸，就是此次大会开幕式当天当地报纸头版。

在哥本哈根，所有交通对参加大会者免费开放。我们虽然已知道今天注册要到12点才开始，但还想去试试。还没走近会场，就看到各路人马在宣传。融化中的"美人鱼"和拿着时钟的两位女士，展示的都是人类面临的气候变化与时间的紧迫。我在会场外为北京电视台做连线采访时，让手机离一群敲鼓做宣传的人更近一些，让观众从声音中感受到一些哥本哈根的气氛。

上午注册不成，当然也参加不了开幕式。不过已经注册进去的杨勇说，开幕式并不对民间环保组织开放。后来我知道，哪里是不对民间环保组织开放，每个国家代表团也只有4个名额。全世界一下子涌来那么多人，让北欧这么小的国家招架，也真不容易。

气球里装的是整整一吨二氧化碳，这是丹麦政府号召每人每年节约的排放量

很多人排队等着注册，我和一起来的美国志愿者进市区，找昨天一来就听说的冰雕北极熊去了。还没找到熊，"地球"倒看到好几个。一个上面写的是：这里装的是一吨二氧化碳。丹麦现在有一个行动，就是每年每人减少一吨二氧化碳排放。街头放那么多地球模型，我想

这也是对国民的一种提醒吧。在召开国际大会时，也表明丹麦人对减排的决心。大家希望在面对全球气候变化时，都找到自己能做的事。

令人尴尬的是，全球气候大会同时带来大量二氧化碳排放。昨天我在瑞典转车，一位西装笔挺、很有风度的男士一起等着下车。为找个换车的伴，我问他去哥本哈根吗？他说是。是转火车吗？他说换飞机。我说，没有多远的路了，火车也就三个小时，还要乘机？他说飞机快些。望着这位欧洲人匆匆走远的身影，我想起网上有好事者统计，会议期间将有超过1200辆豪华轿车奔走在哥本哈根街头，机场也将在高峰时期迎来140多架私人飞机。据粗略估计，此次会议期间产生的二氧化碳排放量将达到4.1万吨，与英国一个十几万人口的城市同期排放量相当。

终于找到哥本哈根街头正在融化中的北极

融化中的北极熊

市民、地球、北极熊

远处彩色的东西是"冰川"

熊，就在市政厅广场。今年 8 月我到过这里，那时蓝天白云，加上古老的建筑和清澈的河水，景色美极了。可今天，阴云下的这里，北极熊站在那儿孤单的样子越发让人觉得可怜。

全球自然基金会（WWF）在此次参会宣传中说，未来 12 天里，哥本哈根所发生的一切，也许影响未来数年全球气候政策，甚至影响人类历史。会吗？从我今天采访的几个当地人和参会者那里听到的，可以说每个人心里或多或少存有疑虑，但又充满希望。一位德国女士对我说，每个来的人都带着那么大的热情和能量，这就是开会的希望。

今天，无论是在市区街上，还是在会场内外，中国青年代表团都是活跃的一群。代表团散发传单，表明中国年轻人在面对气候变化中所持的态度，希望国际社会对中国以更多关

注。在这样的国际场合，见到这样的中国青年，让人们心里充满着阳光。而在哥本哈根河边拍到的这些儿童画，孩子眼中的动物和地球又不能不让人心生悲哀。

中国青年代表团在哥本哈根街头

一幅幅图画是孩子对全球气候变化的"发现"

满街的自行车

我在街边采访一位推着自行车的老人，问他对大会抱有希望吗。他说，这要看中国、印度、美国的立场和做法。因为这三个大国现在是碳排放大国。那丹麦人能做什么呢？他说，丹麦那么少人口，做得再好也解决不了世界气候变化的问题，当然这也不是说我们就不做。这样的大会在我们国家开，我们应该更有触动。

这次哥本哈根气候会议推动的三个主要目标为：每个国家减少二氧化碳排放的数字，达成减少气体排放的方法，发达国家为发展中国家减少气体排放提供支持。想达成一份让各方都满意的协议，当然是不容易的。发达国家的"诚心减排"未必取得发展中国家的信任，美国、欧盟和日本至今仍然对中国至少40%的减排目标心存不满。"为达成一个明确统一的新协议，各国需要拿出合作与妥协的精神。"《联合国

街头果摊

气候变化框架公约》秘书长埃博尔日前表示。

这两天我接受采访时总是被问到，全球气候变化对普通老百姓到底有什么影响？我知道中国科学家秦大河（国家气象局原局长）对记者说："有科学家认为，极端天气变化的增多，和气候变化有关。"学者说的极端天气变化，也是普通人能够感受到的，比如百年不遇的大风、

会场

干旱，甚至比过去来得更早的大雪。今年北京11月初下了三场大雪，这对我这个老北京来说是罕见的。

今天注册进会场的，有的已经排了三个小时的队，但这并没降低人们的热情。真是像杨勇之前说的那样，里面就像一个大市场，每个摊位都在"推销"自己国家面临的问题和在做的事以及需要的帮助。

中国记者集体参加下午在中国新闻中心召开的吹风会，中国代表团团长、发展改革委副主任解振华讲了这次中国对大会的希望和将要承担的责任。他说：中国目前达到的减排水平，是发达国家在像我们这样的发展水平时不可能达到的排放指标。他还说，我们是在发达国家并没有对我们有资金支持和技术转让的情况下，自己就达到了这样的目标，这应该是国

际社会有目共睹的。中国官员在此次大会上显然是大忙人，记者没问几个问题，他又赶去参加另外两个重要会议了。

吹风会后，我和杨勇接受凤凰台记者采访。我讲了前两天在罗马采访到的全球气候变化对世界各地的影响。杨勇则介绍20年来持续考察研究世界第三极受全球气候变化的影响的情况，并对冰川退缩照片作了科学家的解读。

中国代表团吹风会

杨勇接受采访

主会场内

王石演讲

　　富有创意的丹麦人根据自己首都的名字"哥本哈根"（Copenhagen）发明一个新词："希望哈根"（Hopenhagen）。"2009 年，会因为金融危机而被历史铭记吗？不，我们不希望这样。2009 年应该被这样铭记：在这一年，全球找到了解决气候变化的方法，找到了应对挑战的政治意愿，并在这个过程中找到了希望和机会。"这句话，或许更能说明每个参会者此时的心情。和我们一起在中国展台的北京大学教授吕植说："气候变化，不仅仅和南极的冰、北极的熊有关，更是你身边的事儿，和你怎么出行、怎么吃饭都有关。"我很喜欢她这句话，也会把这句话告诉更多的人。

中国代表团艰苦谈判

　　2009 年 12 月 8 日，在哥本哈根气候大会上，万科总裁王石代表阿拉善 SEE 生态协会、中国企业家论坛、中城联盟和中国企业家俱乐部，向国际社会发表中国企业界哥本哈根宣言，承诺将进行以下行动：

　　设立企业气候变化战略，长期指导企业发展方向；

　　在减少生产和商务活动中的碳足迹方面进行努力和尝试；

　　积极参与国际国内各种与企业和产品减排相关的活动；

　　积极推动企业设立具体的企业减排目标，这种目标包括绝对减排目标，或者可以定量的相对减排目标；

　　尽力支持并参与气候变化减缓和适应活动，积极履行企业的社会责任。

　　中国企业界宣言还说：我们真挚希望这次

发表宣言后

哥本哈根缔约国大会能够体现我们人类社会的合作精神和睿智，制定一个具有法律约束力的协议，使我们在实现未来减缓目标的征途上迈出正确和坚实的一步。

这一举动，无疑体现的是中国企业家在应对全球气候变化的态度。王石说：2009 年 11 月 26 日，对我来说是极为兴奋的一天，因为这一天我们国家向世界宣布了新的减排指标。这也给了我们企业家更大的发展绿色经济的空间。问万通总裁冯仑，作为一名中国企业家，你到哥本哈根最强烈的感觉是什么？他回答：全球气候变化真是个大事，不然怎么会来这么多人，在一起讨论得如此激烈。企业家宋军则强调，科学技术救不了地球。只有我们人类改变消费观念和过度消费欲望，才能从根本上拯救我们的地球。

如何面对日益严重的气候变化带来的影响，无论是中国企业家还是外国企业家，都还有艰难的路要走。哥本哈根不仅仅是发表宣言的地方，也是走出一条新路的地方。世界在看着中国。中国代表团在此次哥本哈根气候大会上，不是最忙的也是最受关注的。在中国新闻中心，要求采访的各国记者会递交一张申请表。12 月 8 日下午当地时间下午 2 点半，工作人员收到的申请表已经有一大把。

开幕两天了，中国代表团在干什么？8 日早上，我来到中国官方展台。两位环保部值班人员用两个字回答问题：谈判。那么有什么亮点或值得一说的吗？回答是现在还不是时候，现在各谈判组在多年来已经达成协议的基础上，正在向着有可能达成成果的方向努力，离最后的决定还有好几步要走，比如部长级谈判和国家首脑签署。

各国的展台是这样的

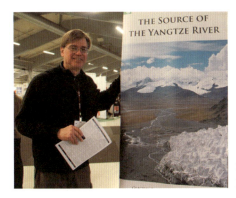

美国朋友
艾先生

北大教授吕植接受瑞典电台采访

现场播放电视节目

据环保部官员透露，这次参与谈判的中国官员有50位之多，此外还有一些未注册但也在参与谈判的官员和专家，这两天还不断有专家来到哥本哈根参与谈判。美国来参加谈判的人更多。中国官员说，之所以要有庞大的谈判队伍，因为谈判议题包括减缓、适应、资金、技术、能力建设和共同愿景六大方面。其中减缓谈判还有六个小议题，每个议题都要有人盯在那儿，有时甚至一句话都要讨论个底掉。这样涉及国家利益的谈判，当然是哪个国家都不敢掉以轻心的。

此次中方参与哥本哈根气候大会谈判的政府部门包括中国科学院、中国工程院、科技部、农业科学院、环保部、气象局和计划生育委员会。国家计生委在阐明有关中国人口政策时，特别强调在人均减少碳排放中计划生育起到的作用。各谈判组由外交部和发展改革委牵头，参与11个议题的谈判，一个议题一个半小时。在中国官方展台前，参与谈判的发展改革委能源所徐华清告诉记者，他参与的谈判是有关发达国家和发展中国家各自减排的指标的。记者问：有进展吗？回答是两个字：没有。发展中国家鉴于发达国家不能实现资金技术转让的承诺，提出今后如何落实；发达国家对包括中国在内的发展中国家排放指标有更大的期望。这都使得未来几天的谈判依旧艰难。

12月7日下午4点，解振华在中国记者吹风会上说，他刚刚见了丹麦首相，接下来还有两个重要会见。这使得现场记者没有机会多问问题。科技部部长万钢昨天在接受英国《卫报》专访时表示，中国温室气体排放将在2030—2040年间达到顶峰，他希望能在此时间范围内尽可能早地达到峰值，并指出将采取必要的步骤以实现这一目标。这也是中国部长级官员首次公开预估碳排放峰值年份。

中国代表团高层的会见和接受媒体采访在日程表中已经排得满满当当。今天刚刚赶到的副外长何亚非一下飞机就进入紧张的谈判中。今天从新闻中心得到的消息还有，中国代表团将首次在大会期间开办主题日。初步安排是12月9日，上午主题日由林业局主持，下午由农业部主持；10日上午由发展改革委主持，下午由计生委主持；12日由环保部主持。

图瓦卢的悲剧和呼吁

这几天，太平洋小岛国图瓦卢的官员是大家采访的重要人物。用该国环保署官员的话说：这些天有很多记者关注我们，甚至有人同情地对我们说：50年后你们的国家将要沉没在大海之中，你们怎么办呢？

图瓦卢展台

1.1万人口的太平洋小岛国图瓦卢，自1993年迄今，海平面已上升9.12厘米。按这个数字推算，50年后海平面将上升37.6厘米，这意味着图瓦卢至少将有60%的国土彻底沉入海中。有科学家认为，图瓦卢将成为首个沉入海底的国家，涨潮时将不会有任何一块土地露在海面上。

12月8日，记者问图瓦卢环保署协调人、大会发言人卡特拉：对于图瓦卢人来说，如今难道就已经开始生活在恐慌中了吗？卡特拉回答：是。确实有些人开始恐慌。我们政府需要向民众做出科学的解释并向公众提供如何面对的具体措施。这次来，我们是带着很大希望的。因为大家都看到了我们面临的威胁，不会不管我们吧。

卡特拉接受采访

卡特拉说：听说这次会议上《京都议定书》就要停止使用了，这让我们很着急。我们认为《京都议定书》对我们小岛国的条款是有意义的。如果重新制定条款，我们不放心。虽然发达国家并没有完全实现《京都议定书》中自己的承诺，但毕竟有法可依。这次我们呼吁要继续实施《京都议定书》的条款。

你们有什么具体措施吗？记者问。卡特拉说：我们太弱小了，光靠我们自己来面对这样大的灾难显然是不行的。面对强大的国际社会，我们一个小国的声音也太小了。我们小岛国的人要发出同一个声音，团结起来才有力量。这次来，对我们来说还要解决另外一个问题。现在全球绿色资金向我们提供援助，还需要我们有一半的配套资金。可是像我们这样的小国，上哪儿去找另外一半的钱呢？如果没有

另外一半，就永远也拿不到援助。这也是此次来我们希望向国际提出要求的。

如果拿到钱，你们会用这些钱做些什么呢？记者问。卡特拉答：提高我们国家民众的教育水平，保护我们的文化传统，还有人民的生活水平。当然，我们自己也要珍惜我们自己的家园。虽然我们没有什么工业，但我们也有污染的问题，也有过度使用资源的问题。这个我们要和世界各国人民一样，教育国民从自己做起，从小事做起，这是我们的责任。

没有异族的侵略，没有任何暴力事件发生，好端端一个国家的国土就要彻底沉入海中。如果说此事真有责任者的话，这一责任者应该分布在全球各地，尤其那些发达国家难辞其咎。正因为全世界范围内不断增加的高污染、高耗能加剧全球气温上升，才导致沉寂万年的冰川不断融化。因此，全世界应该对图瓦卢人表示真诚的歉意，并伸出手来援助他们。图瓦卢人的恐慌，不是一个国家的恐慌。在这种恐慌中警醒的，也不应只是参加哥本哈根大会的人，还应该包括我们每一个人。重要的是在恐慌后的思考与行动。

会场里有一排触摸屏，上面是地球，密密麻麻的有一些亮点。用手碰到哪里，哪里受气候影响的现状就会在屏幕上演示出来。可是我

会场外的抗议

能点出各国排放数据的触摸屏

找了半天，没有找到中国。

为什么没有中国？吕植教授告诉我，几年前联合国向各国征集受气候变化影响地区30年来生物多样性的监测数据。我们提供了数据，却因数据不符合要求而未被录入。因此在哥本哈根大会的这个地球触摸屏上，中国的领域是空白。

会场内

昨天我采访图瓦卢大会发言人卡特拉时问，你们对这次大会的希望是什么？卡特拉说，我们小国的声音太小了，要联合起来共同发出声音。结果今天，他们真的就在大会上弄出新闻。

为了维护小岛国利益，图瓦卢代表在大会上要求继续使用《京都议定书》条款，因为对他们更有利；如不行，就要求再成立一个工作组专门来解决问题。在遭到成员国反对后，图

会议厅里的墙壁上

志愿者艾先生在介绍长江源冰川　　　小岛国代表在台上　　　小岛国代表的服装

瓦卢代表竟然提出休会。当时偌大的会场里静极了。最后大会主席只能把这个问题搁置下来，继续进行下面的内容。这就是国际社会：你的要求不能得到支持，对不起，不带你玩了。原有的规则是大家共同制定的，不是谁想改就能改的。

美国和欧洲的表态

今天，美国环保署署长莉萨·杰克逊在大会吹风会上宣布，就在她上飞机前不久，按照法律程序决定，二氧化碳在美国被认为是有害气体。这使美国联邦政府有权控制碳排放。2007年，最高法院命令联邦政府研究二氧化碳是否为有害气体，可是小布什政府一直拖着不做。直到奥巴马上任后，政府才开始积极从事这项研究，直到做出以上决定。这也使奥巴马在本月18日大会上宣布承诺时有了依据。

美国科学家杰克逊说，大公司和老百姓在控制碳排放上有高度的政治共识，不容改变。这使得利益团体继续反对控制碳排放和控制碳交易是无用的。可是一些共和党领袖要到哥

美国科学家解读全球气候变化

本哈根来公开表态,美国总统奥巴马在哥本哈根说的不一定表示美国政界在这个问题上有共识。这也是美国的政治。美国环保署长今天利用吹风会的机会,肯定奥巴马上任 11 个月来已经做出的很多具体的面对全球气候变化的措施和行动:一是用 800 亿美元开展清洁能源研究和推广;二是政府制定严格的提高机动车耗能标准;三是规定排放量大的行业要公开碳排放量,以便透明及监督控制减少碳排放。

这几天的大会有一种声音,说是欧盟对中国的减排承诺有质疑。下午我和杨勇找到欧盟工作区,提出采访要求。工作人员简单问了一下我的问题,很快刚刚当选的欧盟轮值主席国瑞典的首相办公室秘书拉尔斯－埃里克就出来了。我问他,这次大会对中国更多提出的是减少碳排放,而中国也是受气候变化影响的重灾区,为什么却少有人提及?拉尔斯博士另一个身份是高山组织委员会主席。他说,中国冰川融化,应该说是引起国际社会关注的。虽然没有技术支持,但合作是在建立观测网站的领域。虽然只是和国家层面的合作,不过和国际 NGO 合作也越来越多。他给我们推荐在尼泊尔工作的科学家,希望与之探讨青藏高原冰川的问题。

我问拉尔斯,以现在中国的经济发展速度和已达到的减排速度,我们所做的相当于是志

欧盟工作区

杨勇介绍长江源冰川受气候变化影响情况

采访拉尔斯博士

愿者，而这本应是发达国家所承担的义务。您怎么看这个问题？他没有直接回答问题，而是举个例子：1990年瑞典开始进入经济高速发展阶段，人口也从700万增加到900万。与此同时，用增加碳排放税收的办法以解决经济发展和环境保护的矛盾。如果没有这个举措，低成本的排放当然难以制止。在这个问题上，价格的作用高于技术的能量。能源太便宜，哪能有节约的动力？瑞典解决这个问题，靠的不是法律，更不是自觉。对此我有不同观点。现在发达国家一直是比着来的，没有对发展中国家提供技术转让和资金支持。如果真的有诚意承担社会责任，应该履行签署的协议。我把这个大会上最具争议的问题提给拉尔斯。他对我说，这是知识产权的问题。这次大会希望能通过由政府购买知识产权的办法转让技术，这虽然不容易，但应该去做。

采访后我最深的感觉是，在国际大家庭里，得寸进尺是一种生活态度；你敬我一尺，我敬你一丈，也是一种态度。谈判是有尊严的，但友谊也是无价的。国际社会难道只能针锋相对吗？用我们一句俗话，从自我做起，应该是一个好的开端。

今天听到另一个有意思的事是，一个坐在儿童车的小宝贝，竟然也戴着大会发的身份证。

未来

会场外聚集的人们

不知这说明大会的开放还是什么……如果把哥本哈根大会说成有可能翻开人类发展史上新的一页，那么这个孩子的明天会比今天好吗？

全球气候变化下的第三极

12月11日下午，杨勇做题为"世界第三

气球与旗帜

极面对全球气候变化"的主题发言，地点在世界自然基金会（WWF）的帐篷里。前两天听说去听的人不多，可是只要能有发言的机会，不管在哪儿都要好好利用。没想到，我们提前半小时到达时，挺大的帐篷里一半座位上都是等着听的人。

这次主题发言属于临时插入的讲演，没有纳入会议日程安排，但我们这两天发的电子邮件和到处打招呼还是起到一定作用。杨勇在上面讲，后面放着有关长江源冰川融化和西部江河干涸的PPT，我在下面发着带去的折页。更值得一说的是，专程自费到丹麦来为杨勇当翻

志愿者翻译艾先生

发放记者沙龙网英文版和介绍世界第三极变化的折页

喜欢看我们折页的老外

帐篷里的听众

讲者、译者与听者

译的美国朋友艾先生退休前算是高官，现在心甘情愿为中国环境保护做事。杨勇的PPT，他在成都时就一遍又一遍地帮着译成英文并修改；讲演当天，他差不多背下来了。这场吃透了内容的翻译，让人听得既震撼又焦急。

两位听众被世界第三长的大河长江遭受江源冰川消融的照片所吸引，找我们来说江河的问题。他说，现在亚马孙也面临巨大挑战：雨林的消失，生物多样性的减少，对全球气候的影响，可是人们还没认识到，巴西政府也不重视。他说，全球气候变化对中国来说是机会。你们在大力发展太阳能、风能。技术与商品都在走向世界，可是巴西在这方面什么都没有做。原来是巴西朋友。今年3—4月，我去了趟巴西，同去者无不为那里的大蓝水清所震撼。我们刚刚上船20分钟，就看到亚马孙豚从亚马孙河里跳出水面。

我对这两位关注江河的巴西学者说，我去了你们国家的库里蒂巴，那里是全世界公共交通发展的榜样，垃圾堆被改造成植物馆，废矿坑成了歌剧院。没想到这两位马上伸出手来比给我看，意思那只是一点点、一点点。在我们看来他们做得那么好，在他们看来是我们把握了机会。知识分子是不是总是站在批判的角度看问题？审视自己或身在其中时问题看得更清楚，看别人的优势又不免简单，这是规律还是偏见？我问自己。

如果联合国开会，一般都有配套的 NGO 论坛。NGO 意为非政府组织，就是我们中国说的民间组织。在这次哥本哈根全球气候大会上，与政府间激烈的谈判相比，NGO 论坛不但没那么严肃，而且丰富多样。其活动既有我们中国那种由企业家组成的企业家俱乐部发出哥本哈根宣言，也有 WWF 以保护野生动物为主要目标的学术发言。我参加孟加拉国一个民间环保组织的演讲会，主讲人呼吁，正在谈判的适应性报告里只按一个一个国家来谈适应变化是不够的，因为很多河流是跨国的，气候变化是影响水的。这一民间组织提出跨流域管理，而不是各国只解决自己的问题。这种 NGO 在大会期间发出的声音和对大会的批判，无疑会产生影响。

越来越受到关注的图瓦卢

12 月 10 日，我到美国中心想采访美国代表团，碰上几个美国大学生正和华盛顿的中学生视频对话。大学生是代表美国一家民间环保组织到哥本哈根来的，中学生在老师的组织下坐在教室里。

先是华盛顿那边每人讲了自己眼中的全球气候变化。有说冰川退缩的，也有说乌龟灭绝的，江河污染和极端天气都是孩子们眼中的气候变化。接下来有个问题一下子吸引了我。一个小姑娘问：如果哥本哈根协议没有签署，你们会做些什么？于是大学生对着镜头问：你们谁知道太阳能？中学生都举起手。又问：你们谁知道风能？那边又都举起手。大学生这时说，我们不会妥协。我们回去要给议员写信、打电话，给他们以压力，要为应对气候变化做事。中学生问：你们到哥本哈根后和去之前想象的一样吗？大学生说：最没想到就是全世界会有那么多人在关心全球气候变化，全球气候变化是那么大的问题；也没想到，在这结识全世界那么多想要为应对全球气候变化做事的人，我们现在有了一个网络组织，包括印度、中国、非洲很多国家的年轻人，将来我们要一起做事。另外，这里吃剩下的饭可用去堆肥。我回去要开辟一个菜园子，种有机食品。另一位说，我最没想到的是，这里有这么多人骑车上班。这里有自行车道，而美国的路都是大宽马路，都是为汽车修的。我们应该向丹麦学习。

一位美国电视主持人问：在你们的生活中，对环境的认识谁对你们影响最大？中学生里有的说是一位橄榄球运动员，有的说是一个医生，那位医生从小就开始在海边捡垃圾了；还有几个孩子都提到奥巴马夫人在白宫里的菜园子。其中一位说，我去过。虽然没有见过第一夫人，但我喜欢在菜园子里种菜。

征得组织者同意，我也向华盛顿那边问了两个问题：你们知道全球变化对中国的影响是什么？一位孩子回答：工厂的污染。这时那边转过来问我：中国有多少工厂？我告诉他，那我可数不过来，太多了！我接着问：你们认为自己能为应对全球气候变化做些什么？你们知道中国的长江吗？孩子们的手都举了起来。还有一位大声说：世界第三大河。可当我再问是否知道长江里的白鳍豚时，就没人举手了。在说到自己能做些什么时，两边学生都强调世界各地青年人的网络，一起要做的事情多着呢。清洁能源，推动公共交通发展，都是青年人关注的领域。

这两天，就在谈判大厅外，我看到一大群年轻人坐在门外，举着纸板，上面写着：请给年轻人机会。坐着的学生不说话，只是轻声地

学生间的对话：永不放弃

请给年轻人机会

行走的哭泣的"大树"

哼唱着歌。围观的人很多，其中也有跟着一起低声唱的。我也看到一些民间组织的人把自己装扮成一棵弯着腰的大树。上面写着：请给我们生存的空间。这些场面，可以说是电视记者和举着相机的人最喜欢的。

中国青年代表团的身影在大会各个角落随处可见。代表团要告诉大家的是，中国西部是受全球气候变化影响的重灾区，请世界给予关注。由于缺乏对国际会议的了解，这些年轻人大多数时候都在转来转去，寻找自己的位置，学习聆听和参与。当然，对于中国民间环保组织来说，另一个障碍就是语言。

展台前的笑容

民间组织不能像政府间谈判那样达成协议，使之成为必须执行的条款和法律依据。民间组织做的是倡导，是行动，是用自己的理念去影响更多的人。在哥本哈根大会上，各国政府间协议最终是否达成，现在还是一个未知数。而民间组织的影响却正在蔓延，这是我亲眼看到的。

大会里的吉他手

画的是生态足迹

下午2点钟的余晖

会场外拉开架势的主持人

电脑区

持续，但这两个进展还是给那些对大会最终结果越来越持不乐观态度的人们以新的希望。

12月11日晚上，中美两国大学生聚会后，一位香港环保界人士兴奋地告诉我，现在中国年轻人，特别是在国外受过教育的，学会和国际社会打交道了，这非常重要。可是一位参加这次聚会的中国年轻人却对我说，聚会后能干什么，她还很迷茫。在她看来，这种聚会不能只定目标，还应给出下一步的具体行动。

哥本哈根大会第一周最后一天，谈判终于出现一些新的亮点。欧盟决定一年拿出24亿欧元，日本也将拿出200亿日元，用于应对全球气候变化带来的影响。谈判虽然还在艰难地

会场外的行动

哥本哈根街头

表演并呼吁

年轻人性急可以理解，正是摩拳擦掌的时候。开始交流，就有做事的可能。12月12日晚上，中国青年代表团和南非年轻人聚会。这是积极找朋友，走入国际社会，寻找能为应对全球气候变化做自己能做的事。

在WWF的帐篷外，那座冰雕北极熊已经融化了不少。到大会开完，估计差不多化完了。这就是丹麦的暖冬，和安徒生写卖火柴的小女孩时的圣诞节差别很大。

融化大半的北极熊

这次全球气候变化大会拿出的方案，除了艰难谈判的"A计划"以外，还有"B计划"。该计划旨在捕捉二氧化碳，包括在全球范围内建立高科技塔台，收集大气中的二氧化碳分子，在海水中播撒富含铁元素的营养物质，促进浮游植物生长。浮游植物通过光合作用吸收二氧化碳，死后沉入海底，二氧化碳随之埋藏。

我对此的解读是：由于气候变化给老百姓造成恐慌，比如格陵兰岛冰川因气温上升快速消融，造成海平面升高，一些地区降雨模式改变诱发大面积饥荒，而这倒让一些科学家认为有了体现自我价值的可能，言外之意也即拯救地球还是要靠技术。如果说当年烟囱林立、马达轰鸣被认为是现代化，是人类改造自然、征服自然的标志，那么如今这个"B计划"不能不说是人类的又一项狂想。

对"B计划"的反对之声，这两天在会上随处可以听到。落实为发展中国家提供技术转让和资金支持的谈判一推再推，而"B计划"要用的是无法估量的成本，或者说更像科幻小说。穷国、小国有可能花巨资在沙漠地区覆盖大面积反光片、在同温层散播白色硫酸盐颗粒、模拟火山灰反射阳光和在太空安置巨大反光镜，拦截1%至2%的入射光线吗？发达国家有掏腰包的可能吗？再退一步，就算有人出这个钱，那会不会引起生态系统和降雨模式等的改变？有人走出试验室，在一定程度、一定范围内试验过吗？

在太阳能和风能已经广泛使用的今天，生产太阳能设备时所产生的污染还没有解决。风能发电那巨大的"风扇"，还在扼杀天空中自由飞翔的小鸟。在无边无际的沙漠上覆盖大面积的反光片，不光让人觉得花这笔钱是天方夜谭，也为这样的计划是不是又一轮的改造自然、征服自然而担忧。圣雄甘地说过：地球能满足人类生存的条件，却无法满足人类对物质需求无限制的欲望。面临海平面上升，大面积荒漠化加剧，当务之急不是在沙漠上放什么反光片，而是重新认识我们人类与地球的关系，与之和谐相处。在大自然面前，我们是不是只会索取？能不能友好融入？老祖宗留下来的刀耕火种、游牧生活，那样的生活方式让人类代代延续至今；而工业文明发展至今的几百年来，人类继续生存下去的可能遭遇挑战。

其实要应对全球气候变化，最好的办法我认为是少花钱，重新拾起中华民族美德，勤俭持家、知足常乐。我们很多少数民族固守视大自然为神。这个神不是供着的，而是要给它以尊严。我不是反对技术，我也是乘飞机到哥本哈根的。我们不可能回到原始社会，现代化生活为今天的生活带来方便与舒适，大家希望生活更现代化。这个"B计划"让我担心的，一是技术至上，认为技术可以拯救地球；二是一些人为了眼前利益，以发展为借口，不去走可持续发展的路。这才是不可行且可怕的。提高人们对自然的认识，减少对自然的索取，与自然友好相处，我认为这才是解决全球气候变化的

快追

拍的拍，举的举

她们代表动物

采访比利时议员

根本。人类不能再狂妄，否则会有更大的灾难。

走在游行队伍中的议员

2009年12月12日，有人说这是丹麦广场有史以来人最多的一天；而且这些人来自世界各地，有些甚至是专程来参加游行的。

我采访的第一个人是比利时议员，和民众一起上大街游行。他的解释是：下个星期我就要坐在谈判桌前，需要知道民众的呼声。我相信这么多人来自不同国家，有不同背景、不同诉求。大众的声音，各国首脑不应该不听听。

我问对中国的看法，他说：这次中国政府是带着重大的承诺来参加哥本哈根大会的，让人感动。这对中国来说有多不容易，你们中国人比我们更知道。不过话说回来，应对全球气候变化，没有中国的积极态度不行。

街头直播

主席台上

小岛国"摊位"

从下午1点开始，有8万多人参加的游行在哥本哈根大广场举行。前两天我来这里时的宁静完全被改变了，静静的河边站满了人，还有使出浑身招数的演讲者，向世界诉说全球气候变化对自己的影响。记者在这样的大游行中是不可或缺的，他们纷纷找到有利地形，把这里的画面介绍到世界各地。游行开始时主席台上一位来自乌干达的母亲举着手说，我希望我的孩子还能有水喝。台上和她一起大喊的，基本都是全球气候变化受害人。

骑士雕像下的旗帜

"我们国家的命运掌握在谈判代表手中。"这是小岛国百姓走在丹麦街头向世界各国人们说的最动情的一句话。他们的队伍在广场上不断壮大，歌声也传得越来越远。走向他们的人们手拉着手，围着圈，表达对他们的同情与祝福。一群穿着北极熊"外衣"的美国老人来自

关注　　　　　　　　　加入

阿拉斯加。他们说，全球气候变化不是未来，就是现在发生的事情。"现在就开始行动，留给后代一个适合生存的空间。"这是更多参与者的呼吁，包括一些专程前来的欧洲人。

8万人的声势不能不算强大。法国、德国、美国的年轻人特别强烈的诉求，就是给他们国家政府参加谈判的代表施加压力，要为全球气候变化承担责任，包括那位比利时议员。游行是为了给自己的政府施加压力以承担国际责任，让人听着不知是感动还是不信。

游行中，说到小岛国的生死存亡，说到包括我们中国、尼泊尔、印度共有的喜马拉雅山，说到非洲的生态难民，他们不仅充满同情，还有行动的渴望。

大会谈判桌上，代表国家利益时，寸步不让与妥协间的度，是要谈出来的。游行则不同，靠的是激情，是影响，是唤醒。这在大街上走着时，是随处可以感受到的。

丹麦的大游行，某种程度上像是一次大聚会。每个人都在用自认为最能引起人们关注的方式发出声音，吸引着人们。唱着、跳着是一种表达，"奇装异服"也是一种"说话"。

这次大会谈判的艰难程度，没有超出参加游行者的预料。一位美国学者说，谈判专家要对国会负责，也要让老百姓高兴；而一些发展中国家所面临的生存危机的解决更是刻不容

我们的表达　　　　　地球需要救生圈　　　　"大猩猩"帮忙发传单

缓。让人高兴的是，发达国家老百姓发出的呼声不比发展中国家的声音小，这在哥本哈根大游行时随时都可感受到。他们以如此大的热情加入游行行列，是要给本国政府施加压力，促使大会最终达成协议。会上、会下，穷国、富国，负有责任与义务的国家、正在遭受气候变化影响的人们……所有这些的合力，能不能在哥本哈根翻开人与自然和谐相处的新一页？积极争取，耐心等待，这周就会有结局。但今后要走的路，既不能仅靠一次大会和一次大游行奏效，也不只掌握在谈判者的手中。应该说，

笔下的未来

这和我们每一个人如何对待已经伤痕累累的地球的态度有着密切的关系。

日落之后，游行者举着火把，拿着救生圈，向哥本哈根全球气候大会会场走去。今天大街上游行，大会会场里的电视机旁围着很多人观看。我走过去看了看，直播的对象不是主会场，而几乎全对准街上。在谈判激烈且不顺的时候，来自民间的表达能在多大程度影响各国谈判专家？大家对此充满希望。

学习游戏规则

参加全球气候大会还有一项收获，就是学习外国人的规则意识。前几年，我陪一位比利时记者到内蒙古采访。他住的房间厕所漏水，找了几次服务员也没给修。结账时他不付钱，我问为什么，他说：这次付了，下次还会不给修。要是有人为此不付钱，下次就要认真对待了。漏水是多大的浪费！我们这个地球已经这么缺水了。结束在中国的采访之前，他和我到北京一家很大的音像商店买一盘《一路平安》。我问售货员，回答是没有。怎么会没有呢？我在一盘盘磁带中翻，很快就找到了。比利时记者买了磁带后，非要拉着我去见音像店经理。为什么？我又不明白了。他告诉我，这样的服务态度应该让老板知道。记者不光要宣传文

明，也要捍卫文明。

这次在哥本哈根开会，我再次感受在我们看来是灵活，而在老外看来却是原则的事。第一天注册要排队，在中国工作多年的美国人艾先生和我们一起。上午被告知中午 12 点才开始 NGO 注册，这时已经进去的中国朋友给我发短信说，你们可以闯进来。艾先生说，要闯你去闯，我 12 点再来。朋友又来短信：你们说是官员，就可进。我看了看美国人，还没有张嘴问，他已经说了：要进你进，我要到 12 点再来。下午 1 点多到了大会会场，排队之长，没两三个小时根本进不去。哥本哈根的冬天，下午 3 点天就黑。当时下着小雨，风也是冷飕飕的。正在排得腿都站酸了时，两个从厦门来的朋友看到我们，拉着我往前去。他们说，我们快排到了，到我们这来吧。美国人又是那句

会场外的乐队

话：要去你去，我就在这排着，这是道德问题。看他那样子是不容商量的。我因为是记者，知道记者不用排队，就先进去了。进去后和中国人说起这位美国人的坚持，每个人都认为他这么做没必要。后来我告诉了美国人，他还是那句话：这是道德问题。别人都在那里排队。

还是这位美国人艾先生，12 月 11 日下午，是中国地质学家杨勇在世界自然基金会（WWF）帐篷介绍全球气候变化对中国第三极影响的讲演。中午的大会还没结束，参加下午会时间完全来得及，可艾先生非要先走。在他看来，去发言一定要提前到，一点都不能马虎。对准时的较真，不光是去讲演，也包括和朋友约时间，一点都不能让人家等。他说，和朋友约时间最多只等十分钟，过时就不候了。

还有一位老外，答应要参加一个组织的边会。但开会时间正好赶上哥本哈根大游行，本来答应要去参会的还有几个中国人，但除了他之外，都爽约去看游行了。老外的话很简单：我答应人家了。

在哥本哈根采访约人，特别是名人、重要的人，是很不容易的。采访中有几次都看到一起等着采访的人已经快等到了，可约的下一个人的时间也到了，只好放弃已经等了半天的重要人物。因为下一个人是约好的，不能因为自

己的原因，也不能因哪个人更重要就改。这在他们看来是最起码的为人。

大会第一周，发生过中国官员被拒门外的事。其实在会场门口被拦住的，还有随身带着两个保安的欧盟官员。人家看到进门卡没有读对信息，就在一边等着。还有一位官员着急要加塞进门，嘴里做着解释。可保安没同意，示意她排队去。

还要说明的一点是，这次大会注册后给每人拍照做的进门卡之简陋，比我们自己在家打印出的质量还不如，薄得戴了没两天就皱了。这和我以往参加国际会议制作的精美进门卡形成鲜明对照。应对全球气候变化的大会，把节约从进门卡做起，给人留下难忘的印象。

在哥本哈根，还碰到一件得到当地人认真帮助的事。大游行那天，我忙着采访，没弄清楚是从哪儿出发就出门了，只好走进路边一家酒馆打听。服务员从网上找到信息，打印出来地图，标上游行路线和每一个时段安排送给我。临出门还听到他们说好运！

把加塞认为是不道德，把不遵守约定认为是对人的不尊重，把职守做到"六亲不认"，帮助别人帮得认认真真……在哥本哈根碰到的这些细节，在中国人看来可能是有点死心眼，可谁又能说这些不正是游戏的规则呢。

老外看中国

哥本哈根大会是各国、各利益相关群体谈判的大会。谈判，应该了解对方的底细，也应知晓你在对方的眼里是什么形象。记者虽然不能参加谈判，但能摸摸这些底得到信息，告知更多的人。

2008年北京奥运会刚刚过去不久，在哥本哈根和老外聊天，很少有不提及的。大家认为那是最好的一届奥运会，甚至认为以后也难以超过。还有那次的烟花，一位在华盛顿生活的哥斯达黎加人和一位意大利女记者抢着说从小就喜欢烟花，知道这些漂亮的烟花都是中国制造的。

在中国展台前，每天都有人问这问那。两位巴西人对中国在气候变化中抓住商机很是羡慕，认为现在清洁能源所使用的硬件多是中国产品，销往世界各地。一位德国清洁能源研究者说，德国花大价钱开发清洁能源产品并高价出售给中国。那时，卖方的眼睛是抬得高高的。可是近年来，中国不但自己生产出这些产品，而且便宜很多。这让德国人开始后悔，当初为什么要花那么多钱开发这个产品。一位印度记者说，全球气候变化，对中国来说是个大礼物。你们的企业家在哥本哈根发宣言表示对碳排放的态度和行动，在大会上还没看到有其他国家的企业家这样做。你们已经开始绿色建筑和清洁能源的开发。从哥本哈根回去，我一定要在印度报纸上写文章介绍。

12日大游行时，比利时议员对中国政府在会前对减排的承诺十分赞赏。但和大会上很多人一样，他也有着同样的担忧，认为还要看行动。现在中国承诺的是减少碳排放总

哥本哈根街头公园

河景一瞥

沉重的负担

量，可在高速发展进程没有降下来的时候，降碳也不容易。

美国资源研究所的黛碧会讲中文，亲眼见证中国改革开放以来的变化。她认为现在有两个中国形象，一个是在77国集团加中国的团队中起重要作用的中国，另一个是现在也还有着几亿生活在农村的，日子过得还不富裕，或者说还没有脱离贫困的农民的中国。后一个中国是发展中国家，这是大家承认的；可是对于经济快速发展，让世界市场上到处都是中国制造的前一个中国而言，这应该是一个发达国家。在黛碧看来，不管人们怎么把这两个中国放在一起看，中国自己应该在国际舞台上表现出大国风范。哥本哈根大会

前，中国政府做出的承诺是得高分的。可在开会时，中国一些科学家在谈到应对全球气候变化时强调外援多于自己的努力，又让国际社会觉得少了些大国的样子。

游行民众

美人鱼的故事

在中国当志愿者的一位美国朋友说，做事要有规则，信息要公开，环境保护需要公众参与。中国现在已经开始了，但还要加大力度。

要从每一件事做起，少说，多做，而且要做得认真。

参加美国大学生与华盛顿的中学生对话时，我问知道全球气候变化在中国的影响是什么，一位中学生说，中国的工厂污染环境，污染江河。在哥本哈根街头，一位推着自行车的老人说，中国不继续减少二氧化碳排放，世界减排任务难以完成。在游行队伍中，也有呼吁要给中国政府施加压力的声音。这些都是今日中国在世人心中的形象。忠言逆耳利于行，是老祖宗早就为我们总结出的经验之谈。在谈判中，国家利益是第一位的，可了解一下自己的短处也未尝不是一种态度，一种精神。还有很多东西需要我们去端正，需要我们去改变。

丹麦"海底长城"

为更多了解丹麦文化，12月10日去了一趟海湾小城罗斯基勒，在哥本哈根西北35公里。这里是丹麦故都，著名古迹有两处：一是20世纪90年代才挖出的古船，一是存在教堂里的国王和王后的棺椁。

罗斯基勒大教堂是丹麦最杰出的建筑精品之一。这个砌着红砖、有精细尖顶的大教堂，于1995年被列入世界遗产名录。自12世纪70年代开始建造以来，许多建筑风格迥异的门廊

大教堂外景

大教堂内景

带雕饰的棺框

大理石棺框

和小礼拜堂相继增建，展现800年以来丹麦建筑艺术的最好范例。

自15世纪早期开始，教堂就变成王室家族所厚爱的葬地。著名的"蓝牙王"哈拉尔（手机无线通信技术"蓝牙"由此绰号得名）、玛格丽特一世（丹麦历史上最负盛名的国王）都长眠于此，这里共葬近40位国王和王后，

寄托哀思的塑像

寂静无人

今天罗斯基勒静静的海湾，已经不容易让人想象当年这里会是古战场。在被挖出古船的水边建有一座博物馆，里面介绍在这一峡湾中的水下通道和当年的战略要地。不出所料，真的又有五艘沉船被发现，而这里当年有三条航道。人们发现沉船后分析，当年这几艘船是沉下去堵住要塞抵抗入侵者的。同去的美国朋友艾先生说，这不就和中国的长城一样吗？这可以说是丹麦当年的水下长城。

从海底挖出的古船

罗斯基勒的天空

游人看到的是华丽而精美的石棺。1985 年在教堂西北角建造的新墓地葬着当今丹麦女王玛格丽特二世的双亲，即国王弗里德里克九世和英格丽德王后。

研究古造船技术发现制作工艺

船上状态复原

当年战略要道示意图

静静的海湾

丹麦的小河

游丹麦动物园有感

为更多了解发达国家对自然的尊重与保护的做法，我去了趟丹麦动物园。动物园建于1859年，是欧洲最老的动物园之一，是丹麦一位公主为保护鸟类和小兔子而建的。

开始，动物园管理者希望能有更多的动物供人参观。但后来他们修正想法，减少动物数

老房子

量，为的是用有限的资源给已有的动物以更好的生活条件。

火烈鸟

圣诞前孩子每人领一顶小帽子

　　动物园门票 130 丹麦克朗（比值和人民币略同），不算便宜，但也有窍门：如果花 240 克朗买一张年票，一年 365 天随便去。这样一来，既能省钱，又能常常来这里认识自然。这是管理者想出来的吸引游客，让人们更好地了解动物的办法。

　　我在北京给学生做环保讲座时间，你们知道老虎喜欢生活在什么样的林子里？很少有人能回答。再问去过多少次动物园，就有孩子举起手说，100 次，200 次。到动物园去，是不

1905 年建的塔，在当年欧洲是流行建筑模式

少孩子周末和放假时的选择。去过一两百次的也许不多，但从懂事以后去过十次八次的不在少数。1996 年，我在美国的动物园里学习怎么让志愿者当导游为游客服务，回来后就在北京动物园里推广。从 2004 年开始，志愿者导游已经"占领"北京动物园各个"领地"。欢迎这个项目的不光是游客，也包括志愿者自己，他们学会了如何学习、寻找、传授和游客、和动物打交道的知识。这几年，志愿者导游不仅给游客讲动物故事，也讲它们的家园。用专业一点的词，就是讲动物栖息地和生态环境。这既可以让人们认知动物，也同时学习怎么保护动物。

　　丹麦动物园里 2008 年新开的大象馆，是世界著名的英国设计师的作品。从 1905 年开始，动物园里每年都会有音乐会。看着音乐会的照片，让人想象在这里听音乐会，有一种在

北极熊的张望

狮子一家

哺乳

观狼

我投进 20 克朗，选择为大象生活地的村民做点什么。这些年关注江河，我知道与野生动物生活在一起的老百姓所碰到的困难有来自自然的，也有来自人类的。丹麦人捐款也是必要的。这次哥本哈根大会，发达国家之所以要承担更多的义务，那是因为发达国家对大自然、对深受气候变化之害者欠了账，当然要承担责任。

森林里听交响曲的感觉。

在展示大象标本的教育中心，提供让大家成为保护大象志愿者的机会。那是一个电子屏幕，上面有几个选项，可以把最低 20 克朗的钱投进入口；旁边还有几个选项，包括把钱用于保护大象、保护大象栖息地，或者为大象生活所在地村民做些什么以及有关大象的研究。

为大象栖息地的村民捐款

跨越爱琴海　感受特洛伊——重新认识土耳其

绿家园生态游，是从 1996 年在北京蟒山森林公园领养树木和 1997 年到内蒙古库布奇沙漠的恩格贝种树开始的。2008 年春节，绿家园生态游第一次出国，游到了尼泊尔，开创独具特色的国际生态游。独特之处在于生态与文化的结合，还有大巴课堂上随行专家讲课。2010 年 3 月 5 日至 20 日，绿家园生态游目的地是土耳其，在伊斯坦布尔，在博斯普鲁斯，在达达尼尔海峡，领略海峡的要塞之势，在爱琴海感受大自然的独特。

同行者用了这样一个词：颠覆——对土耳其有了颠覆性的重新认识。形状各异的现代化

毗邻海峡的奥尔塔科伊清真寺（迈吉德清真寺）

风中的爱琴海

建筑，华丽肃穆的清真寺宣礼塔（传音塔），博斯普鲁斯海峡上的跨海大桥，《荷马史诗》中的特洛伊城遗址……迷人的自然风光，丰富的文物古迹，宜人的气候条件，游人向往的乐园，如果不是亲眼目睹，真是难以想象土耳其怎么享有"旅游天堂"的美誉。另外我们的导游有

清真寺及其周边

一个很浪漫的名字——罗米欧，他的中文之好、知识之丰富，让绿家园生态游行程语言交流得以顺畅，在知识陶冶方面得到极大的享受。

土耳其国土西起巴尔干，东至高加索，向北延伸至黑海，南部濒临地中海，面积在欧洲位居第二。这里气候温和，地形复杂，从沿海平原到山区草场，从雪松林到绵延的大草原，是世界植物资源最丰富的地区之一。长达8000公里的海岸线包括爱琴海和地中海沿线，点缀着数处保存完好的海滩。巍峨的阿勒山山顶终年积雪覆盖，景色最为壮观。此外，土耳其还是一个河流、湖泊众多的国度，底格里斯河和幼发拉底河均发源于此。绿家园生态游一行人从导游的介绍中、从去之前做的功课中、从大巴课堂生态学家徐凤翔的讲课中，发现土耳其真是一片四季皆宜的土地。土耳其气候类型变化很大，一般来说，夏季长，气温高，降雨少；冬季带来降雪和冷雨。气候多样性让农作物品种极为丰富，这里是世界上烟草、开心果、葡萄干和水果蔬菜的主要产地之一。我们这些来自北京的人，除了对土耳其自然与文化的丰富了解甚少，对季节与气候冷热估计也不足。3月了，以为已经暖和，但所带衣服全穿上还是觉得冷！

欧亚大陆桥与古城堡

伊斯坦布尔是土耳其最大城市和港口，也是全国金融和商业中心。博斯普鲁斯海峡和达达尼尔海峡是战略性水上通道，一头一尾将爱琴海、地中海同马尔马拉海、黑海相连。我们的小学地理书上就有对这两个重要海峡的介绍。当年背这两个海峡的名字，如今站在海峡边上，才知道这里人与自然之和谐，历史与今天之不可分割，文化传统与当代社会生活之相依相存。

1500 年历史的女儿塔

近看伊斯坦布尔

在博斯普鲁斯海峡和达达尼尔海峡，土耳其监管所有舰船进出，也包括从俄罗斯为数不多的不冻港开出的舰船——这些舰船要通过这两个海峡前往爱琴海和地中海的温暖海域。导游罗米欧说，我们要是把海峡封上，俄罗斯航母就只能在自己的黑海里玩了。虽然只是导游，但他对自己国土重要性的高度认知随处可见。

在伊斯坦布尔，我们看到很多历史古迹。作为欧亚两洲分界线的博斯普鲁斯海峡从城中穿过，将这座古城一分为二，伊斯坦布尔成了全世界唯一一座地跨欧亚两洲的城市。这里先是成为东罗马帝国（拜占庭帝国）首都，后来成为奥斯曼帝国首都，直至 1923 年土耳其共和国成立后迁都安卡拉为止。

近 1700 年的都城史，给伊斯坦布尔留下丰富多彩的文物古迹。市内有 3000 余座大小清真寺，高耸的宣礼塔（导游称之为传音塔）多达 1000 余座，只要举目四望，总会有造型各异的

海边的夏宫

苏丹艾哈迈德清真寺

蓝色马赛克镶嵌

圣索菲亚大教堂之外

宣礼塔映入眼帘，故有"宣礼塔城"之称。

伊斯坦布尔最著名的清真寺是建于1616年的苏丹艾哈迈德清真寺，是世界上现存的唯一六塔清真寺。因造型别致，又以"蓝色清真寺"闻名于世。

它被称为蓝色清真寺，因其墙壁上的图案由2万多块蓝色花瓷砖所镶嵌，其光线柔和静谧而得名。油画家唐先生说，这样规模的镶嵌，可谓前所未有，今天仍难以企及。

圣索菲亚教堂始建于532—537年，后在暴乱中被摧毁，又经重建并从教堂改为清真寺，现在是一个博物馆。

让我很感兴趣的还有埃及方尖碑底座。这一方尖碑是伊斯坦布尔最古老的石碑，公元前15世纪建造，迄今已有3500多年历史。埃及方尖碑是法老为纪念胜利建造的。公元前390

教堂内景

埃及方尖碑

红色砖块是古人的预防地震设施

匠为减缓地震采取的防范措施。那时减震水平能达到这样的程度，不能不让人震惊。我们在土耳其期间正赶上一次较大的地震，不过那是在东部，离伊斯坦布尔很远。

土耳其人对中国的友好与好奇，大大超出我们的想象。参观老皇宫时遇到一群学生，那一刻我举着相机拍他们，他们拿着手机拍我们。把这个画面记录下来，真是有意思！

年，拜占庭国王泰奥多修斯一世把它从埃及卢克索的亚蒙神庙运来，矗立在今天这个地方。尽管每一百年这里都要发生平均烈度6.5级的地震，但石碑一直矗立在古赛马场内，没有受到任何影响。这个石碑由红色花岗岩制成，重约300吨。罗米欧告诉我们，古人对地震的防御，可看看那被垫着的红砖，它是几千年前工

互拍

在老皇宫集体自拍

热情的孩子

绿家园生态游经历 10 个多小时的飞行，游历伊斯坦布尔的景点，大家看得流连忘返，连声赞叹。以前对土耳其了解太少，不仅是文化，还有生态。古人云，行万里路，读万卷书，太有道理了！仅仅一天工夫，我们对土耳其的认识就有了这么大的变化。

明天将乘船游历博斯普鲁斯海峡。那曾经是地理书上的概念和地名，近距离观看会让我们知晓它是如何将两大洲分开，欧亚大陆桥又是如何将两大洲连在一起的。

博斯普鲁斯海峡

在热情中守望自然，旅行者的精神涅槃！这是有人对土耳其游的赞誉之词，我觉得挺贴切。在这里，随处都可以感受到当地人的热情，不光是对自然，也对人，对来自不同文化背景的人。昨天参观老皇宫时看到的那群学生，我们不管走到哪儿，如果相遇他们一定送来满脸的微笑。每一个孩子问的问题也是一样的：你叫什么名字？不知为什么，对名字那么感兴趣。

博斯普鲁斯海峡又称伊斯坦布尔海峡。博斯普鲁斯，在希腊语中是"牛渡"之意。传说古希腊万神之王宙斯变成一头雄壮的神牛，驮着一位美丽的人间公主从这条波涛汹涌的海峡游到对岸，海峡因此而得名。

博斯普鲁斯海峡沟通黑海和马尔马拉海，是将土耳其亚洲部分和欧洲部分隔开的海峡。海峡全长 30 公里。北面入海口最宽处 3.7 公里，最窄处 750 米，中流深度 36.5—124 米。海峡中央有一股由黑海流向马尔马拉海的急流，水底又有一股逆流把含盐的海水从马尔马拉海带到黑海。因鱼群季节性地通过海峡往返黑海，故渔业颇盛。海峡两岸树木葱郁，村

博斯普鲁斯海峡

1856 教堂

海边垂钓

庄、游览胜地、华丽的住所和别墅星罗棋布。

罗米欧告诉我们，那些在海边钓鱼的人是周末被老婆赶出家门的。老婆要在家做事，先生最好不要在旁边唠叨，所以就赶出家了。在海边抽烟没人管，男人们就乐得每个周末都到海边垂钓。多有意思的解释，多有意思的缘由。

博斯普鲁斯海峡是沟通欧亚两洲的交通要道，是黑海沿岸国家罗马尼亚、保加利亚、乌克兰以及俄罗斯船只驶向外海与地中海国家衔接的第一道关口，极具战略意义。如今，海峡两岸土地主权均属土耳其，过海船只按照1936年生效的《关于海峡制度公约》行驶。海峡南端最窄处，飞架着世界第四大吊桥、欧洲第一大吊桥——博斯普鲁斯海峡大桥。它气势雄伟，横跨海峡两岸，连接欧、亚大陆。

博斯普鲁斯海峡两岸地质构造均为坚硬的花岗岩和片麻岩，不易侵蚀，岸壁陡峭，水流湍急。虽然分属欧亚两洲，但景色十分相似。

一边是亚洲一边是欧洲

博斯普鲁斯海峡大桥

水晶皇宫用了45吨水晶

海峡上方的加拉塔大桥（老桥）及远处的加拉塔（灯塔）

萨瓦罗纳号——世界著名游艇之一

鲁梅利希萨勒城堡

新桥一侧

海边庭院

古堡与陆桥

海鸥竞翔

草地、树丛，片片翠绿；高楼、小屋，点点朱红。东罗马帝国和奥斯曼帝国遗留下来的巍峨皇宫傍水耸立，古堡残垣矗立岸边。在海峡中段，两岸各有一个 14 至 15 世纪的古堡，像一对威武的雄狮昂首挺立。海峡的自然风光与历史古迹相映生辉，让博斯普鲁斯海峡成为土耳其著名旅游景区之一。

　　为了保卫跨越海峡的这座都城，历代东罗马帝国皇帝和以后的奥斯曼帝国苏丹沿海峡两岸，特别是欧洲一侧先后修建许多城堡，其中最有代表性的是阿纳多卢费内里城堡和鲁梅利希萨勒城堡；前者位于亚洲一侧，为东罗马帝国巴耶塞特一世于 1390—1391 年所建；后者在欧洲一侧，为奥斯曼帝国穆罕默德二世于 1453 年所建。

　　这张水渠的照片是在行进的车中拍的，虽

有轨电车

垃圾箱

瓦林斯水渠

街边小憩

街边服装店

体会擦鞋

然有些不清楚，但却十分值得说一说。瓦林斯水渠是东罗马帝国皇帝瓦林斯于 375 年下令建造的，用于城市供水。水渠距地面 64 米，高 20 米，原长 1 公里，现在只保留下 800 米。水渠下部主要由大石块垒成，上部由小石块砌成。这些石块大都是从古卡凯东城墙拆下来的。

　　我们在伊斯坦布尔只有一天半时间，可是就像我昨天说的，就这一天半，以往印象中的土耳其有了颠覆性的改变。遗憾以前怎么对历史如此悠久、文化底蕴如此丰厚、自然风光如此独特的土耳其了解得那么少。明天要去的是《荷马史诗》中"木马计"故事的发生地特洛伊，和爱琴海亲密接触。

　　在离开伊斯坦布尔之前，我拍了当地一些市景生活，让我们对这个古老国家的今天多些感受。

蜜供

游船上

土耳其烤肉

特色工艺品

行走特洛伊遗址

　　绿家园生态文化游一行人中，有在大学教外国文学的于洪笙教授。出发之前她提出的唯一希望就是，此行能不能去一下特洛伊古城？在外国文学中，特洛伊占有太重要的地位。

　　3月8日，结束博斯普鲁斯海峡游，从伊斯坦布尔乘大巴渡轮过爱琴海时，天已擦黑。那一刻，无论看还是拍，海都是蓝色的。回到船舱，发现已沉浸在一片艺术的海洋中。据说是一个什么党派的人要去参加活动，从这些党员演奏的乐器看，活动会是轻松愉快的。而那

夜渡

渡轮上欢乐的人们

份激情，把我们每一个人也从自然的海洋带向艺术的海洋。土耳其人生活中的快乐和潇洒深深地感染着我们。和他们告别，下船重新登上大巴，大家余兴未尽，把和大海、江河有关的歌一首接一首地唱起来。唱歌，特别是唱和大自然有关的歌，也是我们生态游的组成部分，何况这次还是生态文化游呢！

　　在爱琴海边恰那卡莱度过的一个晚上，土耳其浴让我理解了水与人的相互关系。怎么说呢，在土耳其，沐浴是一种人与自然的结合、自然与艺术的交融。不是亲身感受，很难想象。那个晚上，就我一个人感受50欧元一次的土耳其浴。进去后，里面的男士让我脱衣服。我说怎么脱，全脱吗？他说是。我有些害怕，赶快去找导游罗米欧。他说，土耳其浴是一种人体享受，所以不分男女是一样的。当然，如果你不能接受，也可以用浴巾盖上关键部位。于是我照着他说的，按照自己的习惯加以处理。没想到，这位先生简直就像是对待一件艺术品一样，对我没有遮盖的身体部分进行艺术"创作"。那份精致，那份舒服，真难以形容——让你没有一点邪念，有的只是身体和精神上的享受，难以忘怀。

海鸥的早晨

景区对特洛伊古城的介绍

这一夜，我们听着爱琴海的涛声入睡；清晨，又在涛声中走出房门面朝大海。前两年我去希腊，阳光下的爱琴海发出蓝色的金属光泽。这次站在风中，看到的是灰蒙蒙的天穹，朦朦胧胧的大海，只有常年厮守的海鸥依然那么钟情。

我们的车向着古城开去，于洪笙教授在大巴课堂上讲文学史上的"木马计"。

传说英雄阿喀琉斯的父母——国王珀琉斯和海中女神的女儿忒提斯举行婚礼，邀请了奥林匹斯山上的许多神仙，唯独没有请争吵女神。热闹的宴会上，怒气冲冲的争吵女神不请自来，扔下一个金苹果，上面刻着一行字："给最美丽的女神。"

女神们都想得到金苹果，以此证明自己是最美丽的。于是，众神首领宙斯命令她们到特洛伊去，请一个叫帕里斯的牧羊童来评判。为得到金苹果，女神都给帕里斯最大的许诺：天后赫拉答应使他成为国王，智慧女神雅典娜保证使他成为最聪明的人，爱与美的女神阿佛洛狄忒发誓让他娶到全希腊最美丽的女子做妻子。于是帕里斯把金苹果给了阿佛洛狄忒，因为他不要智慧，不要当国王，只要最美丽的妻子。果然，这个特洛伊王子拐走了王后海伦。

希腊人联军攻打特洛伊城，但特洛伊城十分坚固，九年也没有打下来。第十年，奥德修斯想出一条妙计。一天早晨，希腊联军战舰突然扬帆离开，平时喧闹的战场变得寂静无声，海滩上只留下一只巨大的木马。正在这时，有几个牧人捉住一个希腊人，把他绑着去见特洛伊国王。希腊人告诉国王，木马是希腊人祭祀雅典娜女神的。希腊人估计特洛伊人会毁掉它，这样就会引起天神愤怒；如果把木马拉进城里，就会带来神的赐福。希腊人把木马造得这样巨大，就是使特洛伊人无法拉进城去。

特洛伊国王相信了这话，下令把木马往城里拉，但木马实在太大了，比城墙还高，特洛伊人只好把城墙拆开一段，终于把木马运进城。当天晚上，特洛伊人欢天喜地庆祝胜利。大家跳着唱着，喝光一桶又一桶的酒，直到深夜才回家休息，做着和平到来的美梦。

深夜，一片寂静。那个劝说特洛伊人把木马拉进城的希腊人，其实是个间谍。他走到木马边，轻轻地敲了三下。这是约好的暗号。藏在木马中的全副武装的希腊战士，一个又一个地跳了出来。他们悄悄摸向城门，杀死睡梦中的守军，迅速打开城门，在城里到处点火。隐蔽在附近的大批希腊军队如潮水般涌入特洛伊城，城市被攻陷。十年战争终于结束，希腊人把特洛伊城掠夺一空，烧成一片灰烬。男人大多被杀死，妇女和儿童大多被卖为奴隶，特洛伊的财宝都被装进希腊人的战舰。海伦也被墨涅依斯带回了希腊。

此后，"当心希腊人造的礼物"这一俗语在世界上许多国家流传。它提醒人们警惕，防止被敌人的伪装欺骗，特别是不能让敌人钻进自己的心脏地带。这正是来自木马计。"特洛

古城远眺

伊木马"现在已成了"心理战"的同义语，比喻打进敌人心脏的战术。

特洛伊是古希腊时代小亚细亚（今土耳其位置）西北部的城邦。诗人荷马创作的两部西方文学史重要作品《伊利亚特》和《奥德赛》中的特洛伊战争，便以此城市为中心。根据希腊神话中的记述，这里被视为希腊城邦的

当地修建的巨型木马

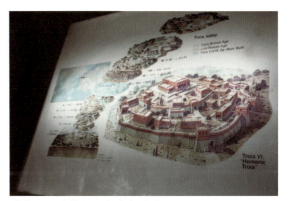
博物馆里的特洛伊古城复原图

一部分，拥有与希腊文化相似的社会。特洛伊城最为人所知的，是它从东西方港口贸易中获取的巨额财富、发达的纺织业、钢铁业和巨大的防御城墙。在1871年遗址被发现前，该城一直被视为传说。史诗中的特洛伊，其遗址在今天的地理位置位于土耳其西北方恰那卡莱省的希沙利克，离达达尼尔海峡不远。罗马帝国时期，奥古斯都于此处建成一座名为"Ilium"的城市，于拜占庭帝国时期迅速没落。

1871年，德国富商、业余考古学家海因里希·施里曼资助并参加特洛伊城遗址废墟考古。说到施里曼，7岁那年他从哥哥那里得到一本关于特洛伊战争的儿童读物，其中一幅插图是燃烧的特洛伊城门。这幅插图给了幼年施里曼一个梦，要寻找失落的古城。后来，人们又在这个地方发现更多不同时代的城市遗址。其中被考古学家命名为"特洛伊Ⅶ"的遗址被认为是荷马史诗时期的特洛伊城，不过至今仍有争议。

于洪笙教授说：有少数当代学者认为，荷马史诗中的特洛伊城并不是位于安那托利亚，而是位于英国、克罗地亚和斯堪的纳维亚等地。不过这些理论并未被主流学者所接受。另有学者认为，特洛伊人原属匈牙利游牧民族马扎尔人的一个分支，后遭赫梯王国攻击，才横

古城与我们

"特洛伊Ⅱ"遗址

木马当年从这里走过？

历史在这里展现

中国生态学家在思索

不同时代的古城文化层

越海峡至特洛伊城旧址定居。特洛伊战争后，特洛伊人沿着地中海北岸出逃，直至意大利，形成伊特鲁里亚文明。

导游罗米欧告诉我们，遗址考古发掘始于1870年，考古学家将特洛伊城址文化堆积分作9层。这些文化层因时间久远和人为的破坏，已经打乱顺序，从图上才可看出大概意思。

我从网上也找到这样一段记载：从最下层的第一层向上到第五层，属青铜时代早期，年代约为公元前3000年至前1900年或前1800年，有城堡、王宫等建筑。这时特洛伊已是小亚地区西北部文化中心。第六层约为公元前1900年或前1800年至前1200年，这时北方草原民族入主特洛伊，城墙坚固，城内有许多贵族住宅。这一时期的城市毁于地震。第七层是约公元前1200年至前1100年，相当于特洛伊

遗址 VI 所在地

古剧场遗址

美国电影《特洛伊》留下的木马

战争的年代。前期在文化上继承第六层传统，后期发生变化，居民可能来自欧洲。第六层和第七层均属于青铜时代中晚期。第七层和第八层之间，约400年间无人居住。最上面的第八至九层，分别属于希腊人居住时期和希腊化时期、罗马统治时期。公元4世纪，君士坦丁堡城建成，特洛伊城逐渐湮没。

自从发现特洛伊城遗址，考古学家陆续发掘出更多不同时期特洛伊城的文化层，分别以特洛伊"I-IX"命名，共六个时期。据考，史上第一座特洛伊城约于公元前3000年便已建成。由于此地扼守达达尼尔海峡，所有往来爱琴海与黑海之间的商船必须通过此处。因此在青铜时代，该城似乎已经是一个繁盛的贸易城市。

导游罗米欧说，他喜欢土耳其自己造的

昔日古战场

那座大木马，不喜欢美国人拍电影后留下的这座。在特洛伊古城，我们什么纪念品也没有买到，留下的只是照相机里的照片。美国人建的大木马旁，当地人卖的工艺品倒是让我们选择了一些，准备带回家留作纪念。

　　3月9日离开特洛伊，再次回到爱琴海畔。这时风更大了，而慢慢露出头的太阳把弯弯曲曲的海岸线描绘得如同披着一层有姿有色的纱幔。告别爱琴海，留下太多美好的难以忘怀的回忆。

告别爱琴海

中东欧绿色之旅——把森林当朋友

波兰——居里夫人的故乡

2010 年 9 月，绿家园生态游到访东欧的波兰、捷克、匈牙利和中欧的奥地利，做了一次绿色之旅。波兰是第一站。

"波兰是绿色的世界，所有的山峦、田野全被绿色尽情染了个透。在那里，天很蓝，空气很新鲜，万物充满勃勃生机。"这些是我听去过波兰的人的形容。到了波兰，则真正被那里的环境所感动，无论在城市马路的石缝里、田野中，还是在农户民居里。

有人说，生态环境的保护，在世界范围内受到重视似乎是近几十年的事。然而波兰人

华沙闹市区路边

重视环保的历史却要久远得多。早在 1820 年，波兰就出版了环保杂志《希尔万》，是世界上最早的环保刊物之一。真的到了波兰，我们才知道什么叫生态保护。

华沙城里的大树

大学校园

路边小花

哥白尼塑像

肖邦的心脏安放在这里

居里夫人故居一角

小时候的居里夫人和家人的照片

在波兰首都华沙，我们去的第一个地方是该市地标即哥白尼塑像所在的广场，然后到安放肖邦心脏的教堂，接下来走进居里夫人故居。这三个人被誉为"波兰三杰"。一个城市，拥有这么多世界级的人物。

波兰人深深懂得，森林是保护生态环境的主角。在两次世界大战期间，该国森林遭到严重破坏。1945年二战结束时，森林面积剩下不到650万公顷，覆盖率仅为20.8%。受过创伤的人对绿色有着更深刻的理解。如今，波兰森林面积已扩大到880万公顷，森林覆盖率达到28%以上，林木蓄积量从8.45亿立方米增加到15.7亿立方米。全国有1200处自然保护区，其中森林占保护区面积的54%。许多森林公园成了人们休闲度假的首选地。

我们还去了奥斯威辛，了解当年的集中营。二战期间，纳粹德国在此建了四个专供杀人的毒气室、焚烧炉以及为各种屠杀活动服务的"医学实验室"。从1940年到1945年，有400万人在这里惨遭杀害。可以说，那里是最适合让世人反思战争的地方。

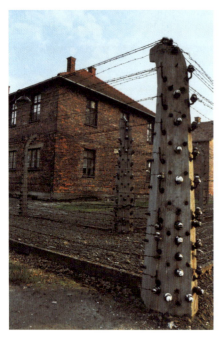

电网仍在

集中营的铁轨

女士留下的鞋子

囚徒的头发和眼镜

一盒又一盒鞋油（李星燕摄）

这样的森林离华沙不远

供警卫巡视的区域

我们看到一片可能是世界上唯一在200万人口城市近郊的大型自然综合生态区。波兰人均绿地78平方米，也是世界大都市人均占有绿地最多的国家之一。本来看介绍，这里有一棵几人抱不过来的大树，可惜没找到。问了很多当地人，他们说，我们这里到处是大树，你们要找哪一棵？

在波兰，国有林在森林中占主导地位，达

原生态是这里的特色（李星燕摄）

湿地与森林

78.4%，国有林以保养好、质量高而闻名。正因如此，尽管近些年来不断有人提议将国有林私有化，但有关法案始终因反对者众多而未能通过。人们担心森林在私有化后会逐渐退化，足见波兰人环保意识的强烈程度。在波兰，所有保护森林、保护生态的议题都受到各届政府的高度重视。近些年来，又有一系列相关的法律法规相继出台。1991年通过的《森林法》突

出强调森林的社会意义和经济意义，把森林的环境再造功能和社会功能放到与经济功能同等的地位。在波兰的森林之旅，让我们对树与人的关系有了新的理解。

巧夺天工的波兰盐矿博物馆

不是亲眼所见，怎么也不会想到一座布满雕塑的盐矿博物馆会那么绝妙。

盐矿里教堂的圣母像和大吊灯

盐矿博物馆展示板

盐在这里生成

盐雕圣母圣子

纪的盐矿至今已开采 9 层。如今 1 至 3 层已完全停止采盐，开辟为古盐矿博物馆，供游人参观。采掘过的矿层里的一座座建筑和一尊尊雕像都由岩盐凿成，精美晶莹，让人浮想联翩。1978 年，联合国教科文组织将维利奇卡古盐矿博物馆列为世界遗产。

维利奇卡盐矿矿床长 4 公里，宽 1.5 公里，厚 300—400 米；巷道全长 300 多公里，深度为 327 米，迄今千年间共采盐 2000 万立方米。为方便视察和参观，早在 1744 年就在矿井内兴修楼梯通道。后来又在离地面 130 多米深的巷道建起世上罕见的供旅游者参观的游览胜地，建有博物馆、娱乐大厅，保留原有的盐湖、祈祷室和矿工劳动场面的原貌，让观众看到盐从结晶到形成、被开采的全过程。艺术天赋极高的矿工和艺术家合作，巧妙利用大小不

维利奇卡盐矿位于波兰南部喀尔巴阡山北麓，克拉科夫市南 15 公里处，是欧洲最古老且现仍开采的一座富盐矿。这座开掘于 11 世

亚诺维奇矿工祈祷室

盐雕耶稣受难像

盐雕哥白尼

盐灯

壁雕

盐矿一角

盐雕国王

同的采空区凿出房间、礼拜堂、娱乐厅等一座座风格迥异的建筑，雕塑出一尊尊栩栩如生的人物，把美丽的故事呈现在游人面前。

有一个美丽的童话《金卡公主的戒指》：很久以前，匈牙利国王贝拉四世将爱女金卡许配波兰克拉科夫大公鲍莱斯瓦夫，操办嫁妆时问女

儿需要什么。公主答："需要盐。"国王很诧异："为什么？"公主答："人离不开盐。波兰没有盐矿，而我们这里有许多。"国王把公主带到马拉穆累斯盐矿，告诉她，这里有一块又一块岩盐，每块岩盐有几百斤重。我把它们送给波兰，可是怎么运过去呢？公主一边默祷，一边偷偷摘下订婚戒指抛向盐矿井下。大公成婚后夫妻旅行的第一个地方叫维利奇卡。这是一个非常非常小的城镇，没什么物产，一点也不知名。公主请求在这里挖一口井，纪念二人的婚姻。全城人都来看挖井，奇迹发生：掘出一块白色岩石。公主尝了上面的颗粒，是盐！而且里面还有自己抛出的那枚戒指。故乡马拉穆累斯的一座盐矿，千真万确地伴随着金卡公主来到波兰维利奇卡。

向公主献上从岩盐中采出的戒指

100多年前矿工工作场景

从此，波兰人不再担心没有盐的日子。手中有了盐，请客吃饭时可以自豪地说"没有盐，就没有滋味"，生活变得幸福和安乐，而波兰也因此在中世纪成为欧洲强国。金卡公主确有其人，她乐善好施，在丈夫死后长年修道，并把财富散与穷人。采盐是十分艰苦且危险的工作，矿工把金卡公主视为保护神，在地下一座座教堂或祈祷室里念诵她的名字，希望保佑平安。盐矿博物馆据此建造金卡公主神话厅，陈列矿工向公主献盐的群雕。

井下餐厅

灯火辉煌

波兰所获世界遗产名录（1978-2008）（李星燕摄）

金卡公主教堂（李星燕摄）

盐雕祭坛

金卡公主教堂可容纳 400 余人，是这座地下艺术殿堂中最为壮观的地方。它始建于 1896 年，由三名矿工精心雕琢，历时 67 年，直到 1963 年才大功告成。金卡公主全身雕像立于主祭坛正中，周围是与之有关的人物雕塑。教堂四壁布满大小浮雕壁画，其中最著名的一幅壁画是仿制达·芬奇的《最后的晚餐》。

维利奇卡盐矿不仅供游人参观，还可供某些疾病患者来此治疗。1964年，在盐矿第5开采区211米深处开设研究过敏性疾病的疗养所。1974年又在矿井下建成了疗养院，供呼吸道疾病患者疗养。

盐塑《最后的晚餐》

这里是音乐厅

小商品店

盐湖

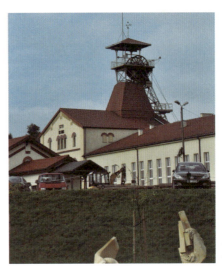

盐矿地上部分

东欧现在和中国一样，也处在经济发展、人们生活水平提高的阶段。但是那里的管理，那里的绿色，处处都不能不让我们感慨。一次生态文化游，看到的和了解到的都很有限。但是去看，去想，还是很有意思的。生态学家徐凤翔对生态游的地位还有两个字，就是学和思。在享受旅游的同时学和思，体味的可不可说是一种境界呢？

在捷克感受人与自然

如果不是到捷克，真没有想到：那里通往一个个小镇的路都是森林之路，那里的小镇有那么多参天大树，那里人与自然的和谐有那么悠久的历史，那里的人们并没有因追求经济发展就改变大自然的颜色。以上所见，绿家园生态游拍的照片可以为证。

车窗外的捷克农田

捷克路边村庄

捷克的历史头绪繁多。5 至 6 世纪，今天的捷克地方开始有人类定居记载，此后先后建立萨摩公国、大摩拉维亚帝国和波希米亚王国，接连臣服于匈牙利王国、神圣罗马帝国和奥匈帝国。一次大战后奥匈帝国瓦解，捷克与斯洛伐克联合，于 1918 年成立捷克斯洛伐克共和国。1938 年，英法在慕尼黑会议上出卖捷克斯洛伐克，致使该国 1939 年被纳粹德国占领。1945 年捷克斯洛伐克在苏军帮助下获得解

通往捷克乡间的路边

放。1989 年，捷克斯洛伐克政权更迭，实行多党议会民主制。1993 年 1 月 1 日起，捷克和斯洛伐克分别成为独立主权国家。绿家园生态游这次去的是捷克，不包括斯洛伐克。

大片的红顶老屋，零星的摩天大楼

森林与池塘

室内花艺

我们越过波兰边境，到的第一个捷克城市是俄斯特拉发。这里煤产量居全国首位，钢铁产量在全国占较大比重，为捷克最大矿业中心和重要冶金工业中心。在这样一座有采煤、有焦炭、有化工的重工业城市，拍到的照片依然是蓝天白云、绿树清波，这是不是可以说明捷克人与自然的关系是怎样的？

穿过森林，驶过农庄，到达捷克第二大城市布尔诺。布尔诺屡遭战火，但许多宏伟的

小河自然流淌

路边巨型广告

河流在布尔诺城中穿过

布尔诺市中心钟楼

建筑物至今犹存，城内有很多中世纪古迹。坐落在高冈上的什波尔别尔克城堡建于 1277 年，原为摩拉维亚侯爵宅邸。历代领主不断进行加固、扩建，但不管怎么扩建，这里的河流、建筑和雕塑一直被绿色环绕。

布尔诺市中心大教堂钟楼每天上午 11 时敲午时钟，以钟声纪念"三十年战争"。1618—1648 年，神圣罗马帝国与瑞典爆发"三十年战争"，瑞典军队两次围攻布尔诺。其中一次敌

大树掩映下的库特那霍拉雕塑

人骨教堂内景之一

人骨教堂内景之二

军久攻不下，决定在最后一天午前仍不能得手就撤退。市民获悉这一消息后，就在 11 时提前敲响午时钟。瑞典人闻声撤退，围城解除。此后敲午时钟这一传统延续至今。

我们在这里，感受最深的是人少，绿多。生态学家徐凤翔说：这里的绿，一是欧洲特有的湿润气候，再有是人少，第三就是当地人对自然的理解。村庄很多都是在森林周围，有些还是原生态的。东欧今天也在追求经济发展，不过在追求发展的同时，还是给大自然留下空间。

我们还去了捷克小城库特那霍拉，那里以人骨教堂闻名。当年因为发现银矿，此地一度

非常繁荣，成为波希米亚王国中心。大约 13世纪时，被国王派遣朝圣的修道院长把从耶路撒冷带回的圣土撒在教堂周围。按西方人习惯，墓地都建在教堂附近。之后该教堂名声大噪，富人都希望死后埋在那儿，墓地随之逐渐扩大。随后的黑死病让这里死了三万多人，也都埋这儿了。再就是长达二十年的"胡斯战争"造成无数伤亡，坟冢遍地。时间长了坟荒了，尸骨渐渐露出地面，被教堂一个半盲修士收殓到教堂地下室。尸骨堆得多了，不光硌手硌脚，也不好看。1870 年，当地史瓦森博格家族重修教堂，请艺术家整理、修饰这些尸骨。

据说在西方，出于对上帝的敬畏，人们并不觉得展示尸骨有啥难看和不妥。这样用人骨来做装饰的教堂好像还不少，在葡萄牙就有另一个同样出名的人骨教堂。对死人的尊重，其实也是对活人的尊重。不同的文化，真是有不同的表现方式。

世外桃源在捷克小镇

在东欧，绿家园生态游大巴课堂上一直在讨论：这里的田园风光和今天中国农村的瓷砖新房相比，哪个更是以人为本的发展？这里森林随处可见，这里的天灾多吗？这里小镇的古老，让人是感受到当年文化的灿烂，还是有些人眼中的衰退呢？

我们下一个目的地是卡罗维发利古镇。此地坐落于山谷之中，依山而建的各式房舍分布

小溪奔流

秋到小镇

远眺小镇

河边野花

尝一口

温泉冒着热气

花园里的老两口

在河谷两侧，溪水正好穿过城镇中心，风景秀丽，气候宜人。这里的建筑多是新古典主义时期风格。自 1350 年建城后，小城先后在 1604年和 1759 年两次遭受火灾，原先的哥特式和文艺复兴式建筑大都烧毁，所剩无几。19 世纪，这里兴建大批装饰华丽的新艺术风格的建筑。徜徉城中，会觉得置身于古老的奥匈帝国时代。卡罗维发利地处深山密林中，远离尘嚣，秀美的峰峦与纯欧式建筑、清澈的流水相互辉映，构成现代版世外桃源，大有"山中方七日，世上已千年"之感。

传说 14 世纪神圣罗马帝国皇帝查理四世来此打猎，把一只小鹿追赶到山崖边。走投无路的小鹿纵身跳崖，皇帝驱马赶到崖下获取战

走在乡间小路上

夕阳下的小河

云在山水间

利品时，却发现伤鹿蹚过一条温泉，奇迹般地逃进丛林中。查理四世大喜过望，安营扎寨在旁，用泉水治好自己的腿伤。后来他在此地建造起城市，命名为"查理的温泉"——也就是捷克语卡罗维发利的含义。

得天独厚的人文环境，令人心旷神怡的温泉佳酿，使小城得到大批名人的青睐。马克思在女儿陪伴下三次专程来此泡温泉治疗肝病。据说《资本论》初稿就是在这里完成的。在给恩格斯的信中，他感慨道："这里实在是太美了，在森林覆盖的花岗岩山上散步，谁都不会感到厌烦。"歌德在1785年到1823年期间13次来到这里，并盛赞此地为"人间天堂"。捷克著名作曲家德沃夏克的名作《自新大陆》交响曲，也是在这里首演并大获成功的。还有席勒、贝多芬、勃拉姆斯、普希金等，都在此留下足迹。

小镇的古老建筑流传百年，名人留下的赞语继续传世，流淌不停的温泉可以治病。不过，这一切都离不开绿色。没有绿色掩映，能被称为世外桃源吗？没有大树，温泉还能不断流淌吗？没有满目青山，名人又从哪里获得灵感？古老的小镇能延续至今，与人与大自然亲密的情感是分不开的。

"百威"啤酒原产地

9月18日一大早，绿家园生态游到达"百威"（德文 Budweis）小镇。小镇广场中央 20 多米高的喷泉，是捷克最高的喷泉。塑像顶部的大力士参孙双手撑开狮子上下颚，泉水从狮子口中直喷而出。

塑像与喷泉

广场四边都是 4 至 6 层的中世纪建筑，从巴洛克式、哥特式到文艺复兴式，几乎应有尽有。建筑风格迥异而又协调，墙面色彩多变而又典雅。四下环顾，好像在看一个建筑展览会。尤其是尖顶的市政厅，美轮美奂，简直就是一幅精美的图画！

同行中有爱喝啤酒的人，到了捷克才知这里人均啤酒消费量连续 7 年位居世界第一。正宗"百威"啤酒原产地不在美国，而在我们所到访的捷克南部的百威小镇。这里自中世纪起便开始酿造啤酒，以制作方法独特、啤酒花味道芳香而出名。后来美国密苏里州一家酒厂前来观摩，开始以同样的技术在美国酿造啤酒并在北美洲销售。再后来，美国酒厂做大了，不再向捷克百威酒厂购买啤酒花，双方便打起一场旷日持久的侵权官司，结果是：捷克百威占据欧洲市场份额，其余由美国酒厂经销。中国消费者喝的都是美国"百威"，很少有人知道真正原产地是在捷克这个小镇。

满城尽是绿色

小镇的河

有意思的是，同行中有人想在百威小镇买上一听啤酒带回去请朋友品尝，看看和我们国内卖的美国"百威"有什么差别，竟然没有买到。因为小镇只卖鲜啤酒，不卖听装或瓶装的——要的就是喝个鲜味。这也难怪正宗百威没有竞争过"盗版"百威。不知按中国的观点，这算不算发展？

捷克人在生活中到底要什么，从满街的大树和清澈的河水中不难看出，他们生活中要的自然一定比竞争多。我们在捷克到的最后一个古镇是克鲁姆洛夫，景色更是让我们惊叹不已。那里是捷克的母亲河伏尔塔瓦河的源头。

古镇被宽阔蜿蜒的伏尔塔瓦河环抱。从河谷对岸看，以城堡为中心的中世纪城市一望无边。克鲁姆洛夫的历史始于13世纪南波希米亚豪族维特克家族在此建造城堡之时，1374年

古镇古塔

母亲河绕城而过

时只有 96 幢房子。14 世纪，维特克家族消亡，罗热姆韦尔克家族成为当地统治者。到了 16 世纪，城市一度繁荣至极点。

　　捷克小镇克鲁姆洛夫被誉为世界上最美丽的小镇之一是当之无愧的。古镇上的建筑富丽堂皇，被联合国教科文组织列为世界遗产。我倒认为，石板街、流水、桥堤构成古镇的一切，更让人心旷神怡。

小镇大桥

　　拉丁文和老德文的"克鲁姆洛夫"意思是"高低不平的草地"。现在只有 14100 名居民的克鲁姆洛夫小镇坐落于捷克南部的波希米亚地区，位于伏尔塔瓦河上游，距布拉格约 160 公里。该城在 13 世纪时由于处于一条重要的贸易通道上而逐渐繁盛，大部分建筑建于 14 到 17 世纪之间，多为哥特式和巴洛克式风格。整

石板铺成的广场

河上泛舟

伏尔塔瓦河静静流淌

个小镇被流经该处的马蹄铁形的、宽阔蜿蜒的伏尔塔瓦河环抱。小镇上一代又一代居民用自己对家乡的热爱，保留着祖先留下的财富，包括自然、文化与传统。

今天的捷克人或许不那么有钱，GDP 没那么高增长，过着的也不是拼命挣钱的日子，但他们有的是家乡本有的自然风貌和生活的悠闲。小镇上的古堡是文艺复兴艺术与洛可可艺术的结晶，能留存至今，不能不说是捷克人对家乡的大爱。

自然流淌的伏尔塔瓦河

伏尔塔瓦河是捷克的母亲河，也是该国最大、最长的河流，全长 430.2 公里，流域总面

伏尔塔瓦河在布拉格穿过

跨越伏尔塔瓦河的布拉格查理大桥

欧洲文化名城布拉格

布拉格古建筑群

积 28093 平方公里。游览伏尔塔瓦河，是绿家园生态游在捷克的最后一站。

去过布拉格的人，将其称为世间最美的城市之一。伏尔塔瓦河像一条绿色的玉带，将该城分为两部分。横跨在河上的十几座或古老或现代化的大桥，让人们看到的不仅仅是桥梁本身的雄伟，更有艺术创作的精湛。桥上一座座雕塑记录着捷克几百年来自然与人文的历史，其中最著名的是有 400 年历史的查理大桥。

桥墩上的雕塑

流过布拉格

清澈的母亲河依然荡漾

河，连接布拉格城区东西两个部分。西岸是小城区和著名的布拉格城堡，东岸是布拉格老城和新城。如今查理大桥是来布拉格旅游必到之处，桥面上总是挤满了熙熙攘攘的人，不但布满珠宝古董摊点，各种艺术家如着装怪异的爵士乐手、手风琴演奏者、肖像画家等也都占据着一席之地，成为大桥景观的有机组成部分。

桥上的音乐家

在捷克历史上有两个黄金时期：一个是1346—1378年的查理四世时代，建立如今属于布拉格老城重要组成部分的圣维特大教堂、查理大桥和查理大学；另一个是1576—1612年的鲁道夫二世时代，把布拉格定为哈布斯堡王朝首都，并将很多伟大的艺术家、学者和科学家招揽进宫廷之中。查理大桥横跨伏尔塔瓦

卖艺演奏

查理大桥上矗立着 30 尊创作于 18 世纪的雕像，都是宗教中的圣人形象，雕琢细致，栩栩如生。有一尊雕像底座上的青铜浮雕，说是与某种灵异功能的传说有关，被人们抚摸得闪闪发亮。还有一尊小型青铜雕塑，是神职人员横卧在桥下水面上的形象。据介绍文字讲，这是哈布斯堡王朝时期的教堂神职人员。当时的皇后常在他那里做忏悔，皇帝怀疑皇后不忠，逼迫教士讲出皇后忏悔的内容。教士恪守教会规定，坚决不说，最后被皇帝抛入桥下淹死。

伏尔塔瓦河南北纵贯捷克国土，是捷克民族繁荣昌盛的摇篮，在捷克人民心中占有重要地位。作曲家斯美塔那所作交响诗《伏尔塔瓦河》，从河水源头开始描写，用音乐形象映现出奔腾不息的河流、岸边茂密的森林、富有生气的乡村、宁静的月夜、险要的峡谷、古老的城堡……这些景致与民俗生活和神话传说相联系，展示捷克山河的美丽和悠久的历史与文化。

大桥上的雕塑之一

大桥上的雕塑之二

沿河民居

野鸭子如此悠闲

伏尔塔瓦河之吻

《伏尔塔瓦河》是交响诗《我的祖国》第二乐章，是斯美塔那的代表作，创作于1874—1879年间，在音乐史上有着很高的地位，历来被认为是捷克民族交响音乐的起点。斯美塔那是在丧失听力后用心谱写这组作品的，在每个乐章都加上内容说明。

我在网上看到2003年新华网有这样的消

云下河山

息：受全球气候变化影响，捷克今年持续干旱缺雨，全国河流水位普遍下降，有些河流水位降至50年来最低水平，严重影响人们的正常生活。捷克著名的伏尔塔瓦河奥尔利克水坝水位比正常年下降11米，裸露的坝底甚至显现出40年前被淹没的村庄的断垣残壁。西部拉贝河水位降到50年来最低水平，东北部奥得河一些支流水位甚至只有正常水位的五分之一。河流水位下降，不但使捷克渔业、航运业和农业蒙受重大经济损失，而且还导致一些地区居民饮用水困难。水量减少还造成河水和养鱼池水质变差，从而使鱼群死亡、水鸟迁移、青蛙消失，影响生态环境。

对于捷克的母亲河，我拍到这么多漂亮的照片，却没有拍到它受到伤害的痕迹。当然，短短的几天、短短的行程，没有拍到并不足以

住家从河中取水

说明问题。就在此次绿家园东欧生态游之前，我们刚刚走过 2010 "黄河十年行"旅途。也是十几天的时间，我却拍到黄河之痛，包括河源湿地的消失；水库截流的干河床以及建在入海口的新的化工园区。看到中国母亲河黄河的伤痕累累，不能不让我羡慕捷克的母亲河伏尔塔瓦河。

我们的导游一路上都在说，捷克政府因为没有钱，让很多古迹破旧不堪。可是我更喜欢这些原汁原味的风格。几年前去越南，那里一些城市也没有中国大城市的繁华。当时我问过越南人，是因为没钱修还是就想保持这样的风格。回答是没有钱。而在捷克，我也问了当地人，回答是：这样不好吗？限于语言障碍，我们没有更多的交流，但我在心里告诉他们也告诉我自己，只有这样，才能有更多的游客来欣赏，来享受，才可能将本民族的文化、传统代代相传。

在捷克一个个古城，我看到那里的人居环境有蓝天白云和涓涓的大河小流。1998 年我第一次去长江源头，2003 年民间环保组织开始关注中国的江河，希望看到我们拍到的捷克古镇和母亲河的人们也能加入呼吁保护中国江河的队伍之中！

请记住这河流两岸的森林

在奥地利萨尔茨堡流连忘返

萨尔茨堡位于奥地利，是萨尔茨堡州首府，属于中欧，不是东欧，但这次绿家园生态文化生态游也去了。那里的乡间小路和路旁风情会让我们永远记住，那就在这里也写写吧。

萨尔茨堡人口约 15 万（2007 年），是继维也纳、格拉茨和林茨之后的奥地利第四大城

乡间小路走出文化巨人

青山绿水，人烟稠密

市。据史料记载还是现今奥地利管辖地域内历史最悠久的城市，在新石器时代就有人居住。这里是音乐天才莫扎特出生地，莫扎特不到36年的短暂生命中超过一半的岁月在此度过。此外还是指挥家卡拉扬故乡，电影《音乐之声》取景地。萨尔茨堡老城在1996年被联合国教科文组织列入世界遗产名录。

山下民居

农舍

萨尔茨堡地处阿尔卑斯山北麓，南面高山连绵，北面一马平川。距离最近的高峰是翁特峰，海拔1973米，与市中心仅5公里路程。萨尔茨堡是一座山城，市内有多座原始山丘，是欧洲绿化覆盖率最高的中心城区。萨尔茨堡要塞坐落在要塞山上，是该市城标。要塞长250米，最宽处150米，是中欧现存最大一座

千年万载宜居地

像是水上餐厅

要塞。总长 225 公里的萨尔茨河流经这里，是地跨奥地利和德国的莱茵河的长度最长、水量最大的一条支流。

在去萨尔茨堡的路上，我们得知其德语名字 Salzburg 意思是"盐堡"。这个名字第一次出现是在 755 年，因附近的盐矿和城堡而得名。当年萨尔茨堡大主教主要收入来源就是垄断盐的销售，因此才有财力兴建这座名城。这次没有时间去盐矿，但还是很好奇。要想看到它，和我们在波兰看到的盐矿一样也要下到地下深处，因为它在地下 350 米，终年常温 8℃。

山下

1772—1803 年大主教科洛雷多执政时期，萨尔茨堡成为启蒙运动中心，吸引不计其数的学者和艺术家前来。这样一个小地方，出现这么多名人，是不是也是件很有意思的事？我们感觉大自然的风光，感受着那里的文化，即使

多彩农家

上岸

街边小景

乡村旅馆

小镇建筑

看到街边小景也让人流连忘返。

在萨尔茨堡这块宝地诞生的杰出人士有：

多普勒，奥地利数学家和物理学家，多普勒效应发现者。

莫扎特，奥地利古典音乐作曲家。

汉斯·马卡特，奥地利著名画家。

约瑟夫·摩尔，《平安夜》曲作者之一。

特拉克尔，奥地利抒情诗人。

卡拉扬，世界级指挥大师。

其中最著名者莫过于莫扎特。他生于萨尔茨堡，在那里度过童年。如今他出生与生活的居所已成为这里吸引游客的主要资本。莫扎特家族墓地在旧城区小教堂中，其本人雕像在此到处可见。

我更喜欢莫扎特母亲出生的那个小镇——圣吉尔根。它位于沃尔夫冈湖畔，与圣·沃尔

莫扎特母亲出生地

道路

莫扎特外公家对面（镇政府前）他的塑像

田野

夫冈隔岸相望。离开小镇向萨尔茨堡城里驶去时，路边的乡村气息让车上的人忍不住隔着窗户按动着快门，留下那自然，那原野，那一幢幢农家小楼。

这些照片都是在行进中的车上拍下来的。也许质量不够好，但对记忆，对思索，对和朋友分享与评价萨尔茨堡的农村景色，或许会有帮助。

湖畔

山明水秀

鳞次栉比

《音乐之声》取景地之迷宫

《音乐之声》
取景地之绿廊

远眺萨尔茨堡要塞

的电影之一。一部电影是否能获奖，和选取什么取景场地或许没有直接的关系，但是间接的关系呢？取景地的生态状况、文化背景，一定会有入选的缘由。《音乐之声》带来的艺术享受能长久留在人们心中，萨尔茨堡那份美感，那份绿色，都是缘由吧。这也就是我写这篇文章、拍这些照片，想和大家一起分享的东西。

多彩多姿多瑙河

匈牙利作曲家李斯特的《匈牙利狂想曲》令很多人推崇不已。在布达佩斯看到多瑙河，特别是看到它的夜景，我问自己，能用语言把大自然对欧洲的馈赠和欧洲人对多瑙河的情感描述一下吗？真的很难。

多瑙河是仅次于伏尔加河的欧洲第二长河。我之前在德国、奥地利和斯洛伐克都见过

多瑙河在斯洛伐克

我们很熟悉的电影《音乐之声》是在萨尔茨堡拍摄的。1965 年，该片获得奥斯卡最佳影片、最佳导演等 5 项大奖，成为全世界最成功

多瑙河在匈牙利

多瑙河畔匈牙利古迹

它。它是世界上干流流经国家最多的河流,自西向东流经奥地利、斯洛伐克、匈牙利、克罗地亚、塞尔维亚、保加利亚、罗马尼亚、乌克兰9国,支流延伸至瑞士、波兰、意大利、波黑、捷克、斯洛文尼亚、摩尔多瓦7国。多瑙河全长2850公里,流域面积81.7万平方公里,河口年平均流量每秒6430立方米,多年平均径流量2030亿立方米。

多瑙河在中欧和东南欧拓居移民和政治变革方面都发挥过极其重要的作用。两岸排列的城堡和要塞形成帝国之间的疆界,而其水道充当各国间商业通衢。20世纪的多瑙河继续发挥贸易大动脉作用,特别是上游沿岸被利用生产水电,沿岸城市包括奥地利的维也纳、斯洛伐克的布拉迪斯拉发、匈牙利的布达佩斯和塞尔维亚的贝尔格莱德,都靠它发展经济。

虽然很早开发,但此次走在多瑙河沿岸,不管是奥地利、斯洛伐克还是匈牙利,也不管是城市、农村还是路边、田野,河水都是清清的。

不过,多瑙河的颜色也是变化着的。不过那不是人为的干扰,而是大自然的作为。网上有人作过统计,多瑙河的水在一年中要变换8种颜色:6天是棕色的,55天是浊黄色的,38天是浊绿色的,49天是鲜绿色的,47天是草绿色的,24天是铁青色的,109天是宝石绿色的,37天是深绿色的。如果真是这样,倒是大自然的神奇与多样了。

多瑙河的开发与利用以及以防洪和河道整治为目的的初期治理,从19世纪中期就开始了。德、奥、匈等沿岸国家相继对该河进行整治并修建堤防,以后又逐步对原有堤防进行加固。德、奥于20世纪20年代开始开发多瑙河。1924年,德国动工兴建第一座水电站卡赫

河与城

莱特水电站，迈出开发利用多瑙河水力资源的第一步。

1949年8月18日，保、匈、罗、捷、苏、乌、南等国为改善多瑙河通航条件，签订关于多瑙河自由通航的国际协议。从此，开始全河渠化工程。如今，各国在多瑙河干流上已建或在建电站38座，在支流上已建装机容量10万千瓦以上的大水电站29座，100米以上高坝24座。其中一些水电站在布置上有其特色。

1986年，多瑙河沿岸各国举行发展多瑙河水利和保护水质的国际会议，协调行动。会议通过共同声明，要求沿岸各国加强合作，为更合理利用多瑙河水资源作出共同努力。1992年，来自欧共体各国、一些跨国银行和环境机构的专家组成"多瑙河特别工作组"，开展保护多瑙河工作。1994年，沿岸各国组成国际委员会，签署保护多瑙河的协议。1995年，召开沿河各国环境部长会议，通过整治多瑙河的计划。该计划要求各国减少向多瑙河排放污水量，改善干支流水质（包括污染严重的黑海），实施沿岸地区区域合作，建立污染监测系统；对沿岸9个国家的170多家污废水处理厂进行调查，对其中急需更新的投入资金进行改造。

我们看到的山清水秀，我想和生活在多瑙河边的人所持的人与自然相处的理念是分不开的，那就是自然和人一样重要。当然这和国际共同管理也分不开。河是流动的，只一个国家好了不行，只部分清了也不行，所以要大家共同管理。

时间短暂，我没有拍到什么太好的多瑙河上飞翔中的鸟。但是从雕塑不难看出鸟在多

河边雕塑

瑙河流域居民心中的形象。其实多瑙河三角洲是"鸟类的天堂"。这里是欧、亚、非三大洲来自五条道路的候鸟会合地，也是欧洲飞禽和水鸟最多的地方，经常聚集着300多种鸟。各路鸟群在此聚会，形成热闹非凡而又繁华壮丽的景象。三角洲上，由于有奇特的地理现象——浮岛，有名目繁多的植物、鱼、鸟和其他动物，被科学家称为"欧洲最大的地质、生物实验室"。

9月22日骑车日

这次绿家园生态文化游只有16天时间，但让我们看到一个又一个自然与文化相依相存的地方，可谓收获满满。华沙城里的大河，肖邦故居里的老树，为孩子、为动物的行走募捐的人们，捷克既古老又长青的小镇，绕城而流的伏尔塔瓦河，奥地利萨尔茨堡的乡村之路，以及多瑙河边的城堡……这些地方都不是在经济高速发展的状态中，但又都让人觉得生活的和谐与惬意。

什么是幸福，什么是发展，此次生态游让我的思考又增加新的内容。那就是：自然与文化的和谐发展，是我们生活中多么不可或缺的呀！希望拍到的这些照片和写下的这些文字，能让更多的人也来赞美大自然、尊敬大自然、热爱大自然。

多瑙河边古城夜景

中秋夜幕下多瑙河畔的布达佩斯

2011，中国环保人法国行
——感受发展中的民主机制

2011年，我加入的中国民间环保组织代表团接受法国外交部邀请，先后访问法国环境部、开发署、外交部等政府机构以及21委

途经瑞士所见：湖光山色

途经瑞士所见：雪山、草甸

途经瑞士所见：山中小景

巴黎城市雕塑："大拇指"

员会，南方协调组织，经济、社会和环境委员会，自然环境联合会，活水协会等非政府组织，到访巴黎、里昂和尼斯，了解法国如何应对环境问题挑战。

和老凯旋门遥遥相对的新凯旋门

10月24日，八家中国民间环保组织（自然之友、地球村、中国政法大学污染受害者法律帮助中心、山水自然保护中心、绿色汉江、厦门绿十字、绿满江淮和绿家园）的代表对巴黎的采访，是从城市雕塑"大拇指"前集合开始的。法国人的浪漫是世界级的，而巴黎人想象力的发挥在城市雕塑中随处可见。在巴黎感受浪漫和想象力的同时，也感受到法国人常挂在嘴边的两个词：民主和参与。法国公众主要关心的环境问题是什么？法国民间环保组织怎么做事？这是中国民间环保组织希望通过环保官员、学者和民间人士介绍一一了解的。

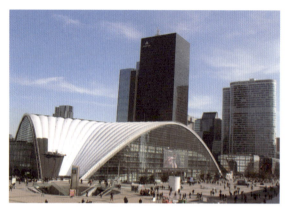

法国工业与技术展览中心（白色），跨度最大的公共建筑

老凯旋门前的中国环保人

法国总统萨科齐从上任以来口碑一直不太好，可这次听说的一件事倒让我们对他有了新认识。2007年萨科齐一上任，就大刀阔斧

地把几个部门重组。现在法国环境保护部全称是"生态、可持续发展、交通运输和住房部"，成为法国最大的政府部门，员工有六七万。这样就不会是一个部门说了算，也不会是一个部门面对尴尬，而是需要多个部门共同面对复杂的环境问题，共同决策。在法国人看来，在萨科齐看来，这是为了大目标的做法。顺便提一句，截至2008年1月1日，法国人口估计为6380万。

到访法国环保部，会议室相当简朴。更有意思的是，前来介绍情况的女官员胳膊竟然夹着滑板。同事笑着向我们介绍，巴黎公共交通虽然不错，可下了车为了少走路，用这种方式"偷懒"就不仅仅是年轻人的选择。我们这些中国草根组织人士，很难想象这个岁数的人去参加官方会议还能以滑板为交通工具，这是浪漫、方便，还是简朴？……没错，法国人就是法国人。

中间的女环保官员是带着滑板走进会议室的

铁塔之下

环保部门午饭时间

从中国学的吗？

拍摄巴黎城标

法国环保部门都管什么？回答是：国家不能指挥地方，但可制定法律。是的，在人类生存的现阶段，民主与法治在制约中互相推进。同行的自然之友理事长杨东平言简意赅地把新世纪以来法国和欧盟有关公众参与的两个重要的基础性文件做了概述，我引用在这里：

一是由联合国欧洲委员会（UNECE）制定的《奥尔胡斯公约》，主旨是为解决环境污染与破坏问题，保护人类环境健康权，将民众获得相关环保信息、参与行政决策与司法等措施

制度化。2003年成立奥尔胡斯公约遵守委员会，建立申诉制度，各国民众与NGO团体对未履行公约的政府机构可提出控诉，从而确保公众参与权。这种参与权具体为"三权"，即公众的环境信息知情权、获得司法救济权和环境决策参与权。

二是法国政府2007年制定的《格雷诺尔（grenelle）环境协议》，进一步发展为2009年《格雷诺尔海洋协议》、2010年《格雷诺尔战略协议（2010—2013）》。其主旨是促进经

济、社会、环境保护三者健康发展，建立中央政府、地方政府、企业、民间组织、工会"五方参与"的协调机制，形成政府、企业、大学、公民社会之间的合作伙伴关系。

座谈中，我要求把这些法律条款具体化解释，又被告知这样几个例子：地方新企业要向国家申请许可证，不过具体工作方法国家管不了；已存在的农药不强撤，有五年计划，给人们一定时间讨论协商解决。部门利益总是把限制先推给别人，要想让企业有长远利益考虑，法律当然重要，但让所有利益相关人士共同面对挑战更需要。

还有，在巴黎，现在任何一个新的市政工程都会通过市民问卷调查，使公众声音被决策者听到后再统筹加以考虑，这点是不容置疑的。为此，政府部门要在政府、民间、企业间做很多协调工作。比如水的质量，大家都认同一起坐下来讨论如何改变与保护。大家的认同，就是法国人强调的民主与参与。

另外，发展不能太快；一年要开五次社区市民见面会，共同探讨正在发生的问题与面临的挑战；政府可购买民间组织服务，哪怕有民间组织起诉政府，下一年要做什么仍然可向政府申请经费。每年国家拿出 3000 万欧元给民

巴黎地铁马赛克壁画

罗丹雕塑《合力》（我起的名字）

水光流金

与大桥和雕塑同在的塞纳河

埃菲尔铁塔亮了

间组织做事。不过我们也了解到，法国民间组织还很弱小，分布不均匀，还有老龄化问题，年轻人参与的并不多。

法国环保部门是政府垂直领导。也就是说，地方环保部门归中央统一管理，日常工作是大量的协调，所以光总部就有 5000 名工作人员。

秋天雨后的塞纳河

巴黎有小巴黎、大巴黎之分。小巴黎指大环城公路以内的巴黎城区，面积 105 平方公里，人口 200 多万；大巴黎包括城区周围七个省，面积达 12000 平方公里，人口约 1100 万，几乎占全国人口的五分之一。法国人介绍到这儿，特意与中国上海做了一下比较。上海面积是 6340 平方公里，人口 1900 万。巴黎是法国最大城市，也是世界上人口最多的大都市之一。巴黎大区指巴黎周边地区。每当介绍到这

里时，法国人喜欢加上一句：它意味着大自然和生活的乐趣。

这是个充满活力的行政区。当然，首先巴黎是这个地区的动力源泉。紧紧围绕巴黎大区的还有谢夫勒斯、伊夫埃特和埃松河谷及遍布其间的美丽村庄如朗布、圣－日耳曼或枫丹白露森林。所有这些地方都让人流连忘返，这就是巴黎大区的自然魅力。巴黎有 1400 多年的建都历史，城市自身历史已有 2000 多年。中国民间环保人士在这座城市边走，边看，边谈论：这里既保留许多闻名世界的历史遗迹，又有许多宏伟壮丽的现代化建筑。人家为什么就能既留住过去，又有新的今天呢？

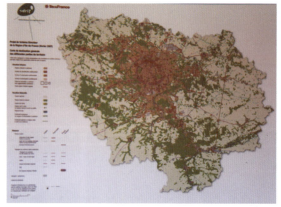

法国规划院里的大巴黎地图

和访问环保部门相比，10 月 24 日下午对巴黎地区城市规划设计院的访问更加具体。专

巴黎发展中的卫星城示意图

用 80% 由国家出，其余 10% 硬性规定为咨询费，8% 用来发工资。

在城市规划院的介绍中，还有一点也让我们有着极大的兴趣，就是从 20 世纪 70 年代建起的卫星城。火车让巴黎与卫星城的距离显得并不遥远，或说是被"缩短"。从这些卫星城出发，通常半个小时可到巴黎。如今，40 来岁

家告诉我们，任何一个基础设施的修建都要征求居民意见。巴黎从 20 世纪 60 年代起就这样操作，工作量之大，要由 14 个工作小组来完成。组织专题讨论时有市民和企业参与。讨论的问题包括交通、住房、可持续发展和地区未来 15 至 20 年规划。

一般来说，调查问卷会通过 187 个点位发出 45 万份，而收到的回复通常为 5 万份。涉及的内容包括是否同意在附近建大楼，飞机噪声的解决办法等。从 1995 年开始，巴黎建了许多绿地。之前就先让居民了解所居住地的风险，比如可能的水灾、汽车爆炸……居民又提出害怕地下水上冒。有了这些调查与评估，出台的政策就不仅有环境影响评估，也有风险灾害评估，还有政策对环境、生物多样性的影响。巴黎地区规划院以基金会的方式运作，费

展示调查问卷覆盖的地区

访问之后合影

有两个孩子的两口子喜欢选择在这样的地区生活。因为便宜，环境质量也好，让巴黎少了些民工的流量，这种做法被巴黎人称为智囊开发。

塞纳河之秋

波光粼粼

野鸭夫妻

罗丹雕塑《少妇》　　罗丹雕塑《思想者》

罗丹雕塑《门》（我起的名字）

用罗丹雕塑作为中国民间环保组织访问巴黎随笔之一结尾，是因为觉得此次巴黎之行，对我这个民间环保人来说，有太多的内容需要回来思考。访问结束后，我自己去了位于市中心的罗丹博物馆。站在这些雕塑前，我习惯性地把罗丹的想象与思考转化成自己的思考与想象。因为，我要享受的不仅是大艺术家的艺术作品，还有他的思想和对人生、社会、未来的感悟。不管能不能感悟，我要在生活中一直尝试、寻找。

与发展中国家建立合作伙伴关系

　　蓬皮杜国家艺术文化中心外部钢架林立、管道纵横，并且根据不同功能分别漆上红、黄、蓝、绿、白等颜色。细细看来，这些外露复杂的管线颜色是有规则的：空调管路是蓝色、水管是绿色、电力管路是黄色，自动扶梯是红色。因这座现代化建筑外观极像一座工厂，故又有"炼油厂"和"文化工厂"之称。建筑兴建后引起极大争议，因为它一反巴黎传统的建筑风格，许多市民无法接受。但也有文艺人士大力支持。这种建筑风格被称为"高技派"。中心开馆二十多年来，吸引超过1.5亿人次入馆参观。

　　蓬皮杜国家艺术文化中心饱受争议的建筑风格和吸引众多观众的现实，此前让我想到环境保护。真的走进被称为"炼油厂"的文化中心，把眼前看到的和我们这些年做的往一起拉

蓬皮杜国家艺术文化中心外观（画像人物是决定兴建该中心的前总统蓬皮杜）

蓬皮杜国家艺术文化中心外的巴黎老城

蓬皮杜国家艺术文化中心展品："匆忙的人生"

的想法就更加强烈。为什么会这样说？前些年有记者写文章称我为狂热的环保人，开始我有点生气，后来一位朋友问我懂不懂什么是贴现率。贴现率是指商业银行办理票据贴现业务时按一定利率计算利息，这种利率即为贴现率。朋友说，如果说得通俗点，就是今天的购买要为明天付利息。环境保护为的不仅是今天，还有明天。为明天做事而付出，在一般人看来就是狂热。

蓬皮杜国家艺术文化中心是 1969 年决定兴建的，1972 年正式动工，1977 年建成开馆。整座建筑占地 7500 平方米，建筑面积共 10 万平方米，地上 6 层。整座建筑共分为工业创造中心、大众知识图书馆、现代艺术馆以及音乐音响谐调与研究中心。现在参观它的人数远远超过了埃菲尔铁塔，居法国首位。仅开架式图书馆一处，平均每天接待 1 万人。看来设计者着眼点真不仅仅是眼下，而是长久的生命力。

环保主义者被认为狂热，那我们是为什么呢？我在回答这些疑问时说：我小时看到的北京的蓝天，北京的清水，我们的孩子明天也还能看到就好了。记忆中，北京的河里，春天能看到蝌蚪变成青蛙；夏天，每条河里都有光着屁股下河的小伙伴；秋天，秋高气爽更是写作文都快被用烂的形容词；到了冬天，打雪仗，

蓬皮杜国家艺术文化中心现代艺术展展品

蓬皮杜国家艺术文化中心展品："难以聚焦的目光"

蓬皮杜国家艺术文化中心展品："存在与价值"

蓬皮杜国家艺术文化中心展品："今日地球"

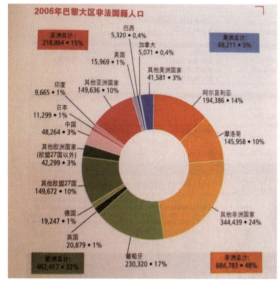

巴黎是多么国际化的大都市

堆雪人，用现在的词，一个字：爽！可是今天的孩子，还有我们这种对北京的体验吗？

10月25日，中国民间环保组织代表在法

国开发署介绍资料中看到巴黎大区非法国籍人口图。国际化的思路，让法国开发署建设项目遍及非洲、亚洲和拉美，而且各个地区开发项目政策不一样。对地中海国家有专门政策，在亚洲、拉美支持的则都是环保项目。法国人认为，这些援建项目能促进对方国家的和谐与发展，使那里的大自然不受破坏。在与中国合作的项目中，更是以资源保护为重点。

我们到访时，正值中国国家主席胡锦涛将赴法国戛纳参加G20峰会前夕。全世界都知道，这次峰会上中国人的前往有特殊意义，中国拯救欧洲的说法已在世界盛传。不过，我们坐在法国开发署，听到的却是法国人如何帮助发展中国家，在中国的援助项目越来越多。我们这些人都不是经济学家，对这方面的经济运作无法评论，只是细细思忖法国支持中国环保的都是什么项目，民间环保是否能从中分得"一杯羹"。

我们被告知，法国开发署在三个方面对非政府组织进行援助：一是与环境有关的项目；二是所针对的通常是污水治理、卫生饮水、气候变化的项目；三是对各个领域各种对环境造成的影响进行评估。

法国开发署为中国民间环保人士的到来做了认真准备，长条桌边坐了半圈人，从各个方面向我们做介绍。

环境保护风险管理是我们现在在中国做的工作。开发署主张可持续发展，我们主要是加强环境领域里的社会责任，让公众参与进来。所有发展项目都会对环境造成影响，我们进行风险管理的步骤是：一是看对环境和社会的影响；二是对影响评估，看能采取什么措施把风险降到最低；三是修偏，让其不对环境造成影响。

管理程序有三个原则：对社会环境的尊重；对每一个项目不仅在立项时在场，并实行跟踪；保证公众参与意见能让决策者听到。如今，法国开发署和中国三家银行进行环保合作，对项目资金上的支持是通过银行实施的。这三家银行是浦东发展银行、华夏银行、招商银行。在天津、济南有锅炉项目。和当地企业合作，对项目环境影响做出评估。生产锅炉，通常对环境是有影响的。这样的资金支持要达到的目标是，让这两个工厂生产程序符合当地的环境要求，并做出两年的承诺。以此保证社会环境不受影响。

法国人说到这里时，诙谐地加了一句：我们知道贵国在环境保护方面的法律是有建设意义的，但有时又得不到实施，所以，我们参照的法律都是贵国的法律。当然也要参照其他

蓬皮杜国家艺术文化中心展品："作茧自缚还是围城"

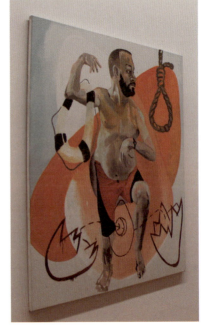

蓬皮杜国家艺术文化中心展品："求生还是求死"

蓬皮杜国家艺术文化中心展品："随风而动的自由体"

蓬皮杜国家艺术文化中心展品："多头，有序"

国家和世行的法规。然后又说：通常我们在资助项目时，也要看当地民众能不能接受。到一个地方，首先要看当地有没有非政府组织，要看项目是和哪家银行合作，这家银行的信誉如何。有一个例子，我们在非洲资助的一个水电项目，项目已经通过，但当地的环保 NGO 说一个地方应该绕着走，不然会对自然环境有影

响。后来施工时，就真的绕过了影响地。

法国开发署工作领域还有：农业、森林、生物多样性，让农业地区可持续发展。这些领域每年投资 5 亿欧元。在非洲、亚洲，支持的对象有政府、私企、银行、农协和 NGO。在农业方面的目标是产量、农民收入。要协调的是公民领域和投资方的关系，各参与方和各个领域的关系。在非洲我们发现有开发商大面积购买土地，对生态造成严重影响。我们要让当地农民有自己的责任感。十五年来，法国开发署在巴西有免耕地的成功经验，现正在传播给世界各地。这个经验告诉我们，土地是可以可持续生产的。免耕地项目现在也在和中国昆明一所大学合作着。

关于森林，开发署在刚果有对热带森林的保护。这是由法国的私企和当地私企合作进行的。做法也是先对当地森林资源进行评估，然后制定开发计划，每十年做一更新。这一计划要对每一棵树进行认证，并和当地政府及企业签合同，目的有三：一是森林管理可持续；二是制定一定的保护政策；三是和当地各个部门合作。通过一系列活动，让刚果人自己保护森林。从一个个国家做起，就可让全世界毁林现象得到削减。

生物多样性保护：在云南的项目是在

59000 公顷土地上进行的，已经做了环境评估。生物多样性保护分成海洋、陆地两类。目前海洋生物大都处在危险境地。开发署配合当地渔民建立可持续发展理念。对陆地生物的保护，需要制定一系列保护方法，并让陆地生物和人的商业行为、生产行为与人的关系有正确的发展。这在中国云南农村有一个生物固碳项目。

转基因作物：目前整个欧洲都禁止进口、种植转基因作物。我们把这变成优势，别国在为我们做试验——欧洲人的聪明在这里可见一斑。这是在场的中国人听后的强烈感觉。

气候变化：开发署所有项目，从 2005 年到 2010 年的投资都在增长。开发署关注的是气候变化政策，跟踪监督，用各种方式参与气候变化谈判，提供碳足迹测量工具，并用于项目评估。

开发署有这么多的援外项目，资金来源呢？法方人士说有两个资金来源：法国政府和国际金融市场。因为有信誉度，可以得到低息贷款。那么有什么回报？和银行的关系如何？法国开发署官员与中国环保人的对话，就这样一问一答地进行着。

对某个项目的帮助，一是贷款，一是无偿援助。给民间组织的不要求回报。贷款有在印度的减排项目。和银行的合作项目是法方负责筹款，让对方支持项目。这种项目，法方是需要管理的。和中国银行的合作项目是培训员工，提高环保意识，使之能判断项目的环保意义和对环境影响。法方和中国的银行合作，中国银行不用出钱，但需要更新知识。具体做法是驻京办找项目，然后与总部协商，由项目独立专家招标，做出最后取舍。法国开发署目前有一个指挥部负责资金的使用，其中包括和世界各地非政府组织的联系。在所有援外项目投资中，有 2% 是要给民间组织的。

听了这些介绍，我提议，鉴于中国的现状，法国开发署应和中国社会组织共建民间环保组织评估平台。几个亿的项目在中国，2% 给民间组织，是多少钱呀！是不是真的给了民间组织？是不是真能到中国民间组织手里？我们要有一个好的机制监督这些钱的使用。

塞纳河暮色

数数多少种

中国教授和法国水鸟

法国开发署与中国在水方面的合作包括三个方面：一是对水资源的综合管理；二是让所有人都有水用；三是城市污水处理。对基础设施的强化，对水处理方面的经验总结，每年在这个领域有6亿欧元贷款，直接给国家，少部分给企业。一般是配合国家一起做一个标书，非政府组织也可投标。在投资项目中，招标的

中国企业比较多，并不偏袒法国企业。

非政府组织如何参与这些项目？一个污水处理项目，首先要通过非政府组织了解项目启动情况，然后对当地民众的需求进行调查。这样的调查，非政府组织有可能参加进来。在天津就有污水处理的实例。对中国污水的处理，现在投资是非常大的。再有就是提高民众和社会各方环保意识的各种培训。这些是有民间组织中标的。

中国民间环保组织代表团访问法国外交部

为保护环境伸出自己的手

法国对中国的污水治理项目遍及包括北京在内的许多城市。中法合作环保项目总共有 19 项，与水有关的包括海水和河流资源保护、资源管理、污水处理。2011 年在中国环境保护方面，气候变化方面项目贷款是 14600 万元。

10 月 26 日下午，中国民间环保组织代表团访问法国外交部，其也是代表团邀请方之一。外交部合作司负责人表示：中法两国从 2007 年起在应对气候变化项目上开始合作。2010 年在城建方面又有合作。此外，在武汉、常州还有交通和培训方面合作。2010 年在重庆、沈阳开始住房以及金融、税务、环境、经济、垃圾处理方面合作。2011 年 1 月，在武汉设立中欧研究院、中法研究平台并开始招生。和上海同济大学有"聪明的城市"项目。

在外交部，我们还得到这样的信息：2012 年 3 月，由法国政府召开的马赛水国际论坛将就如何共享世界水源进行讨论。论坛不是专业性的。其目标是：各方做出承诺；各方人士找出解决问题的方案。外交部官员认为，这将是一次解决问题的会议。欧洲现在出现危机，但是不管什么危机，保护环境永远不能变。社会各方都应加入环境保护行列中。大家要一起共同分担责任，每个人的努力加起来也不够。要根据自己不同的特点做出努力，才有更多的效果。

在蓬皮杜国家艺术文化中心外看表演

蓬皮杜国家艺术文化中心门前空场地呈坡形，可容纳自发性的娱乐活动及露天表演，使传统的街头艺术得以恢复，成为卖艺者自由活动的"天堂"。它周围的中世纪街巷密如网布，完全禁止机动车辆通行，使游人得其所哉。

先贤祠位于巴黎市中心塞纳河左岸的拉丁区，于 1791 年建成，是永久纪念法国历史名

画家一条街

位于巴黎市中心的先贤祠

长眠于此的居里夫人永远有鲜花相伴

先贤祠里介绍居里夫人的展板

人的圣殿。它原是路易十五时代建成的圣·热内维耶瓦教堂，1791年被收归国有脱离宗教后改为埋葬"伟人"的墓地。建筑装饰非常美观，其穹顶上的大型壁画是名画家安托万·格罗特创作的。1830年"七月革命"之后，绘画主题改变，先贤祠也开始具有"纯粹的爱国与民族"特性。这里安葬着伏尔泰、卢梭、雨果、左拉、贝托洛、让·饶勒斯、柏辽兹、马尔罗、居里夫妇和大仲马等。至今，共有72位对法兰西做出非凡贡献的伟人享有这一殊荣，其中以思想家、文学家、艺术家为主，仅有11位政治家。其中卢梭棺椁正面雕塑是一座庙宇，从正面看，庙门微微开启，从门缝里伸出一只手来，手中擎着一支熊熊燃烧的火炬，象征着他的思想点燃革命的燎原烈火。卢梭是文学家、教育家、哲学家、思想家，但人们今天记住他的主要还是社会契约和主权在民思想。这些思想成为法兰西共和国立国思想，也已经成为当今世界上大多数国家的立国思想。

要了解法国，要了解法国今天与世界各地既有环保项目的经济往来，也有对民间环保行动的支持的现状，走近蓬皮杜国家艺术文化中心外卖艺者的自由活动，走近先贤祠里给予名人的位置，了解对自由的倡导和对历史的尊重，这些对我们来说，我想会有启发和帮助。

环境保护中的 " 公众辩论 "

中国民间环保组织代表团在巴黎访问的第三天，和当地民间环保组织见了面。这个叫"21 委员会"的组织在一所公寓的一个套间里办公，房子大小和我们中国一些小环保组织的办公室也差不多。不过这个组织要做的事可不少。460 位会员中既有当地政府人员，也有企业人员；既有研究人员、学者，也有志愿者。委员会的目标是把和环境有关的参与者组织起来，不管你是机构还是个人。

21 委员会于 1992 年成立。最初目标是鼓励私企和地方政府关注环保且身体力行。为达到此目标，工作主题广泛涉及城市与市场的可持续发展。工作的方式是协商、管理。协商的意思是企业要有社会责任。巴黎一个企业主动

坐下我们 9 个人就挺挤的办公室

巴黎街上的自行车道和垃圾袋

找上门来请 21 委员会帮助实现这一责任，从那以后，它就当起第三方。连可口可乐这样的大公司也来协商寻找实现企业社会责任的途径，而不是只空口说事。这是因为在法律上，法国对企业社会责任的承诺是有规定的。

21 委员会这样介绍自己：我们不面向公众，面对的是企业和地方政府间的协调。许多有关环境的企业都是我们的会员。我们也把一

群非政府组织组织起来，分享工作方法。现在我们很高兴地看到，在法国，企业已经有了这样的理念：环保行为应该进入企业战略中来。现在的法国，需要企业在环境保护方面的规范。我们就组织起来，努力到有立法的可能。在法国，有一些非政府组织很强硬。他们不和政府、企业合作，我们也会从中起一些协调作用。21委员会经费来自会员，大企业会员不乏像可口可乐这样的巨头。

10月26日，访问法国南方协调组织，也被叫作"大地团结"委员会。其工作平台上有130个非政府组织，工作领域是应对气候变化、教育、男女平等、公共发展。南方协调组织在应对气候变化方面的项目包括：森林管理，参与国际项目；财政承诺，2012年300亿欧元运作；专业评估气候变化对农业的影响，向政府有关部门提出造成影响的数据；

闹秋的红果子

参加国际气候变化会议，与中国进行应对气候变化的合作。

南方协调组织认为，对他们来说，民众宣传不重要，重要的是影响政府，影响决策。

访问法国经济、社会和环境委员会后，自然之友理事长杨东平写下这样一段文字，表述对法国这类组织的评价。

特别令人新奇的，是2007年组建的"经济、社会和环境委员会"，这是政府、经济界、公民社会协调环境问题的正式机构。下设交通、金融、农业等9个专门委员会。它是一个功能强大、活动频繁的实体，平均每周开两次会议，有一个类似议会那样的会议厅。委员会共有233个席位，其中经济领域140席，各大协会60席，环境领域33席；40个席位由总统、总理任命，环境部有6席。

委员会每年5000万欧元的经费全部由政府提供，所有人同一工资标准。其职能，一是对政府、议会确定的主题征求意见和开展评估；二是自拟的研究和评估项目；三是回应公民社会的诉求。凡是有50万以上公民要求讨论的议案，委员会必须组织讨论。

这一协议和制度建设的核心理念是"协调"，通过公众参与和程序公正，谋求可持续发展的共识。协调的主要方法之一被称为"公

法国经济、社会和环境委员会办公地

坐在议事厅里的环保代表席位

否上此项目。小型的市政建设项目，按照《市政建设法典》L300-2 条款，由市政方面自行创立协调方法，市镇居民参与。

政府的项目计划，要进行公众调查。首先，由法国行政法院任命一个调查负责人，为有意愿承担这一工作的独立公民，其任务是确保调查按照法律的规定进行，最后对公众意见进行总结，写出报告。有关部门根据此意见确定相应态度，包括修改方案后再次进行公众调查。调查的费用由业主承担。据介绍，法国每年有几千种这样的公众调查。项目上马后，协调仍在继续。重点是检查承诺是否兑现，采取多种方式，由所在地区的政府来组织。在项目结束后 3—5 年还要进行项目评估，看实际造成的环境影响与当初评价的结果是否一致。

法国经济、社会和环境委员会下属包括法国自然环境联合会等 10 个协会，旗下 85 万人。国家每年给他们 5000 万欧元。法国最低工资为每月 1050 欧元，在这个委员会工作的工作人员的工资是法国最低工资再乘以 2.5 倍，而且还可以有第二职业。

法国经济、社会和环境委员会工作人员，同时也是环境领域代表的威尔卢说，有关环保建议，如果政府不听的话，就什么也做不了。但委员会下面有老板、有工会，政府不敢完全

众辩论"。国家公众辩论委员会（CNDP）是管理重大项目公共辩论、由政府买单的独立组织。1.5 亿欧元以上的建设项目必须提请 CNDP 确认是否举行公共辩论。如确立，则组成一专门的理事会，辩论方式可以是公民自由参加的会议、网上辩论以及问卷调查，周期通常 4—6 个月。进行总结后，业主有 3 个月时间决定是

不听委员会的意见，不然公民会走向街头。所以还是可产生影响的。

威尔卢还说：我们委员会能成为大家达成共识的地方，社会需要这样一个达成共识的地方。我不是管理示威的专家，作为普通公民参加过游行。不过，法国的游行很温和。我们有这个传统，有这个文化。也有示威者和警察发生过冲突，但现在越来越少了。政府也越来越会谈判。

我们中国民间环保组织参与过谈判吗？叫"对话"的倒是有过。但总的来说，与政府间、企业间的谈判或对话，我们中国没有这个传统和文化。这是此次访问中感受颇深的一点。我们也最希望回来能学着去协商，去谈判，以此推动环境保护信息公开与公众参与。我一直认为，一个国家的文化与公众的意识是息息相关的。所以这次在法国的访问，希望了解的就不仅是生态环保方面，还有文化传统的传承。以文化现象去认知人们在环境领域所做的事，可能切入的就会是另一视角、另一收获。比如罗丹的雕塑"思想者"、蓬皮杜国家艺术文化中心前的自由演出，在我看来就是法国文化的追求，也是法国环保、法国精神的追求。

有点遗憾的是，已经第三天了，中国环保组织和法国环保组织未来能否有进一步的合作，还没看出端倪。

莫奈的池塘

利用周末的会间休息时间，在法国生活的朋友茅青带我和杨东平去了莫奈生活了四十多年的故乡。那儿美得让我们流连忘返。

自巴黎向西 50 公里有一个名为吉维尼的

莫奈晚年

莫奈的池塘

莫奈的故乡

池塘秋正浓

莫奈的家

小镇，素有"欧洲花园"美誉。莫奈于1883年便在此定居，直至离世。这里远离都市喧嚣，悠逸的田园生活在视野中慢慢铺陈。当粉色与绿色的组合在眼前跃动，便意味着你来到莫奈曾经的居所。步入庭院，五彩缤纷的花朵如潮水般涌来，日式的人工池塘中趴满睡莲，与旁边的垂柳、翠竹相互唱和。这位印象派鼻

莫奈故居秋色

水中的睡莲

莫奈笔下的睡莲之一

庭院中的小桥

莫奈笔下的睡莲之二

莫奈画的小桥与睡莲

祖在光色变化处理上的创意和技法，与此大有关系。就连莫奈自己也认为，花园和房子才是他最美的作品。他经常一连几个小时静坐池畔，感受自然与灵感。游客不妨在此小憩，看

小舟

莫奈家乡在秋色怀抱之中

看当年这份灵感是否有穿越时光的法力。

离开莫奈的花园，我们几个人在他家乡的街上走着。天色已不早，游人仍如织。我们感叹艺术家的魅力不仅在作品，也在人格和生活情趣。这样的美景，造就出伟大的作品、伟大的艺术家。

莫奈晚年告诉克列孟梭："当你从哲学层面寻找自己的世界时，我则努力呈现世界的表象，这表象与未知的现实密切相关。当一个人停留在和谐的表面时，就不可能离现实很远，至少不可能离我们能够认识到的现实很远。我只是观察到了世界所展示出来的一切，并用画笔记录下来。"(《克劳德·莫奈》，1928 年) 我对这段话，是从一个媒体人的视角来感悟的。因为我也在努力用笔和镜头记录今天中国的大江大河。

阿尔卑斯山脚下的罗纳河

10 月 27 日，中国民间环保组织代表团一行坐火车从巴黎到里昂。此行要访问的，一个是里昂环保局，了解法国环保局的垂直管理是怎么管的。一个是民间环保组织。这个组织目

花园

里昂罗纳河畔

里昂中心广场

里昂商业街

前做的工作和我们绿家园有点相似，那就是保护家乡的罗纳河。

里昂位于法国东南部，历史上是西方丝织业中心，现为工业基地之一，化学纤维主要产地。此外，机械、电子、重型汽车、计算机等工业也占有一定地位，是法国第三大城市。人口 47.23 万，郊区约 125.71 万（2007 年）。

里昂处在从地中海通往欧洲北部的战略走廊上，罗马帝国之前已很繁荣，长期作为法国政治中心，现在还有很多中世纪建筑。在全欧洲，除了威尼斯，里昂是拥有印刷工人数量最多的城市。这里印出了第一本法语书。里昂的丝绸纺织业在城市的繁荣和发展中占有十分重要的地位，自 16 世纪起就有了最重要的手工业丝绸生产，这些都给城市带来最早的一批财富和不可忽视的政治地位。

16 世纪之前，欧洲最大的丝绸产地是意大利，法国王室和贵族所用的丝绸及丝绒全部都从那里进口。1536 年，里昂有了第一个丝绸纺织作坊，在此工作的所有熟练工匠都是专门从意大利热那亚聘请来的。这是因为国王弗朗索瓦一世对发展本国丝绸纺织业抱有极大热情。到 1544 年，里昂丝织工人人数达到一万两千多人，名正言顺地成为法国丝绸之都。

里昂是缝纫机发明家蒂莫尼耶的故乡。他于 1829 年发明的缝纫机，是世界上最早成批制造的缝纫机。怕被砸掉饭碗的缝纫工人多次冲击蒂莫尼耶家，捣毁缝纫机，但他并不屈服，继续改进。后来，缝纫机走进千家万户，成为继犁之后又一造福人类的工具。今天，里

古城与母亲河

里昂的母亲河

昂依然是世界高级丝绸的重要产地。人造丝和化纤也得到广泛应用，带动整个纺织业发展。在这里，传统丝织业同现代科技完美结合。另一些纺织厂则研究发展生产航天用的特制纤维材料。纺织业需要印染技术，需要各种合成纤维，因而促进化学工业发展。里昂已成为法国化工中心之一，人造丝产量居全国首位。南郊还建有加工能力达上千万吨的费赞炼油厂。

我们看到里昂的母亲河。很难想象，在一个既有印染又有炼油厂的城市，一条大河还能这样湍急而清静。为了给这一现象找到理由，我们在里昂环保局倾听政府是如何对自己的辖区进行管理的；在里昂民间环保组织罗纳河环保之家，领略民间环保教育和行动是如何发展的。

中央的政策到地区是如何执行的？里昂罗纳河阿尔卑斯山地区环保局负责人施奈特先生向我们介绍：

法国中央政府下设20个大区，100个省，37000个市镇。罗纳河阿尔卑斯山地区有8个省，600万人口。占法国人口10%。该局主管业务有：大自然、自然能源（动植物生产）、能源（可再生能源）、环境、污染防止（水、土壤）、风险预防（含自然风险预防和技术风险预防，自然风险包括洪水、滑坡、泥石流、雪崩、塌陷；技术风险则和工业有关）、运输和车辆（公路，铁路，开车时间不能超过多少小时，载货量也有标准，对所有车辆批准）、国土整治和景观、市政规划、城市发展、景观保护、基础设施建设、住房建筑、司法。共有700名工作人员。基本工作是收集所有信息，提供给公众、协会执行，建立各方的合作伙伴关系。

在法国，地方环保局协调什么？2007年制定的《格雷诺尔环境协议》中的国家、地方、企业、协会、工会这五方之间关系，就是需要环保局协调的，但要受国家直接管理。国家政府对地方监控，有问题可到行政法院。民间组织也可到行政法院上诉。

施奈特先生告诉我们，各方协调采取的是这样一些手段：

一是公共辩论。公众辩论委员会为独立组织，重大项目一定要有公共辩论。什么是重大

广场雕塑

项目？1.5亿欧元以上项目。建设项目所有资金数额达到这个数目，就要申请政府专门组织辩论。政府接到申请后决定是否成立一个专门负责这个辩论的理事会。

在公共辩论委员会工作的人，一定不能和这件事有任何关系。构成人员来源多样，有人提出想参加理事会，委员会就要评审其资格。也可设专门网站在网上辩论；也可给居民家里寄调查问卷，辩论时间是4到6个月，辩论后要由这个组织对公众意见进行总结。之后，业主有三个月时间考虑是否还进行这个项目。这种公众辩论时间是很长的。这就是为什么欧洲GDP升得那么慢。

二是公众调查。法国政府规定，一个项目做出来，就要在公众中调查。公众调查分为两种：动迁的，征购居民产业；不关系到土地的。

需要进行公众调查时，先要找出调查负责人，就是有意愿的市民，由法院任命并管理，其任务是保证按法律来实施。调查负责人要对公众给出的意见进行总结。根据公众提出的意见，相关政府机构再做出决定。大多数时候，如果公众提出反对意见，项目就会放弃或者重审。重审还要再进行公众调查。现在法国每年有几千次公众调查，参与程度要看项目敏感度。比如 2011 年夏天在里昂要建一个体育场，就有很多公众参与调查。此外，对项目实施要有跟进，主要是看对项目的承诺是不是兑现。跟进方法也多种多样，大都由所在地区政府来组织。这在法国也是有法可依的。项目结束后还要评估，既要对环境影响进行评估，也要对经济影响进行评估。

施奈特先生说：在法国，公共利益高于私人利益。如果会对谁造成不良影响，就要事先保护，而不是事后赔偿。化工厂都希望建在别人门口，不要在自己门口。因此，总要有出于公共利益的仲裁。

我们提问：钉子户怎么办？古迹如何处理？答：在法国有法律程序，由法官评判。有文物古迹保护法，保护范围以中心 500 米为半径。污染偷排肯定有，但很少，因为有警察监控。

我们到访的里昂罗纳河环保之家已成立 15

教堂金顶依然闪耀

公共汽车

年，下设有 31 个小协会，400 名个人会员，15 个有工资的员工，其他为志愿者。任务是保护大自然，包括罗纳河、阿尔卑斯山的生物多样性，也保护古建筑。具体细为分：环境教育、动植物研究、环境与健康、小学和中学的环保入门。工作方法是在大自然中散步、发现昆虫、统计数量、分捡垃圾、水污染监测，也有宣传辅助工具如网站、电子报，参加一些相关展会。

罗纳河环保之家也做一些与公共政策相关的活动，特别是对生物多样性方面的公共政策的研究和推动。2010年，它促成一项新的协议，即再也不能用公共资金做促进生物多样性恶化的活动。为此要和很多地区政府部门一起工作，让政府部门影响政策制定。资金来自公共财政，使用的话要和地方政府、大区议会、市民议会或更小的部门签署协议，通常是三年的项目。项目运作经费由地方政府提供。

罗纳河环保之家工作人员说：如今的罗纳河被人工改变了很多，已经不是一条野河。也有很多大坝，还有一些渠道，不可能恢复成自然的河。保护周边森林是该组织现在的主要工作。所在地有很多宣传活动，有很多保护河流的协议，也有对公众的教育。

在里昂，民间环保组织要参加对核电站和水坝的监督。在法国，水是分等级的，有鱼或是有敏感水流的水域不能建大坝。化工厂也都得到严格监控。长期沉积在河床上的污染现在正分阶段处理。当然，在里昂也有人去工厂偷铜件，也有剪电线的事。民间环保组织会要求所在地政府严格监管，以防盗卖。另外就是定

与里昂民间环保组织负责人合影

一条大河波浪宽

雄鸡雕塑

期和环保局开会，提出问题，让对方回复。

一个城市的河流，在某种意义上体现着这个城市的精神面貌。里昂的罗纳河也有过被污染、被损害的昨天。今天的他们，在昨天的教训中改变着。

我们在里昂的访问，结束于这样一个小插曲：返回巴黎的火车晚点。下火车后，很多人围着穿铁路制服的人领取一个信封，问后知道这是可获取赔偿的依据。晚了多长时间呢？ 40分钟。这就是法国的制度。

作为获取赔偿凭证的信封

环保组织如何工作

10 月 28 日，中国民间环保组织代表团在法国环保部见到法国活水协会主席。他告诉我们，2012 年 3 月法国马赛将召开国际水论坛。到时，该组织负责邀请全球 250 名来自各国的关注水的环保人士。

法国是河流资源异常丰富的国家。北部的塞纳河，中部的卢瓦尔河，南部的加隆河，东

有涟漪的塞纳河

南部的罗纳河与索恩河都是著名的河流，每条大河展现给世人的风采又是不同的。就流经地域而言，卢瓦尔河多为世界文化遗产古迹和古堡；塞纳河多为恢弘的建筑和迤逦的风景；罗纳河以盛产粉红葡萄酒而闻名，与索恩河被分别称为男人河和女人河，以父性和母性情怀养育着"孩子"里昂；加隆河则穿越众多的波尔多葡萄酒庄园，带着甜甜的酒香流向远方……

绿地

塞纳河边的圣心教堂

巴黎左岸街头表演

远处的方尖碑

是有什么样的天就有什么样的水吗

民居

　　法国人说，没有巴黎就没有法国；而巴黎人说，没有塞纳河就没有巴黎。如果说一条河流可以赋予一座城市灵动和妩媚，塞纳河则承载和见证了巴黎璀璨的历史和文化。所以人们把塞纳河称为巴黎的母亲河。塞纳河全长780公里，在其流经的城市中，巴黎是最令世人瞩目的。塞纳河把巴黎分为左右两岸，左岸集中的是美术馆、咖啡馆、书店和画廊，一切与文化有关的元素；而右岸则是金碧辉煌的卢浮宫、爱丽舍宫和香榭丽舍大道等建筑和设施，是政治、经济和权力的领地。塞纳河从容而平静，将这一切环绕、勾连起来。

巴黎博物馆里的孩子

河流和雕塑是对城市的表述　罗丹的雕塑之一

罗丹的雕塑之二　罗丹的雕塑之三　游人在罗丹雕塑博物馆

树与古建筑的呼应

巴黎的花墙

秋天的庭院

　　目前，法国活水协会的工作重心为三个大的议题：水，社会，经济；水与环境关系；水环境与气候异常。

　　这些领域已落实的工作在非洲体现为：1. 给钱帮助建处理污水设施，建厕所。主要是促进社区发展，对当地人做技术上的援助，包括制度化、与政府合作、法律协调。2. 帮助决策者和使用者建立对话机制。包括政府部长，

行政人员和各级人士与当地居民对话，制定一定的工作方法。民众对当地项目的看法，要介入项目实施的过程中。3. 做援外工作，影响各国政府，倡导、协助当地水项目的立项，将法国的治水经验与非洲国家人民与环保组织一起分享。

　　法国活水协会目前与三十多家民间组织合作，包括世界自然基金会（WWF)、地球之友、国际蝴蝶效应水委员会、反饥饿委员会。在亚洲，已和斯里兰卡一个妇女关注水的协会建立关系。在中国还没有联系的组织。这个刚成立八个月的组织，正紧锣密鼓地准备明年3月在马赛召开的国际水论坛。希望到时每个组织都能带来自己的视角，并在论坛之后和合作伙伴共同为人人享用地球上的水做自己能做的事。

　　中国民间环保组织代表团在巴黎的访问，是在与法国活水协会讨论明年如何参与国际水论坛中结束的。自然之友理事长杨东平说：我们在这次访问中，看到了法国的环境保护在社

杨东平、王灿发
在访问中

会五个方面的参与、协调和建立公众参与多方机制。以这样的机制解决目前面临的严峻的环境问题，对我们来说，不仅是启发，也希望通过自己的笔让更多的中国公众知道。

我则再一次提出，我们生活在同一地球村，对现在的全球气候变化，发达国家负有不可推卸的责任。现在法国在中国有那么多项目，希望能与中国环保组织一起建立一个民间组织平台，将这些项目实施制度化、民主化。

一个国家的发展不仅仅表现在经济上，影响发展的因素也一定是多种多样的。在我写的这组报道里，总是把访问与访问之外的走访和参观融在一起加以叙述，就是因为我觉得一个民族的文化与发展密不可分。法国有今天的援外情结，与历史上的一些做法有没有关系？法国今天的民主，与其浪漫的艺术又有没有联系？可能一次访问回答不了这样的大问题，但探讨与思索总会让我们沿着这条路往前走。往前走就还有发现，有探索，有再继续走下去的勇气与可能。

在巴黎的最后一天，去奥赛美术馆参观。巴黎有三大博物馆，奥赛美术馆的分工是收藏近代艺术品，主要范围从1848年到1914年之间的绘画、雕塑、家具和摄影作品。博物馆位于塞纳河左岸，在卢浮宫斜对面。原为奥赛宫遗址，于1900年建起奥赛火车站，为的是便利同年巴黎世博会游客。伴随技术发展，这座辉煌壮丽的车站变得不适合新式列车停靠，于1969年关闭，在1978年被列为受保护的历史建筑，大厅中保留着原来的车站大钟。蓬皮杜

罗丹作品之四

罗丹作品之五

罗丹雕塑博物馆一角

秋意盎然

奥赛美术馆前广场

总统提出把这里作为卢浮宫的附属馆，其后历经两任总统，终于在 1986 年改建成为博物馆，原来存放在卢浮宫以及蓬皮杜国家艺术文化中心国家现代艺术博物馆内的有关藏品，全部集中到这里展出。卢浮宫收藏 1848 年之前的，蓬皮杜国家艺术文化中心的国家现代艺术博物馆收藏 1914 年之后的，和奥赛美术馆构成完整的艺术史链条。

当年的奥赛火车站，其拱形大厅居然花费 12000 吨钢材，比埃菲尔铁塔钢材用量还要大。这里收藏的绘画和雕塑尤其是印象派作品，会让人重新衡量艺术与现实的距离。这里是印象主义、后印象主义、学院派、自然主义和象征主义的大本营，更是了解近现代西方文化和艺术最好的乐园。但是美术馆里不许拍照，读者可自行上网检索。

巴黎巴士底狱剧院前的纪念碑

在扔还是在接

大自然的作品

走出奥赛美术馆，久久地沉浸在有巨大感染力的作品带来的启发中。沿着塞纳河走，又回到现实中，回到要面对的气候变化和江河被污染、被断流的现实中。有了这些感染和启发，就会有新的开始、新的力量，我这样告诉自己。

触摸城市的良心

参观巴黎下水道博物馆也让我收获良多。下水道被称为"城市的良心"。纵观世界，下水道所引发的问题是城市化的通病，包括北京在内的中国许多城市都有因下水道出问题而遭受"水灾"。各国政府也都在积极想办法，从地面、空中两个方面积极应对。如何减少城市洪水发生、缩短洪水持续时间，保证交通和居民生活，是现代社会需要面对的国际课题。那么，巴黎是怎么做的呢？看过《悲惨世界》的人，一定不会忘记主人翁冉阿让背着青年玛里乌斯被警察追捕，终于在巴黎地下排水道中找到避难所的情节。不管是当时看小说还是后来看电影，直到亲眼见到，我才不得不相信并感叹始建于 1370 年，后经 19 世纪中后期大力改造而形成的地下排水系统果然是奇迹。

这个口走下去就是巴黎下水道博物馆

复制环卫工人工作场景

巴黎下水道博物馆内景

巴黎排水道总长 2347 公里，从蒙马特高地连接塞纳河，形成一个合理的地下网络。它实际上是一个完整的排水加供水系统，其中有两套供水系统：一套供饮用水，另一套供非饮用水，并附有一条气压传送管道。每天，超过1.5 万立方米城市污水通过这条古老的下水道排出市区。

巴黎下水道博物馆从外表看并不特别。入口是一个极为平常的环卫工人检修下水道的入口，一个普通的台阶。11 月 1 日，我们来到这里。沿着螺旋铁梯走下去，再经过一段窄窄的巷道，就来到被称为"城下之城"的巴黎下水道之中。博物馆第一部分是由一段已废弃的下水道改成的下水道历史展示厅，巷道中间是一排图片展示牌。

巴黎下水道处于地面以下 50 米，水道纵横交错，密如蛛网。聪明的巴黎人利用这些有着 100 多年历史的下水道建成下水道博物馆。人们在这里游览，可以全面了解巴黎地下排水系统。巴黎下水道规模远超巴黎地铁，是世界上最负盛名和最早可供参观的地下排水系统。从 1867 年世博会开始，陆续有外国元首前来参观，现在每年有十多万人来参观学习。

巴黎下水道博物馆展板

运转中的下水道设施

展板汇入环境保护内容

下水道博物馆展示巴黎下水道历史变迁。早在1200年，菲利普·奥古斯特登基后要为巴黎铺砌路面，并预见巴黎市区将兴建排水沟。从1370年开始，时任市长于格·奥布里奥兴建蒙马特大街，将盖有拱顶的砌筑下水道通向河道。1850年，在塞纳省省长奥斯曼男爵和工程师欧仁·贝尔格朗推动下，巴黎下水道和供水网获得迅速发展。有一连串数字可以说明这一排水体系的发达：约2.6万个下水道盖、6000多个地下蓄水池、1300多名专业维护工……

参观巴黎下水道博物馆之前，我看到的介绍都说进去后一点也闻不到下水道的味儿。不知是因为正赶上下雨还是什么原因，我和同去的关注中国媒体与环境的博士生诺雯觉得味道还是挺重的。不过每一条下水道都用与其相应

展示历史上的下水道

的地上街道名称命名，加上各种介绍展板，让人觉得不管在哪儿这里都是一个有趣的展览，而且还是边听哗哗流水声边看的。

巴黎下水道比想象的还要宽敞，中间是宽约3米的排水道，两旁是宽约1米的供检修人员通行的便道。每隔一段路，就看到一个通往地面的铁梯，爬上去就是街边的阴沟盖。路上

下水道里的展览

展示雨果手迹和小说插图

下面流动的是城市污水

的积水和市民生活污水通过各种管道流入下水道。随着城市人口增长，工程师修建4条直径为4米、总长为34公里的排水渠，以便通过净化站对雨水和废水进行处理。处理过的水（中国现在叫中水），一部分排到郊外或者流入塞纳河，另一部分则通过非饮用水管道循环使用。

据介绍，雨果在撰写《悲惨世界》前，通过时任下水道督察的好友埃马纽埃尔·布吕内索，自己亲临下水道并绘制管道图，从而惟妙惟肖地描写冉阿让在此与警察周旋、逃脱追捕的情景。下水道博物馆最后部分是电化馆，有能容纳20人左右的电影放映厅。这里循环放映一部只有音乐没有旁白的短片，介绍巴黎地下排水道历史。

在尼斯探讨构建新经济框架

2011年11月，结束访问巴黎的我和绿家园志愿者高和然一起，到法国美丽的海滨城市尼斯开会。

收获后的田野

秋天的法国农村

入夜前的尼斯蔚蓝海岸

我们来参加由全球妇女和平联合会（GPIW）召集的会议，而尼斯就在 G20 峰会地点戛纳旁边。媒体上说，中国这次是很牛的，因为世界特别是欧洲等着有人掏钱救市。一位参会的英国作家问我们：你们觉得中国能救欧洲吗？我们告诉他，这个问题可以从不同的视角去回答，但是对于普通老百姓来说，解决好自己身边的事可能更重要。

我们到尼斯是 11 月 2 日下午，第二天才开会，有时间感受一下这个城市。这里以全年温和的地中海气候、灿烂的阳光、悠长的石滩以及裸体晒太阳的美女而闻名。有人这样形容："尼斯是个懒人城、闲人城、老人城、无聊城。"二战前这里就是欧洲贵族的最爱，造访名单中包括沙皇尼古拉一世遗孀，英国维多利亚女王等。另外，野兽派领导人物马蒂斯与俄裔法籍画家夏加尔的美术馆，也为尼斯再添重量级魅力。细心的人或许会看到，早年间画中的尼斯山坡上还有绿树，山脚下还有羊群，现在则全被高楼大厦所替代。现代社会要占领一切空间。

这个让世人向往的度假胜地，是呈弓形的宽广蓝色海岸。这里冬天虽然不冷，但天黑得

油画中的尼斯和现实中的尼斯

牌子上写的是：少用杀虫剂。大自然的问题，大自然自己会解决

古城街道

还是有点早。我们爬上已成为废墟的古城往下眺望，这时华灯初上，古罗马时代留下的古老街道，让尼斯散发出怀古的幽思。

如果说巴黎是时尚的代言地、国际文化的交融点，那么，尼斯一带的法国南部地中海沿岸便是大自然赐予的纯净天地，有世外桃源的味道。地中海的光与影、海岸与天空，造就这里的艺术气质。

11月3日，以"走向全球新经济框架：整合内在与外在发展"为题的大会开幕。来自不同国家、不同信仰、不同事业背景的参会者齐聚一堂，包括印度教尊者、基督教修女和神父、佛教僧尼、犹太教拉比、环境作家、国际生态农场领袖。在我参加的国际会议中，这次尼斯会议可能是宗教气息比较浓厚的一次。

为和平与平等祝福

会议由晨祷开始。78岁的意大利天主教修女焦万娜用她动听的音乐领头，大家一起为和平祈祷。然后是犹太教拉比吹响神圣的羊角。最后是印度教尼师唱颂恒河经文。整个会议就在这样神圣和平的气氛中召开。

主办方代表贾内尔首先为大家介绍全球不平等现状：少数人占有大多数财富。美国金融债务高到几乎可以抵消财富，是一种疯狂的增长。人们如此迫切地反对这种不平等的状况，连梵蒂冈教皇和英国坎特伯雷大主教都在号召经济改革。他说：我们需要一个以人为主体的发展，如现在的城镇转型计划（Transition Town）、生活经济论坛（Living Economy Forum）等等。我们需要更多这样从新角度发展的模式。

印度教尼师哈姆萨娜达的演讲直扣会议主题，题为"经济体制变化的需求"。她指出，当今金融体系已经从根本上走入误区，地球环境不允许继续无限制地增长，而且这种畸形的增长在过去的几十年内带来极度不平等，以牺牲大多数人利益满足少数人需求。人们不会容忍这种不平等的状况继续存在。为了转变，我们必须要有正确的思想、正确的爱和正确的行为。教育在这里是必须的。教育不是给出信息，而是塑造完善的人格、身体和心灵。不贪婪，只取自己所需。对生命的热爱带来对社会

的热爱，从而带来负责任的行为。她认为：在一个转型的新经济体系中，必须把精神价值放在核心，所有人们联合起来，挖掘自我，敬爱自然，重新看待未来。

主持人补充道：女性在这个转型中如此重要，因为女性懂得牺牲。母亲都会为孩子牺牲，为了让孩子能有更多而自己俭省。我们现在需要为未来牺牲，女性最懂得怎样做。

英国的茉莉修女讲的是人类意识的进化。她说，印度朋友告诉她，自己年幼时，村庄的人总是把多余的财富布施出去，只留下必需的分量。而今天，剩余财富被累积起来，用来创造更多的财富。在她看来，财富是用来流通而不是储存的，囤积财富没有任何意义。

我的感受是，在尼斯会议上，有一点基本是共识：当代社会科技高度发达，人的内心却极度贫乏。为什么？教育是有缺陷的：不是培养一个健全的人，而是挣钱机器。几乎所有参会者都有这样的感慨：内在的富足才会有外在的富足，精神的丰富是物质丰富的基础。如果不是这样，那么物质繁荣不会久长。是人创造钱，还是钱创造人？如果是钱创造人，衰退就此开始。

美国人理查德从政30年，他承认，现在全球的占领运动代表着金融体系的瓦解。美国

金融体系的问题影响到社会方方面面，学生辍学，成人失业，老人无依。美国监狱爆满，关押着世界上 1/4 的犯人。为什么有这么多囚犯？因为监狱被私有化，关押犯人可以赚钱。监狱仿佛公司，要保证犯人数量以便牟利。至于为什么犯罪，从未被作为公共话题讨论过。人们的思想被控制，不会反抗。他认为政治家是不会改变的，除非我们让他们改变。我们要对抗贪婪。要关注青年人，他们是未来。

印度学者萨达鲁·拉纳德认为，纵观人类历史，没有一种社会或者政治理念是完美的。人类的集体意识指导我们的生活和行为，这个集体意识是社会结构的基础。社会结构建筑在贪婪之上，这样的意识形态一定不长久。要转变结构，首先要从内在出发，寻找永恒价值。社会主义社会过于严格，为维持平等而牺牲人的自由；资本主义社会过于放纵，为维持自由而牺牲平等。我们用什么样的新体系来替代呢？也许中国模式是个很好的借鉴。目前所谓的新体系也是不能长久维系的，它只能适合社会一时需求。从没有一个体系或意识形态能够承担起整合人类集体意识的责任。人们生活在满足感官享乐之中，更多的法律只体现出精神境界的堕落。他引用孔子语录："道之以政，齐之以刑，民免而无耻；道之以德，齐之以礼，有耻且格。"现在的情况是：我们可以选择积极改变，或者随波逐流等待被迫改变。如果积极改变，可以避免很多损失和不必要的痛苦。但如果什么也不做，放任事态发展，那么一个拐点即将到来，不可抗拒。到时候人类的损失无法估量。

中国代表第一次参加这种以和平为主题的关注未来、关注环境的大会。主办方特意安排我们发言，而且不限时间。我们讲的是"气候变化对中国江河的影响及环境保护的公众参加"。我们认为，现在全世界都在说中国碳排放，而青藏高原——大江大河的源头受气候变化影响却很少有人知道。看着一张张冰川退缩、高原沙化的照片，会场鸦雀无声。看到中国民间环保组织所做出的贡献，大家纷纷表示感慨。

在这个以学者和智者参加的会上，大家提出了两点努力方向：一是提高人们对事态的认识；二是促进人类团结，用自由联合的方式，所有人携手，共建明天。我们需要的是人与人之间相亲相爱。二百多年前轰轰烈烈的法国大革命，提出的口号是：自由、平等、博爱。但遗憾的是，这个运动只发展到政治改革为止，没有直达人心和思想。真理必须被每个人从心底里明白，这才是真正的变革。

神山圣水拯救自然

　　近来从占领华尔街，到占领世界的各个街道，激进的经济和政治改革让人不知世界要走向何方。这次在尼斯探讨构建新经济框架的会上，发现其实各个国家、各个宗教在面对严峻的生态环境问题时，也希望以宗教的一些理念改变目前发展模式。

用"糖"做门

夏纳街上飘着
G20 广告

街上的电影广告

　　生于亚美尼亚，长于黎巴嫩，现在日内瓦的坦尼在会上提到牺牲。她说：自我牺牲是东正教中重要的教义。现在面临经济体系瓦解，我们想创建一个新秩序，需要付出很多牺牲。这些牺牲需要很多人性，是对人类的一大挑战。

冲浪地中海

韩国禅宗僧侣则认为，要从自身开始改变。这次的会议就是个很好的例子。这么多精神领袖聚集在一起为未来祈祷，本身就能带来变化。

蔚蓝海岸在风雨中

法国的一位犹太教拉比发言：解决经济危机的关键不是经济，而是道德。我们的道德和体制必须挂钩。人们要学会谦卑，学会慷慨。不能放弃人性中积极的部分，要用信心来解决问题。这次 G20 峰会需要明白道德的价值是从我们自身出发，用道德来拯救危机。

英国作家约翰·里德是《优雅的简单》一书作者。他认为我们的有缺陷的自我意识是危机的来源。精神觉察力是现在最需要的。我们常沉溺于感官享受，被虚幻和短暂的快感迷惑。我们最大的认识误区是：以为物质追求可以带来幸福。他说：我们都是幻象的奴隶，忘记了精神力量是至高无上的力量。我们都在经历精神失乐园。现代社会在不停地创造快感和激动，而不是喜悦。

里德在书里用虚构的村庄 Ladak 举例。Ladak 是个远古的未来，那里人们自给自足，互相帮助，敬爱自然，和睦相处，不需要货币，没有不平等，没有压迫和苦难。但随着西方现代化传入，人们发现财富的同时也发现贫穷、特权和受苦。我们最大的无知，是不知道我们的内心世界如何运作。21 世纪，要么是精神世纪，要么不会存在。

来自克罗地亚的僧侣没有展望新经济，而是讲述克罗地亚的故事：克罗地亚经历过社会主义和资本主义最糟糕的部分。现在受经济危机席卷，人们又开始怀念社会主义的好处。建筑在物质享乐之上的生活就像喝海水，越喝越渴。他认为，真正的和平和幸福，需要从内心寻找。

海边漫步

地中海边的古堡

观海亭

尼斯中心广场

尼斯古树

在探讨构建新经济框架时，印度尼师指出我们可以改善的四个方面：一是完善人格。二是不能让奢侈品变为必需品。我们需要培养回归简朴的能力。三是责任和权利。如果人人都尽到自己的责任而不是强调自己的权利，问题就会少很多。四是精神觉悟。自然是神圣的。

来自印度的年轻人构建了一个框架，将社会分成自然资本、货币资本、物质资本、人力资本和精神资本。他说：现在的情况是货币资本膨胀，严重威胁到其他资本。他给出一个关系图，物质资本在一体的前提下相互影响，提供可持续发展模型。根据这个简化框架，可以进行动态测量和管理。这个演讲引来大家的积极讨论。

以观沧海

远眺

阴郁的地中海

具有传奇色彩的泰国尼姑沙铁拉一身白衣，神态超然，气质纯净。她曾是著名女演员和模特，嫁给富有的丈夫，生活幸福美满。三十多岁时突然自愿出家，把财产和声望投入慈善事业中。丈夫一直给予不断的支持和关怀。沙铁拉在曼谷的僧院幽静美丽，平时有上百位修行者。她说，泰国正经历着少见的洪

近观

水，寺院被淹，自己回去时要从公路划船回寺院。但让人没想到的是，大洪水有积极意义，那就是打破人与人之间的隔阂。无论贫富贵贱，在死亡面前人人平等。大家共同面对灾难时，有人就转求于宗教，寻求生命的意义。她说：通过洪水，年轻人的信念被恢复，不再用世俗目光看待生命。我们要学会谦卑，学会接受，学会平等和爱。沙铁拉说，回去之后要主持一个种树项目，把淹死的树补种上。这事年轻人都会帮忙。这种面对灾难的坦然和积极态度感染着在场的每一个人，给大家带来希望。

沙铁拉说：生命在现在这个时刻是珍贵的。我们从内而外，和整个世界是一体的。通过内省，我们能察觉身心最细微的变化，再把这种觉察力带出来，观察世界的能力会大大提高。我们保持清醒的觉察。在这种宁定当中，有时灵光一闪，真正的智慧会出现。下面这段话在我们看来是有启迪意义的。她说：作为一个宁定的觉察者，我们接受自己的感觉变化。如果愤怒了，就让愤怒来吧。看着它如同透过窗户看路人走过，一点点消失，自己的情绪也会一点点消失，这样就不会为其所控制。做自己感官的主人，而不是被感官所控制。有了这样的宁定，彼此相处就会舒服而简单，且留有巨大的空间。当我们不接受自己，试图压制本

初的灵魂特质时，就产生暴力。暴力让我们不能停留在安宁美好的灵魂状态中，远离原本真实的自我，压抑潜意识，带来自我保护情绪，引发愤怒。这是我们需要警觉的状态。为更好的生活，我们需要学会如何跟人相处。我们要注重培养自己的精神能量，停止思考的能力。思考是很珍贵的能力，但是只把它用在需要的时候。学会停止思考，是更加重要的能力。我们还要注重培养决断力、忍耐力、信心、创造力，我们要学会看着别人。

尼斯会议涉及的另一个话题是盖亚理论。该理论是1972年由美国生物学家拉弗洛克（John E.Lovelock）最先提出来的。他首先假设地球是有机整体，有自我意识和智慧，人类只不过是上面的寄生生物。这一假说得到很多科学家支持。拉弗洛克是经济学家、物理学家，1984年他创建盖亚基金会用于支持生态小农场发展。盖亚基金会下有盖亚教育项目，是全球第一个培训生态农场设计的项目，现已在28个国家进行90多次培训。生态农场的目标是建立一个有精神追求的自然友好型发展模式，创办生态农场全球网络。这次拉弗洛克来到尼斯会议，继续宣传盖亚理论。

拉弗洛克认为，现在美国的政治不是民主社会，而是大公司垄断的社会。大财团控制

议会和政府，以保证更多的增长、更多的消费、更多的资源消耗、更多财富积累，而在应对气候变化方面毫无建树，对可持续发展不感兴趣。他指出，如今在盖亚理论影响下出现很多新思想，比如人和宇宙是一体的，大地是有机生命体。人们正在觉醒，追求更高层次的精神复兴，这些都是好现象。越来越多的人感觉到，美好的人生是建立在和谐、整体的生活之上和为他人服务之中的，而不是积累财富。

面对现在的环境问题，盖亚模式希望借助可持续发展来解决。一个理想的盖亚理念社会，有自发的联邦、盖亚银行、盖亚议会、盖亚元老院（监督议会）、盖亚资源管理局等。在这样的小社会里，人们自给自足，自产自销，实现自由平等的博爱社会，限制资源上限使用以保护环境。拉弗洛克希望有6—8个小国家最先接受盖亚理念，成为独立经济体系，然后邀请更多小国家加入，扩大圈子，自下而上扩大影响。拉弗洛克还指出：欧洲无论如何要选择，是做美国的坚定追随者还是做新经济体系的领头人。他指责欧盟近几年一方面把经济发展放在首位，一方面加大环保和减排力度，是一种精神分裂行为，一定要尽快做出选择。

印度贤者 Sraddhalu 总结道：盖亚理想最大的积极意义在于，打破常规大胆想象，追求

理想模型；但这个体制的局限性还是人性。管理会带来控制，带来法律和军队，最后落入传统社会的套路。现在在印度进行的反腐败运动，最后人们争论的是，去掉腐败的政府官员，应该由谁来上任？只要是人的政治，基于人性总会产生腐败。归根结底，一个由圣贤组成的无政府社会是最理想的。但是人非圣贤，人的社会总会有这样那样的问题。但盖亚不失为一个良好的实验，是未来的一种可能，是创意的体现。

英国作家里德则表示，我们往往忽视"无为"的力量，他引用老子的话"为无为，则无不治"，人类往往过度信任一个以理性为基础的自我，而自我很多时候不能作出正确决定。这时就要求助于那神秘的生命本原，信任生命，自由生活，信念自然会带领我们。他认

汪洋里的一条船

白浪滔天

为，一个有信念，经历过人生中超越物质生活的其他维度的人，无论做什么都不会以物质追求为人生目标。通过内省，看到人生超越物质的价值，是治愈危机的基础。现在，巨变即将到来。对于不适合盖亚理论的地方，我们要做的是事先铺垫，准备好合适土壤，盖亚这颗种子就可以生根发芽。

意大利焦万娜修女将《圣经》故事和经济危机编织在一起，把暴君比作现在的金融体系，耶稣降生的三贤者比为力量、财富和智慧。她希望通过这三种手段带来一个新的未来，这个故事的结尾是开放的，靠人们自己选择……

这是我们第一次在这样的多元文化、多种宗教中探讨经济发展与环境保护的大问题。有迷惑，有思考，更有启发。在面对经济与发展与自然严重冲突的今天，这些可以说都是尝试，都是视角，都需要我们用全身心去感受，去体验去行动。

通向和谐的路不会只有一条

尼斯旅馆装饰极具特色。或许是因为身处蔚蓝海岸，尼斯让来这里的人随时感到大海就在身边。

特色"石头子儿"地毯

墙上挂的也是“石头子儿”

世界需要和平，人类需要与自然和谐相处，但通向和平与和谐的路不会只有一条。多元的文化、生物的多样，是自然社会和人类社会的共同与必然。改革开放后的中国，大门打开，我们的眼界和视野都放宽了，放远了。这

会场之外

阴了好几天的尼斯在我们离开的早上放晴

次在尼斯开会，对多种宗教的了解似乎又打开了一扇窗户，风光同样精彩。

尼斯会议的主办方全球妇女和平联合会（GPIW）始创于1999年。为促进公民社会发展，联合国在日内瓦举行一场以妇女为主的宗教领域和平会议。传统女权关注的是经济和政治，女性在宗教事务中的地位很少有人问津。日内瓦会议非常成功，与会者建议将其长期办下去，这就是全球妇女和平联合会的由来。全球妇女和平联合会的主要工作目标是促进和平对话。

2009年哥本哈根气候大会，是全球妇女和平联合会头一次参加非战争主题的大会。负责人蒂娜说，那次她们感受最强烈的有两点：一是普遍的绝望气氛。二是公民社会的作用。为了加强公民参与，与会者从宗教领袖扩大到有灵性修行的个人。此后，为创建真正的和平、

广义上的和平，该组织开始关注国际事务，借峰会之机举行边会。2010年韩国G20峰会时，第一次举行边会。与会者达成一致，认为需要从以自我为中心的经济体制转向以生态为中心的经济体制。环境问题体现经济政治发展领域的各种危机，需要多方合作解决。

尼斯小巷

全球妇女和平联合会认为，和平不仅指国家与国家间没有战争的状态，也指人与人之间、人与自然之间的关系。掠夺式的经济发展已经使绝大部分自然资源枯竭，生物绝种，这是向自然开战，是一场地球战争。人类急需与自然达成和平，与之和谐共处。而在这一切之上的，是人们内心的和平。精神领袖齐聚开会，就是关注人们内心世界的和平。

会长说：现在全球妇女和平联合会的挑战是如何整合地区差异，矛盾在各个地区表现方式各不相同。下一步关注的方向是中国和印度。如何在这些人口和发展大国培养地区协调人，促进和平交流，是今后工作的方向。另外要重新思考增长模式。一个大转型是必须的，面对这一情况，我们的态度要积极。要从内心深处挖掘生命意义和个人价值，促进人与人之

岛上的修道院

始建于 6 世纪

间的交流。通过这些措施实现集体意识的转化，让人类的发展实现真正的和平与可持续，让地球的环境更加美好自由。

经过两天紧锣密鼓的室内会议，今天我们终于有机会外出，坐船去戛纳附近的小岛游历。岛上有个古老的修道院，里面有 50 多名僧侣在闭关修行。利用乘船的时间，我们采访世界基督教会联合会（WCC）前秘书长坦尼。世界基督教会联合会创办于 1948 年。当时，新教、东正教、天主教和其他基督教派摒弃门派之见，协调工作和不同学派观点，希望携手共建战后欧洲社会。该组织以欧洲教堂为主，全世界 390 多个教堂加入。成员从基本的基督教教义出发，求同存异，不布道，以人道主义为目标进行慈善活动。世界基督教会联合会的

宗旨是：公正，分享，终极关怀和世界和平。目前该组织正在努力修正基督教教义中人为万物至尊、主宰一切的教理，将各种生物均纳入造物范畴之中加以保护，努力缓解环境危机。为此在很多地区都有应对气候变化的项目。

坦尼曾在东欧、中亚地区长期工作，主要是扫盲，同时教授语言文化。她自己祖籍是亚美尼亚，原来的家园在战争中被土耳其占领，父母也被驱逐，全家迁居黎巴嫩，她在那里长大。在东正教和伊斯兰教氛围里长大的坦尼会说亚美尼亚语和阿拉伯语，这对之后的工作起到很大帮助。尽管家族遭到过土耳其人欺压，但她在工作中并没有排斥穆斯林。不但如此，世界教堂议会在中亚的人文物资援助绝大部分给了穆斯林，而且也没有传教的企图。坦尼说："我们用行动帮助别人，就是最好的传教。"

世界基督教会联合会同样面对挑战。什么是信仰？谁的信仰才是最好的信仰？怎样用信仰帮助别人？在未来，该组织希望以信仰为力量团结不同宗教派别，以强大的精神力量接近每一个人，联手共同为世界和平而奋斗。

雷兰群岛是地中海上的明珠。莱林斯修道院建在其中一个小岛上，面朝大海，风景优美。修道院由圣诺亚（St.Norah）建立于 6 世纪，至今已近 1500 年。历史上由于阿拉伯王

萨拉丁入侵和拿破仑战争，两次遭到损毁。现在修道院建筑主体是 18 世纪重新修建的，但古老的遗迹还在，提醒人们不要忘记历史。闭关修行本不该见人，由于我们团体的特殊性，修道院院长破例予以接待。

莱林斯修道院内保留的废墟

修道之路

院长介绍，早年该修道院出过一批杰出的主教和大主教，后来由于战争破坏才规模渐

小。现在容纳三五百名僧侣不成问题，不过院中僧侣只有 50 人，年龄从 26 岁到 79 岁，平均年龄 55 岁，来自 4 大洲 20 个国家。白衣修士会的僧侣集体生活以祈祷为主，每天七次，其余时间冥想和在田间工作。岛上被历代僧侣开垦的葡萄园和橄榄园以生产葡萄酒和橄榄油作为经济来源，历史悠久。问及气候变化对小岛和修道院的影响，院长讲了一件趣事：现在不仅在岛上，全法国葡萄酒的度数都在增加。20 世纪 90 年代本岛葡萄酒的度数是 13 度，现在已经长到 14.5 度。"这可是个大麻烦。"听到院长的调侃，大家都笑了。

古老与现在

我们去时正值星期天，被允许参观弥撒。做弥撒时，所有修士白衣如雪，庄严肃穆，在一位主讲带领下共同唱诗。声音飘向教堂拱顶，在苍穹中环绕，优美而圣洁，如天外之

音。让我们没想到的是，弥撒过后提供的圣水竟然是葡萄酒。

三天的尼斯会议，不但见识来自世界各地的精神领袖，还感受了法国古老修道院的弥撒。不过因为等航班，我在尼斯又多停留了一天。尼斯（Nice）这个译名来自法语读音，而用英语发音则不同；但无论法语还是英语，都是"好"的意思。怎么个好法？

尼斯海鲜

尼斯街头

尼斯海边

在阳光分配上，对于欧洲或者法国来说，老天是非常吝啬的，总是阴天；不过在尼斯，老天却偏心起来，慷慨大方施与，总是晴天。有人这样形容尼斯：这是一个花朝月夕的地方，一个温暖怡人的地方，一个充满南国风味的地方。换句话说，这是法国的夏威夷。虽然我们在那儿天天赶上下雨，不过不影响欣赏其美。也许是季风吹拂，也许是阳光明媚，这里的氛围令人感到冬日可爱，体验到浓厚的人情味。不论是问路还是吃饭，尼斯人总会给你意想不到的关照。在街边小店，女主人听说我们来自中国就立刻说：去中国是她的梦想，中国是一个太有诱惑力的国家。我们说中国也有很多问题，女主人马上说：哪儿都有问题，我喜欢中国。在路上，我们问尼斯当代美术馆怎么走，遇到的老人会带你走上一程。

要说艺术场馆，尼斯也有，那就是马蒂斯纪念馆（阿雷纳别墅）。这座 17 世纪时期的热那亚式别墅已经全面翻新，建筑物外表以逼真画作为装饰。马蒂斯自 1917 年抵达尼斯，对尼斯透明细致的光线极为热爱，一待就是 38 年，直到 1954 年 85 岁高龄去世。馆内收藏马蒂斯不同时期的作品，包括 236 幅画作、218

幅版画及由他设计插图的全套书册，还有著名的《蓝色裸体 4 号》和《石榴静物》等画作，可以充分领略这位画坛大师的艺术精粹。

在马蒂斯博物馆旁，除了一个小型的罗马

马蒂斯纪念馆

罗马圆形竞技场及公共浴池遗迹

尼斯所见画作之一

尼斯所见画作之二

圆形竞技场及公共浴池遗迹外，还有一大片橄榄树园，有的橄榄树已有千年以上树龄，阳光下绿树成荫，并显示其独特的生命力。

告别有蔚蓝色海湾的尼斯，我们在想，刚刚闭幕的G20各国首脑会议能为在发展中遇到很多问题的世界开创一条新路吗？探讨构建新经济框架的民间会议又能开创一个什么样的格局呢？一切都在发展，一切都在变化中。我们很认同在这次会上大家达成的共识，人类急需与自然和平共处。而实现这一切所需要的，是不是内心的和平？我们还将继续探索。

从飞机上看尼斯

来自爱尔兰、不列颠的报道
—— 解读昔日大英密码

行走都柏林

英国脱欧对欧盟造成重大经济影响，这是2016 年夏天的全球热门话题。绿家园生态游踏上原属英国后来独立的爱尔兰时，那场脱欧公投刚刚过去 12 天。

从近年来中国人到英国的旅游热到这次公投，不少同胞都能对英国一五一十地说上一通，依我看，远比英国人对中国的了解要多得多，而且深入广泛。所以还没出发，手机里就

乡村旅馆

戴高乐机场转机所见

有了不少朋友的嘱咐，比如了解一下英国人民对脱欧的真实想法，写写脱欧后今天的英国。凤凰网更是开辟视频直播"汪永晨行走大不列颠、爱尔兰"。所有这些，对我这个老记者来说，是挑战，也是兴趣，还是诱惑。

2016 年 7 月 6 日，在机场接我们的导游单松是个东北小伙，挺爱说。这可是大好事——他能说，我们知道的就多了呀！小单爱说到什

么程度呢？不管这些基本年过半百的人刚刚经历越洋飞行，日夜颠倒，他一上到旅行大巴就开讲了。绿家园生态游的运气真好，3月伊朗行陪我们的当地人琪琪已经被评为最佳导游，现在又来了个爱说的中国小伙。此行可就不只饱眼福，也要饱耳福了。

小单说：爱尔兰岛原本分为四个省，其中一个省，就是东北那疙瘩，属于北爱，现在也还是英国的一部分。另外三个省属于南爱，就是爱尔兰共和国，1921年从英国独立出来。1921年以前，英国全称是大不列颠及爱尔兰联合王国，爱尔兰独立之后，就变成大不列颠及北爱尔兰联合王国。

如果看世界地图的话，整个爱尔兰岛在欧洲最西面。我们在爱尔兰岛东面。向东跨过爱尔兰海，对面就是英国的威尔士；向西就是大西洋。如果坐飞机从大西洋出发，六七个小时就到美国东海岸。

他说，爱尔兰岛像一个面向右边的天使，天使的头部在东北方，肚脐的位置就是现在我们所在的都柏林，也是爱尔兰共和国首都。天使的腿部在南面，后背是西海岸线。西海岸线非常漂亮，有莫赫悬崖，遥遥相望的就是美国东海岸。这样的导游，是不是也调动起了你行走的激情？

在北京遭遇酷暑，到了爱尔兰，气温是每一个人都关心的。我们的箱子里，连羽绒服都带上了。小单告诉大家：整个爱尔兰岛受到温带海洋性气候影响，现在就是盛夏时节，白天可能会穿短袖T恤，但早晚天气温差还是比较大，穿毛衣是差不多的。有人形容爱尔兰人穿衣风格是洋白菜式的，冷了就披一件，再冷再披一件，一件一件披，可最后你发现他们的腿是光着的。我们中国人保养，腿脚一定要穿厚，他们不是这个理念。另外爱尔兰的阳光很稀罕，所以这里的人要去世界各地度假。夏天阳光充沛，那就要肆无忌惮地晒太阳了。

爱尔兰大部分国土都被绿色所包围、覆盖，这也就是为什么该岛有"翡翠岛"的美

初识爱尔兰

利菲河上的这座桥最初收费半便士才能经过，因此得名半便士桥

都柏林建筑

称。不过 16 世纪、17 世纪英国统治时期，也有大量树木遭砍伐。再加上多雨的天气，使得这里低矮的灌木丛和草坪比较多，很少能看到树林。我们今天晚上入住的酒店实际上已经出了都柏林，是在另外一个郡，威克洛郡。这个郡出名在有很多原始森林，被国家森林公园所环抱，景色漂亮，空气也好，没有任何污染。包括整个爱尔兰岛，污染都非常少。

爱尔兰首都都柏林濒临爱尔兰岛东岸的都柏林湾，原名贝尔 - 亚萨 - 克莱斯（Baile Átha Cliath），在爱尔兰语中是"黑色的池塘"的意思——流经市区的利菲河带下威克洛山的泥炭，使得河水呈现出黑色。这是一个古色古香、充满诗情画意的田园式都市。

都柏林同时是爱尔兰当之无愧的文体中心，几乎所有运动组织的总部都设在这里。最流行的运动项目是盖尔式足球、橄榄球和爱尔兰板棍球。都柏林产生过许多杰出文学家，最著名的是詹姆斯·乔伊斯。他写过《都柏林人》，代表作《尤利西斯》故事发生地也设在都柏林。在中国流行的一首歌"当你老了"，就源自爱尔兰诗人叶芝的一首诗。

在爱尔兰，画廊、博物馆及各种展馆都是免费开放的，但都会有一个箱子摆在入口处。如果对展馆提供的服务或者展出的作品很满意，你可以象征性地去投点钱以示感谢。这样一来，展馆就收到了各个国家的货币：英镑、人民币、日元、欧元，还有美元等。

爱尔兰的地质条件不太适合建高楼，人口也没那么多。在这里很少能见到高楼，但爱尔兰工会办公场所是座高楼。小单说：爱尔兰的工会很有权威，它可以瞬间组织好工人，然后举行大的游行活动。所以说，在爱尔兰当官的千万不要得罪工会。好多工人或者说上班族都愿意主动加入工会，这样的话雇主就很难或者不太敢去找麻烦，因为工会权力和维权力度都非常大。

小单说：爱尔兰岛上就五个城市，分别是都柏林、科克、利默里克、戈尔韦，和盛产水晶的瓦特福德。每个都是海港城市，都有一条自己的运河。都柏林的运河是利菲河。

在爱尔兰，能流利使用爱尔兰语交谈的人，基本上都生活在岛的西面。因为英国侵略这里时，把好多当地人（即凯尔特人）驱赶到西海岸。所以，生活在西海岸的人使用的语言是爱尔兰语（即凯尔特语）。但是大部分爱尔兰人只能用英语交流。不过，爱尔兰政府把爱尔兰语作为第一官方语言，排在英语前面。我们看到的路牌，上面是爱尔兰语，下面是英语。

路标上的爱尔兰语和英语

都柏林有一项久负盛名的特色，就是这里房门的颜色。这次旅行，我们算是领教了。都柏林菲德威廉姆广场一侧的住宅楼建造于1791年至1825年，两位著名作家乔治·摩尔和哥瑞德是邻居。据说以前这里的房门都是白色的，但因以上两人而改变。他俩干了件什么事呢？为防止烂醉的哥瑞德进错家门，摩尔把自家房门涂成醒目的绿色；而哥瑞德

各具特色的房门是都柏林一景

各具特色的房门是都柏林一景

路灯装饰是都柏林市花三叶草

都柏林市标

都柏林的路灯装饰都是市花三叶草的造型。蓝天白云下，它们盛开在空中。这里的市标则是一架竖琴，体现着市民的文化品位及追求。都柏林是一座文化之都，大学、科学院、美术馆为数众多，有上百年历史的老房子随处可见，洋溢着浓浓的田园气息。这里出生并成就了许多著名的文学家，如叶芝、王尔德、萧伯纳等。这里有欧洲最古老的图书馆，露天广场和大街上常有画家和流浪艺人的表演。市西南的健力士啤酒厂以酿造黑啤闻名，在该厂展览厅顶层可眺望整个都柏林市景。如果想在旅行中寻找历史和文化，这里会给你许多惊喜。

也为提醒喝多了的摩尔，又把自家房门涂成红色。于是，两个脾气古怪的作家的好心，成就了都柏林一道亮丽的风景线。还有这样的说法：两家聪明的妻子为防止自己喝醉的丈夫以喝高敲错门为借口上错别人的床，所以把自家的门涂上和别人家不一样的颜色。今天人们路过每一扇漂亮的门的时候，总是忍不住想象里面的故事。

圣三一学院是爱尔兰最古老的大学，由伊丽莎白一世于1592年创建，全称是都柏林大学圣三一学院。大学的建筑由两个方形庭院组成，古老的城墙围绕着石砖建造的大楼、铺满碎石的小径和绿油油的草坪，中间是高高的钟楼。圣三一学院是爱尔兰高等教育的象征，不少文人学者就读于此。

这位老兄是爱尔兰作家王尔德

圣三一学院内景

圣三一学院外的雕塑

圣三一学院老图书馆里的楼梯

圣三一学院老图书馆

寻访都柏林城堡

行走都柏林

馆藏《凯尔特经典》

圣三一学院老图书馆久负盛名。图书馆系毕业的我在这里有一种如饥似渴的感觉。这里藏有大量珍贵著作,其中由修道士于9世纪完成的《凯尔特经典》(The Book of Kells)极为珍贵。这部书源于中世纪早期教会发展的黄金时期,以拉丁文写成,是爱尔兰古代历史上最完美的手写巨著，记述当时的宗教、文化、艺术等发展情况，包括耶稣、圣母与圣子、圣约翰等肖像插图。

小单说：都柏林城堡前身真的是城堡。但在 17 世纪着了一场大火，大部已不复存在，只剩下一个小碉堡。虽然现在能看到的都是之后修复的现代建筑，不过，大家还是可以推想当时整个城堡的辉煌。现在街上的一些老房子，差不多也都有百年以上的岁月沧桑。

成为展品的巨型望远镜

发明家辈出的比尔城堡

离开都柏林，我们去了位于爱尔兰中部的比尔城堡。这里是该国最大的私人城堡，建立于 1620 年，属于帕森斯家族所有。城堡的主人罗斯伯爵七世现仍住在古堡里，他的家是不对游客开放的。好在经过联系，7 月 8 日我们有幸得以参观。

帕森斯家族早年非常热衷于天文观测、蒸汽动力和电力等科学领域。1845 年，第三代罗斯伯爵威廉·帕森斯在这里建造一架口径 1.8 米、重达 10 吨的望远镜。在牛顿的时代，望远镜片很小，只能看到月亮、太阳和一些行星。罗斯伯爵的这架望远镜，镜片直径足有 1.8288 米，是当时世界上最大和倍率最高的望远镜。帕森斯借此看到一个呈漩涡状的美丽星云，后

帕森斯画像及其下方的望远镜台

来被证实为人类首次观测到漩涡星系。现在花园里的天文望远镜早已不再工作，马车从那里经过时，给人一种从远古走向未来的穿越感。

有近四百年历史的比尔城堡，充分显示历代帕森斯家族的智慧与想象力。17 世纪这里种植的方形树篱笆，是吉尼斯纪录中的世界最高

远眺比尔城堡

比尔城堡大门

树篱；18 世纪，美丽的人造湖成型；19 世纪，吊桥与冬季花园落成；这里的 Formal 花园、Terrace 花园及 River 花园皆堪称园林典范精品。事实上，比尔城堡的花园也是全爱尔兰最大的花园，其中 50 种树木还被称为"不列颠岛冠军树木"。

除了以上荣誉外，威廉伯爵之子查尔斯的发明——蒸汽涡轮发动机更是举世闻名。

惊艳阿黛尔

当今世界上有许多著名乡村小镇，有的以优美的自然风光取胜，有的以浓郁的人文景观见长，或者两者兼之。爱尔兰东部的阿黛尔便是这样一个美丽的所在，它的名头响遍全世界。这里漂亮的草坪、雪白的墙壁、黛色的茅

小镇玫瑰和茅草屋顶

乡间餐厅

农舍变身商店

修道院

窗外小景

草屋顶、色彩明快的门窗以及满眼的鲜花……
称作"全爱尔兰最美小镇"绝非浪得虚名。更
有神秘的城堡、年代悠久的商店、常春藤点缀
的修道院，简直构建了一个梦中的童话世界！

19世纪初，德斯蒙德伯爵在阿黛尔规划街
道和房屋设置。今天，这些建筑成为当地人的，
也是爱尔兰的一笔财富。阿黛尔的主街上，间
或会看见石头建筑。中世纪遗留下来的废墟静
静地伫立在那里，和随处可见的茅草屋共同构
成一道美丽的风景。来到这里，你不得不钦佩
当地居民能够把古老的建筑保存得如此之好。

秋天的阿黛尔是最美的，金黄色的树木与
绿色的草地及松柏交替起伏——这是画笔无法
勾勒、言语无法描绘的美景。在这里，最好的
休闲便是坐着发呆。天气好的时候，坐在院子
里喝上一杯爱尔兰咖啡，独自享受属于自己静
谧而悠闲的午后时光。

科克·啤酒·吉尼斯

科克是爱尔兰第二大城市，面积7460平
方公里，人口40万左右。7世纪初，这里还是
一个围绕圣劳巴修道院建立的居民点。1769年，
英国人在这里建起大型贸易市场。此后，城市
规模不断扩大，逐步发展成为爱尔兰南部商
业、文化和政治中心。

圣劳巴修道院彩
色玻璃画

圣劳巴修道院外景

科克是一座历史性的城市，极具历史和考古价值，其"中世纪城市"风貌被完好地保存下来。科克也有久负盛名的盛大节日，如5月的合唱节、9月的民间文化节、10月的国际电影节和爵士乐节等，每年吸引成千上万名游客竞相参与，感受爱尔兰深厚的民间文化底蕴以及传统的音乐风格，欣赏世界级艺术家带来的一流表演。

"英国市场"屋顶

科克市容

教堂里的管风琴

18世纪末至19世纪初，几乎所有前往美国的远洋客轮都要在科克暂留，"泰坦尼克号"不归之旅停靠的最后一站就是这里。在科克的任何角落漫步，都能嗅到海的味道。这里河道密布，也是出诗人、艺术家、水手的地方。众多的优点使科克市获得"2005年欧洲文化首都"称号。

健力士（又译吉尼斯）啤酒厂大门

黑啤酒厂有一个瀑布，瀑布下的水池里有很多硬币。这些硬币被收集起来作为清洁水源的基金。一个制造啤酒的工厂以这样的方式保护自然，爱护江河，令人叫绝。

这就是世界知名的爱尔兰健力士黑啤。值得一说的是，品牌的徽章竖琴最后成为爱尔兰的国徽，成了爱尔兰的象征。把一个啤酒品牌的徽章演变为一个国家的国徽，这是一种什么文化呢？所以，在这里我们也说说这种啤酒吧，里面的故事还真不少，甚至和吉尼斯世界纪录都有关。

如今这个品牌的基金主要用于保护妇女健康。这起源于当年家族的母亲生了20多个孩子最后只活了11个。以至于他们认为母亲的健康关乎着一个家族的兴旺。为了更多母亲的

健康，他们决定以此做出自己的贡献。

1759年，一个名叫阿瑟·吉尼斯的人在爱尔兰都柏林市圣詹姆斯门大街建立啤酒厂，生产一种泡沫丰富、口味醇厚的黑啤酒。黑啤是由四种原料即大麦、啤酒花、水和酵母酿造而成。到1833年，它已经发展为爱尔兰最大的酿酒厂，不久在英国伦敦建立啤酒公司。1954年，这家啤酒公司的执行董事休·比佛爵士意识到，人们在酒吧里常常会谈论无解的问题，

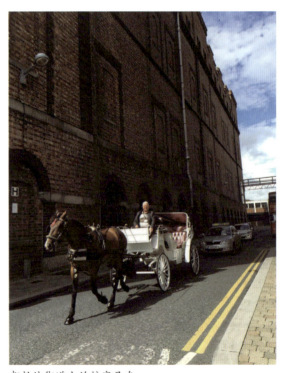

都柏林街道上的接客马车

如果有一本书能为这类争论提供答案的话，既能帮人们找到吹牛的依据，又助酒兴，卖出更多的酒，酒吧受益无穷。于是，他决定出版一本记录这种"世界之最"的书，这就是享誉世界的吉尼斯世界纪录的由来。《吉尼斯世界纪录大全》以猎奇取胜，十分迎合西方读者的口味，并形成了一种"吉尼斯运动"。国外有许多人在千方百计创造各种离奇的纪录，以使自己的名字列入书中。

其实，吉尼斯世界纪录正是吉尼斯啤酒公司的一个成功创意，其目的是提升吉尼斯品牌的知名度。在 200 多年的发展过程中，吉尼斯啤酒公司一直不断设法吸引人们对其品牌的关注，这也正是它成功的"秘方"之一。

北爱隔离墙和沉船博物馆

从爱尔兰到北爱尔兰，司机和导游都说，难得碰到我们这么问起来没完没了的游客，而且还有我这么一个对着手机自己说说说的"怪物"。于是司机主动提议多带我们去两个地方：北爱尔兰的和平墙、泰坦尼克博物馆。我可高兴坏了。

所谓和平墙，指的是位于英属北爱尔兰首府贝尔法斯特的隔离墙。贝尔法斯特市内有天主教教区与基督教新教教区，多年来这两个

教派社团屡屡发生冲突，天主教徒希望加入爱尔兰共和国，而新教徒想留在英国怀抱中。为此，当地政府在市区修建总计 14 堵混凝土围墙，上方竖立金属板与带刺铁丝网，主要用来防止投掷石块与爆炸物，长度约为 15 公里。

壁画

隔离墙所在地是两大教派冲突最激烈的地方。新教徒与天主教徒数十年的冲突中，壁画成为双方宣泄仇恨、赢取同情的另一战场。据记载，30 年间，北爱尔兰共诞生 2000 幅壁画。如今北爱尔兰的人们已渐渐懂得珍惜和平，因而选择留下这些沉默的艺术品，期待更多的外国游客从中读出其中的悲伤。

吃晚饭时，老板告诉我们，7 月 11 日、12 日当地放假两天。导游则提醒，7 月是这里的敏感月，让我们赶上了。路上可以拍照但不要下

"泰坦尼克"主题博物馆

车，只当匆匆过客！早晚不要出去散步，保险！

世界上最大的"泰坦尼克"主题博物馆正式名称叫作"泰坦尼克号贝尔法斯特游客中心"，位于英国北爱尔兰的贝尔法斯特，这里是当年泰坦尼克号建造和下水的港口。纪念馆耗资 1 亿英镑，外形酷似四个船头组成的翼展，其旧址正是当年建造泰坦尼克号的哈兰·沃尔夫船厂。

1912 年 4 月 10 日，被誉为"永不沉没"的泰坦尼克号奥林匹克级邮轮从英国南安普敦扬帆远航，朝着永远无法抵达的目的地——美国纽约驶去。2009 年 5 月 31 日，这次和平时期最严重海难事故的最后一位生还者离开人世，泰坦尼克的故事也就此封存。2012 年 3 月这座博物馆建成，以纪念泰坦尼克号沉没 100 周年。

下一站，苏格兰格拉斯哥

一说北海，北京人可能想到的是北海公园。其实，在全世界范围内叫"北海"的地方不少，俄罗斯、日本、英国，都有叫"北海"的地方。这不，我们一行人跨越欧洲的北海，从北爱尔兰到达英国苏格兰的格拉斯哥。

格拉斯哥，意指"绿色的空地"，是苏格兰最大城市，英国第三大城市和最具英伦风情的十大城市之一。12 世纪这里由苏格兰国王特许辟为市场，1450 年成为皇家自治市，1451 年建立格拉斯哥大学。16 世纪初，该市是重要的宗教与学术城市，也是苏格兰对美洲贸易的重要中心。

到达苏格兰格拉斯哥

北爱尔兰一侧的北海

今天的绿色空地

克莱德河

克莱德河是格拉斯哥的大河。1770 年，克莱德河的加深使较大的船只航行到河流更上游，这对 19 世纪格拉斯哥工业，特别是造船业的勃发起到直接的促进作用。据说，当时全世界的船只和火车大多是在格拉斯哥制造的。

苏格兰高地风情

苏格兰高地人烟稀少，有多座山脉，包括英国境内最高峰本内维斯山。虽然位于人口密集的大不列颠岛，但人口密度却少于相似纬度的瑞典和挪威等地。

苏格兰在地理上有高地和低地之分。想看看真正的苏格兰，追寻其民族精神的源泉，就得去北部高地地区。那里还没有受到现代文明的污染，那里的山丘与原野充满浪漫、粗犷、

风中的苏格兰

孤寂的自然美，等人们细细品味。有人形容苏格兰高地是全欧洲风景最美的地方。

山湖花

我们在这时正值夏季，太阳总喜欢在日升日落的时刻逗留好久；而在冬天时，白天只是联络黎明与黄昏的一个短暂时刻。我们在这时，刚刚还是蒙蒙细雨，一会儿又是蓝天白云，阳光灿烂。这里，夜晚的星空永远清冷而璀璨，笼罩着优美、寂静的原野。走在壮阔的苏格兰高地上，可以感受一种荒凉与凄美。苏格兰风笛也许就是该在这样的景色中，才能孕育出来。

悲凉与凄美

古老的伊林多娜城堡

2016 年 7 月 14 日，我们行走苏格兰高地。除了领略天气的多变，就是在天空岛大饱眼福。苏格兰高地的天空岛是英国的世外桃源。这里远离世俗喧嚣，保留着大自然最纯净、最原始、最神秘的美，一直被誉为英国最美的地方。

天空岛（Isle of Skye）是苏格兰赫布里底群岛中最大的一个岛屿。Skye 源于古盖尔语，意为"隐藏于云雾之中"，因此也被称作离天空最近的岛。天空岛的美，不仅是因为天然神秘的自然风光，其独有的历史厚重感和民族文化更是触动人心。天空岛是盖尔人文化保存最完整的地方。那里的人们至今仍在使用盖尔语，岛上建有一所盖尔语学校，以便人们用自己独特而古老的语言吟唱诗歌、传承文化。

苏格兰高地曾经是三个民族世代生活的栖息地。早在 9 世纪苏格兰国家还没建立之前，高地上就分布着三个民族：低地地区是皮克特人建立的王国，高地北部是入侵者维京人的领地，高地西南部则属于盖尔人的家园。三方割据，保存着各自独特的文化。与陆地隔离的天空岛就成了盖尔人世代居住的地方，使用自己的语言，形成自己独有的民族文化和气质。时至今日，虽然英语覆盖整个不列颠岛，但是盖尔语仍然被天空岛居民沿用，传承着盖尔文化。

现在的天空岛是苏格兰的一个行政区，波特里是其首府，是一个远离世俗喧嚣、恬静、古老的海滨小镇。波特里的名字意为"国王的港口"，由詹姆士五世所起。这里也是天空岛最重要的游客集散中心、交通要津。小镇上的一排排彩色小房子算是当地的一个地标，出现无比。岛上人烟稀少，几乎没有商业痕迹。

斯凯桥是前往天空岛的必经之路。它连接天空岛和东部的苏格兰高地，成为两地之间唯一的陆上交通要道。斯凯桥正式开通于1995年，在此之前岛民只能靠船到达苏格兰陆地，这也是该岛能至今保存着原始和天然的原因之一。有意思的是，此行给我们开车的司机竟是这座大桥的设计者之一。在英国就是这样，昨天你是桥梁工程师，今天你也可以是旅游大巴司机，没有为什么。

方格裙和风笛

苏格兰有两样东西广为人知，那就是方格裙和风笛。我找到一些资料。

苏格兰方格裙，起源于一种叫"基尔特"的古老服装。一套苏格兰民族服装包括长度及膝的方格呢裙，色调与之相配的背心和花呢夹克，长筒针织厚袜。裙子用皮质宽腰带系牢，下面悬挂一个大腰包。有时肩上还斜披一条花格呢毯，用卡子在左肩处卡住。

在外国游客看来，苏格兰人穿的方格裙并无多大区别，实际上并非如此。虽然面料都是以方格为图案，却各有不同的设计。有的以大红为主底，上面是绿色条纹构成的方格；有的以墨绿为底，上面有浅绿的条纹；有的格子较

天空岛的彩色小房子

斯凯桥设计者之一

在很多明信片和摄影作品里。

在岛上，一排普通的房子中间突兀地出现了几座粉嫩系的小房子，粉红、粉蓝、粉绿、粉黄，映衬着蓝天、白云、碧海、青山，吸引无数写生的画家。波特里很小，但是建筑精美

偶遇方格裙和风笛"形象大使"

小，有的格子较大；有的鲜艳，有的素雅。

苏格兰裙的历史可以追溯到16世纪。Kilt这个词源于古斯堪的纳维亚语，意思是折起来包裹身体的衣服。最早它是苏格兰高地人的服装，是一块1.5米宽、6米长的未经剪裁的布料，折叠裹在身上，腰间用皮带固定。这种装束非常适合高地的气候和地形，下半身的样子和苏格兰短裙相仿，比裤子舒服，行动自如；上半身可做斗篷御寒，打开腰带就是毯子。后来，这种传统服饰逐渐成为苏格兰民族特色的标志。

风笛是一种古老的民间乐器，又名风袋管。据说起源于古代西亚两河流域的苏美尔地区，约1世纪流传到古罗马。罗马军队入侵大不列颠时传入苏格兰，后成为广泛流行在欧洲的民族乐器。传说风笛是一种很难演奏的乐器，光是基本功都要练习6个月。而现今，一提到风笛，大家就会自然而然地想起苏格兰。

其实风笛在世界各地都有，为何大家独独记得苏格兰？只因在世人心中，苏格兰风笛并不单指乐器本身，还连接着一长串代表苏格兰高地传统文化的历史。詹姆斯二世在位时，风笛就作为高地各部族之间传统文化的一部分，抵御异族文化侵略。直到今天，高地风笛曲在苏格兰社会中仍扮演相当重要的角色，更通过英国军队和风笛队传播到世界各地。

苏格兰风笛的发音粗犷有力，音色嘹亮，采用各种装饰音，适用于表现英雄气概。悠扬的苏格兰风笛声飘过秀美的山峦，一切依然如往日的宁静，星星点点散落的牧人小屋点缀着翠绿的大地。在这里，人们似乎可以忘记世间一切的罪恶和丑陋，只有和平、温馨、自由的家园……

风笛，更多的时候还是出现在苏格兰人的狂欢节日上。天性活泼、能歌善舞的苏格兰男女常会在某个闲暇的下午时分，吹起风笛，跳起欢快的舞。在这种舞会上，年轻的男子总在精心地挑选自己的舞伴，也是在挑选自己心仪已久的姑娘。美丽的爱情，完美的婚姻，象征幸福，让他们去珍视，去追随，并在经历过无数岁月变迁的乐器——风笛声中代代相传。

风笛有极高的音乐表现力，风笛音乐称得上是世界顶尖音乐。不过学习风笛所需要付出的体力也被高估，即使是这里的小男孩、小女孩，都能毫不费力地演奏。当然，前期学习时所付出的努力相当重要，这些练习对孩子们没有任何坏处。普遍而言，呼吸练习对练习者也是非常健康有益的，风笛手总是以强壮的体魄和较长的寿命著称。

在路上碰到一位风笛表演者。或许见的中国人多了，他能模仿我们说话。这也就更让同行的人个个都狂拍好大一阵子。当然，让我感兴趣的还有他所生活的环境。

从威廉堡到爱丁堡

英国古堡之多，简直可以说是随处可见。其历史之悠久，建筑之独特，也是吸引很多人去那里的缘由。这次我们在苏格兰见到两处，一处在小镇威廉堡，一处在名城爱丁堡。

威廉堡是一个安静的小镇，是通往苏格兰高地的入口。这里过去曾经是军事要塞，由于修建这座城堡的是奥兰治公爵威廉，因此得名威廉堡。英国光荣革命中，这位威廉代替詹姆

威廉堡之门

树与石

林尼湖

旅馆开在古堡里

野花

马的博物馆

斯二世继任英国国王，引发詹姆斯二世党人暴动。英国最高峰——本纳维斯峰在这里，电影《勇敢的心》取景地——格伦科峡谷也在这里。

2016年7月15日，我们绿家园生态文化游到达爱丁堡。这里是英国著名文化古城、苏格兰首府，面积260平方公里。爱丁堡1329年建市，1437年至1707年为苏格兰王国首都，造纸和印刷出版业历史悠久。自15世纪以来这里就被当作苏格兰首府，但其后政治力量多次南移到伦敦。直到1999年，苏格兰议会的自治权利才得以确立。苏格兰国家博物馆、苏格兰国家图书馆和苏格兰国家画廊等重要文化机构位于爱丁堡。在经济上，爱丁堡主要依靠金融业，是伦敦以外英国最大的金融中心。

福斯铁路桥

福斯铁路桥是爱丁堡市跨越福斯湾海峡的第一座桥梁，距今已经有 120 多年历史。桥梁施工历时七年，中间更换设计工程师，修改设计方案，七年中动用四千多名工人，高空施工牺牲 98 人并造成数百名人员伤残。为纪念这些为英国桥梁事业做出贡献的蓝领工人，后人在桥址处修建纪念馆。1890 年 3 月 4 日大桥建成。王储威尔士亲王（即登基后的爱德华七世，伊丽莎白女王的祖父）将一枚金铆钉钉在桥上，宣告大桥竣工通车。

有趣的是，1897 年李鸿章出使英国，参观这座桥后，也想在渤海湾建造一座类似的桥梁。后来听说，铁路工程专家詹天佑在当粤汉铁路督办时参照福斯铁路桥构思提出武汉长江大桥的方案。当然，只是方案。武汉长江大桥建成是五十年后的 1957 年 10 月。

俯瞰爱丁堡

爱丁堡城堡大门

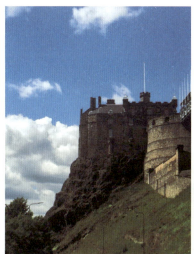
爱丁堡城堡

爱丁堡大教堂

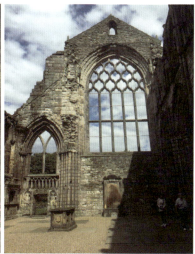
古堡废墟

爱丁堡市容

爱丁堡有许多历史建筑，爱丁堡城堡、荷里路德宫、圣吉尔斯大教堂等名胜都位于此地。爱丁堡旧城和新城一起被联合国教科文组织列为世界遗产。市中心分为两部分：旧城由世界著名的城堡占据，周围环绕的优美的鹅卵石甬道把苏格兰的过去和现在紧密联系在一起；新城是幽雅杰出的乔治亚设计风格。

虽然爱丁堡不像伦敦那么大，但有独特的文化与历史，更有鉴赏他国文化的智慧眼光。这座小城具有支撑全苏格兰的力量，造就许多杰出的人才。不少具有世界影响的作家、哲学家、经济学家、历史学家、科学家出生或在这里生活过，如司各特、史蒂文森、达尔文、休谟等，市内耸立着他们的纪念碑。

蓝天白云之下

古城里

林间大道

苏格兰小姑娘

雄踞一方

绿意盎然

英格兰长城——哈德良墙

7月16日，从苏格兰的爱丁堡驱车两个小时，来到英格兰。弯弯小路把我们带到哈德良墙。它全长约118公里，是古代罗马帝国在该岛的北部疆界。哈德良墙在规模上虽远远比不上中国的万里长城，年代也没有那么久远，但也不愧是英国古代历史上一个伟大的工程。

荒原中的残墙

122年，罗马帝国皇帝哈德良视察不列颠岛后，下令修建一座长墙，用来阻止北方苏格兰人南下，以巩固罗马帝国对英格兰的统治。大批罗马士兵和成千上万的不列颠民工用了6年时间，于128年建成这条横跨英国东西海岸的长墙。这项工程受到皇帝赞许，并以他自己的名字命名为"哈德良墙"。在建造过程中，原计划曾多次修改、补充，因此在不同时间建造的墙体在布局、样式、结构方面不尽相同。

这座 118 公里长的墙建有 16 个城堡，彼此相隔都不远。其中最大的城堡占地 3.6 公顷，可以驻扎 1000 人。城堡内设司令部、可供 20 人同时使用的厕所、厨房、粮库及营房等。城堡之间设有 80 座"一里堡"（相隔 1 罗马里的小堡），每个一里堡之间还设有两座瞭望塔。墙南北各有一条壕沟，墙北的一条，宽 8 米，深 4 米，用来防御敌人；墙南的一条，宽 2 米多，深 3 米，底平，用作交通壕，壕上有过道，通到城堡和各小堡。哈德良墙的建筑显示古代不列颠人和罗马人的智慧和才能。

这段长城的修建，有效阻止了北方民族南

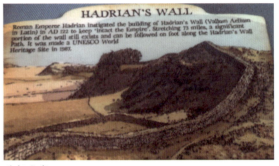

遥想当年

下，保护了经济发展。但哈德良墙并没有成为"罗马帝国永久存在的象征"，407 年，在英国人民反抗下，罗马侵略军只得放弃这道长墙退回本土。以后，哈德良墙由于年久失修，逐渐残破坍塌。但还有一些相当坚固，成为迄今为止保存得最为完整的罗马时代建筑之一。

哈德良墙城台

蒙蒙细雨中的温德米尔湖平添几分柔情、浪漫和神秘

水鸟的家

　　我们还在温德米尔湖上泛舟。温德米尔湖是英格兰最大的湖，1951年被划归国家公园，是英格兰和威尔士的11个国家公园中最大的一个。湖区拥有英格兰最高峰。在船上的50分钟里，两岸的绿色和湖中的水鸟一直陪伴着我们。还有那些掩映在绿树丛中的小木屋，让人梦想拿出时间在这里小住……

大港曼彻斯特

　　我们到访英格兰的第一座城市是曼彻斯特。曼彻斯特历史悠久，早在公元79年罗马人就在这里建立要塞，以控制从奔宁山麓到海边的通道。14世纪移居此地的佛兰芒织匠创办亚麻和毛纺业，为此地发展奠定头一块基石。产业革命后这里发展迅速，18世纪中叶发展成为繁荣的纺织工业城市，出产的呢绒、毡帽和粗棉布甚至远销海外。自1780年后的四十年中，曼彻斯特拥有全国棉纺织工业的四分之一，也是原棉和棉纱的贸易中心。该市东部以纺织、服装、印染为主；西部以电机与通用机械为主。此外，食品加工、化学和炼油也很重要。1830年，建成利物浦—曼彻斯特铁路。海轮经曼彻斯特运河（1894年通航）可抵市内，让这里成为仅次于伦敦和利物浦的重要港口。

　　我们到达这里正是周五晚上，街头好不热闹。让我最感兴趣的当然是BBC——英国广播公司。尽管夜深人静，他们还在紧张工作。我作为退休的媒体工作者真是羡慕，恨不得再披挂上阵呢。

曼彻斯特
广场文化

深夜的 BBC 体育部

　　在曼彻斯特，著名的大学有三个。导游小高的父母在这里开饭馆，除了每年寒暑假因为中国留学生都回家了，其他时候天天满员。三十多岁的小高说自己如果找对象，长相年龄都不限，就是要会做川菜。

丘吉尔庄园让你认识英国

　　林语堂有句经典语录：世界大同的理想生活就是住在英国的乡村，屋里安装有美国的水电煤气管子，有个中国厨子，娶个日本太太，再找个法国情人。英国的乡村生活让人充满浪漫的幻想。的确，在大部分英国人心里，最理想的生活就是赚足了钱去乡下买一座或建一座庄园，过着世外桃源般的生活。英国的乡村庄园可以说是财富、权力的象征！即便是一生都

实现不了这个梦想，但这种梦会代代相传。英国首相鲍德温曾经说过："英国就是乡村，乡村就是英国"，这已经成为一句名言。7 月 16 日，为更深了解英国，我们走进一座庄园，其主人是赫赫有名的丘吉尔。从牛津坐公交专线到丘吉尔庄园，只要半个小时左右。

丘吉尔庄园·瀑布

丘吉尔庄园·花园

丘吉尔庄园·水池

丘吉尔庄园·宫殿

宫殿里的油画

丘吉尔庄园始建于1705年。当时安妮女王将牛津附近数百公顷的皇家猎场赐予马尔博罗一世公爵约翰·丘吉尔（温斯顿·丘吉尔的祖先），以表彰他在1704年8月击败法军的赫赫战绩。女王还表示，英国能在战场上打败法国，在建筑方面也应高出法国一筹。庄园东门上立有碑文：在慷慨的君主幸运之光照耀下，这所房屋建给约翰·马尔博罗公爵及其夫人萨拉，由温布勒先生在1705年到1722年建成。伍德斯托克的王室荣誉称号及该建筑物均由女王陛下安妮赐给，并经议会所确认。庄园工程浩大，总共花了17年才全部竣工，这让公爵在有生之年未能看到赐园全貌。这时距离温斯顿·丘吉尔出生还有169年——他1874年诞生于此，死后葬于附近的布雷顿教堂。

丘吉尔庄园是英国最大的私人庄园，中心建筑是布兰姆宫（以纪念布兰姆战役）。宫内装饰富丽堂皇，保存着大量油画、雕塑、挂毯和精美家具。宏伟的大厅，顶部是詹姆斯·桑希尔于1716年绘制在天花板上的画作，按照

以"孩子"为主题的木雕

这幅画和战争有关

国王宫还美。不少英国人喜欢拿它跟欧洲第一大的凡尔赛宫相比。沿着湖岸柔软起伏的草坡慢慢地踱到另一边，草坡上星星点点地开着小花。湖水平坦如镜，映着蓝天与睡莲的倒影，偶有水鸟掠过。据说这座庄园仍然属于丘吉尔家族，因此仍然保持着非常私密的氛围。

有人说，走在这座豪华的庄园，仿佛回到18世纪的英国。这里的一切，向人们展示英国庄园文化。因为厌倦工业文明带来的喧嚣，所

战争顺序展开，展现马尔博德罗公爵的胜利。一次大战时，这里做过医院；二次大战时，这里做过男生宿舍。游客运气好的话，会听到巨大的管风琴的悠远旋律。

这座充满田园气息的大庄园，号称比英

庄园里的丘吉尔塑像

以英国人选择乡村的庄园。丘吉尔庄园，足以代表英国人对庄园的喜爱。我在丘吉尔庄园为凤凰网做直播节目和微信小视频，将这座极具艺术氛围的庄园与中国朋友分享。

泰晤士河谷边的牛津

2016 年 7 月 17 日，绿家园生态文化游走进牛津大学。这座泰晤士河谷边地的城市传说

牛津大学正门

是古代牛群涉水而过的地方，因而取名牛津，早在 1096 年就已有人在此讲学。

夏天周末的牛津大学，走在路上人挤人。随便观察一下，一张张脸上的表情各不相同。怀揣着梦想和充满敬仰的人脸上的内容是不一样的。其中想寻找牛津昨天与今天故事的人，应该也不少。

在 12 世纪之前，英国是没有大学的，人们都是去法国和其他欧陆国家求学。1167 年，英格兰国王亨利二世同法兰西国王不和，英王一气之下把寄读于巴黎大学的英国学者召回，禁止他们再去法国；另一说法是，法王一气之下把英国学者从巴黎大学赶回。不管如何，学者从巴黎回国，聚集于牛津，在天主教本笃会协助下从事经院哲学教学与研究。于是人们开

牛津校园草坪

始把牛津作为一个神学"总学"，这实际上就是牛津大学前身。学者之所以聚集在牛津，是由于国王把行宫建在牛津，学者为取得国王保护来到这里。

1209年，牛津学生与镇民发生冲突，国王约翰的处理对校方不利，导致师生大批离校以

示抗议。一些牛津学者迁至东北方的剑桥，和天主教方济会、本笃会和圣衣会修士一起成立剑桥大学。

当时约翰王和天主教罗马教皇斗法，前者落败，后者得以干预牛津事务。1214年，经过教皇使节磋商，牛津大学得以恢复，并得到许多特许权力。由于牛津有浓厚的宗教背景和因此产生的特权，思想活跃、生活不羁、常赊欠债务的青年学生不可避免地与当地居民发生冲突。直到1355年，在一次冲突中近百名学生和居民丧生。国王爱德华三世出面镇压，并判居民赔偿大学500年费用。此后，双方大规模冲突得到遏制。

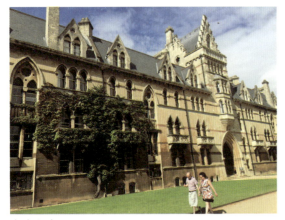

牛津古建

牛津花坛

毕业了

今天，牛津拥有全球最具规模的大学出版社和全英最大的大学图书馆系统。该校培养了众多社会名人，包括多位诺贝尔奖得主、世界各国王室成员和政治领袖。

走在牛津街头，一群群讲着中文的学生与我们擦肩而过。当年判处牛津市民赔偿大学500年学费的国王，能想到有一天会有那么多怀揣着梦想的人走进这里吗？

王室行宫温莎堡

在英国，城堡无处不在。这些城堡，历史悠久、气势恢宏、景色优美、内涵丰富。高高的城墙后面隐藏着一串串精彩动人的故事，给每个城堡都披上一层神秘的面纱。英国有的城市就是从一个城堡发展起来的。

温莎堡向民众开放

7月18日，我们到温莎堡。它距伦敦近郊约40公里，位于泰晤士河南岸小山丘上。这是一组花岗石建筑群，气势雄伟，挺拔壮观。最初由威廉一世营建，目的在于保护泰晤士河上来往的船只和王室安全。自12世纪以来，这里一直是英王行宫。

王室卫队每天行礼如仪

1936年，英王爱德华八世在温莎堡向两度离婚的美国平民辛普森夫人求婚。由于当时王室体制禁止国王迎娶离婚女子，爱德华八世为了爱情毅然放弃王冠，由一国之君降为温莎公爵，此后更出走法国，直到1972年其灵柩才重返温莎。这段"不爱江山爱美人"的风流逸事，不但使古堡声名远播，也为温莎平添几分缠绵浪漫的气氛。

腕带即门票

近一千年前，英王在伦敦周围郊区建造9座相隔32公里左右的大型城堡，组成一道可以互相支援的碉堡防线。温莎古堡是其中最大的一座，建于1070年。1110年，亨利一世在这里举行朝觐仪式。从此，温莎古堡正式成为宫廷活动场所。可惜的是，部分建筑在1992年大火中被烧毁，共有面积约7000平方米的100间房屋遭到严重毁坏。所幸当时城堡正在维修中，大部分珍贵的艺术品和家具已被搬走，并未烧毁。

目前，温莎城堡仍归英国王室所有，是现今世界上有人居住的城堡中最大的一个。作为王室重要活动场所之一，温莎城堡还是国王颁发爵位和封号的重要场所之一，其中最著名的就是"嘉德骑士"封号。这是英国骑士勋爵里最高的级别，由爱德华国王为鼓舞日渐没落的骑士精神而专门设立的。当年查尔斯王子就被授予"嘉德骑士"勋爵封号。

伊丽莎白二世幼年就是在这里度过的，因此她即位后常常领众多随从来此度假。在王室喜庆的日子及圣诞节等重要节日，女王便选择在温莎城堡举行隆重的庆祝活动。在英国上流社会，人们都以能够参加温莎城堡的盛典而骄傲。

城堡内设礼品商店

温莎城堡收藏着英国王室数不清的珍宝，其中不乏有达·芬奇、鲁本斯、伦勃朗等大师作品，更不必说传自中世纪的家具和装饰品。说这里的每一个房间都是一座小型的艺术展室，一点都不夸张。城堡中多数大厅都已对公众开放，但王室侍从厅仍不能参观——那里陈列着许多珍贵文物，包括慈禧太后赠送维多利亚女王的条幅以及 1947 年伊丽莎白二世结婚时中国云南省主席龙云所赠画卷。

海德公园见闻

我们到达伦敦海德公园时已经快晚上 9 点了。太阳已经落山，但余晖还在。没见到著名的演讲，倒是天鹅和雁鸭不少，有的像在开会，有的像在上课，有的则像在倾诉衷肠，当然也少不了谈情说爱的，慢悠悠地在水面上和平共处。这些飞禽不时低空飞行，在水上划出的波纹迎着余晖，闪着自己的光。

海德公园是伦敦最知名的公园，也是英国最大的皇家公园。该园位于伦敦市中心的威斯敏斯特教堂地区，占地 360 多英亩，原属威斯

海德公园的天鹅湖

敏斯特教堂产业。这里原是英王狩鹿场，16 世纪用作王室公园。查理一世执政期间，海德公园曾向公众开放。1851 年，维多利亚女王首次在这里举办伦敦国际博览会。1944 年，美国总统罗斯福和英国首相丘吉尔曾在这里签订海德公园协议，这是一项美英之间关于二战期间核武器研发合作的协议。

不过海德公园最为人所知的是演讲，现在也是举行各种政治集会和其他群众活动的场所，有著名的"演讲角"。从 19 世纪以来，每周日下午，有人站在装肥皂的木箱上发表演说，因此有"肥皂箱上的民主"之说。现在演讲者大多数站在自带的梯架上，高谈阔论，慷慨陈词。从 19 世纪末起，海德公园成为英国工人集会和示威游行的地方。每当有大规模的示威游行，参加者就从各处赶到海德公园，集合后前往市内主要街道游行。

如今海德公园每年最热闹的时候，是国王生日举行鸣放礼炮仪式。那时观众如海潮般从四面八方汇集而来。上午 11 点整，皇家炮兵马队从大理石拱门来到检阅场。41 响礼炮放完后，炮手将大炮装在四轮马车上，然后飞身上马，奔向伦敦北面的营地。41 响礼炮中的 21 响是庆贺国王生日，20 响是向首都伦敦致敬。

井然有序的雁鸭

伦敦街头雕塑

大英博物馆之行太匆匆

7月19日，绿家园生态游走进我们久仰的大英博物馆。可惜我约了BBC前亚太地区负责人，在中央人民广播电台时认识的老朋友芮立，想听听她作为老媒体人是怎么看脱欧的，所以在大英博物馆的时间太短了。不过转念一想，这样博大精深的地方，在里面待多久是个够呢？

我和芮立聊了半小时，经她同意后在凤凰网做视频直播。虽然快20年没见，我们也都退休了，但记者瘾好像都还没有过够。说到脱欧，芮立甚至有些激动。她认为这是一个非常傻的选择，不仅欧盟需要英国，英国更需要欧盟。她说，现在每年有25％的教育

充满忧虑的芮立

经费来自欧盟，真脱了就难说了。退休后，芮立在剑桥和伦敦大学讲授并研究中国问题。芮立认为那些支持脱欧的人是抱着自己是老大的自傲，殊不知现在世界需要合作发展。对前途充满忧虑的芮立说，当然怎么再和欧盟达成一致，还有漫长的路要走。她和先生都有爱尔兰血统，英国可以有双重国籍，所以准备办爱尔兰护照。不然英国真脱欧了，英国人再去欧盟其他国家就要签证了。在这次公投中，多数年轻人可能也有这样的考虑，要去学习、工作和旅行。

生活就像河流，流过去了，就要面对新的险滩和激流。1984年，我第一次见到芮立时说起雾伦敦，她强调那是过去。今天我们看见的泰晤士河，不算碧绿，但是清澈的。无论走到哪里，我对河流总有独特的关爱。

大英博物馆，也即英国国家博物馆，其建立源于汉斯·斯隆爵士（1660—1753）遗愿。斯隆爵士一生共收藏71000多件物品。他希望自己去世后藏品完好保存，因此将其遗赠国王乔治二世，回报是给其继承人20000英镑。1753年，英国国会法案批准以斯隆藏品为基础，建立英国国家博物馆。

面对希腊神庙

博物馆建立之初，藏品大部分由书籍、手抄本、关于某些文物的自然标本（包括钱币、徽章、版画和素描）以及文化研究的人种志组成。1757年国王乔治二世捐献英国君主"老王室图书馆"藏书。博物馆于1759年正式对公众开放，所有"好学求知的人"都可免费进入。如今，入馆人数由每年5000人增至600万人。

大英博物馆正门

展示的黄金饰品　　　　　　　希腊雕像　　　　阿尔特弥斯神庙的圆柱

英国国家博物馆拥有藏品800多万件，由于空间限制，有大批藏品未能公开。埃及文物馆是博物馆中最大的陈列馆之一，展有大型的人兽石雕、庙宇建筑，为数众多的木乃伊、碑文壁画、镌石器皿及金玉首饰。展品年代可上溯到5000多年以前，藏品数量达7万多件。19世纪英国海军统帅纳尔逊从拿破仑手中夺取的古埃及艺术品，其中就有著名的罗塞塔石碑。后来学者根据石碑上的三段不同文字成功破译古埃及象形文字，这是人类古代文明研究的里程碑事件。

由于采访芮内，我没来得及走进博物馆的中国馆。这里的33号展厅是专门陈列中国文物的永久性展厅，与古埃及、古希腊、古罗马和印度展厅一样，是该博物馆仅有的几个国别展厅之一。所藏中国文物囊括中国整个艺术类别，远古石器、商周青铜器、魏晋石佛经卷、唐宋书画、明清瓷器等标刻着中国历史上各个文化登峰造极的国宝在这里皆可见到，可谓门类齐全，美不胜收。然而，这仅仅是英国国家博物馆收藏的23000件中国历代稀世珍宝中的一部分。另外的十分之九都存放在十个藏室中，除非得到特别许可，一般游客是无缘谋面的。

伦敦地标一日游：大本钟·威斯敏斯特教堂

7月19日我们到了伦敦最著名的几个地标，其一是伊丽莎白塔，旧称大本钟，即威斯敏斯特宫钟塔。这是坐落在泰晤士河畔的一座钟楼。

伦敦街头雕塑

"大本钟"建成于1859年，高96米，是英国议会建筑一部分。

大本钟一名是怎么来的？源自其监制者，工务大臣本杰明·霍尔爵士。为了纪念他的功绩，取名为大本钟，本是本杰明的昵称。

根据格林尼治时间，大本钟每隔一个小时报时一次。报时声深沉浑厚，方圆数英里之外都能听到钟声回响。大本钟装有麦克风，与英国广播公司（BBC）相连。因此每当大钟报时，人们都能从BBC广播中听到其铿锵有力的声音。

大本钟

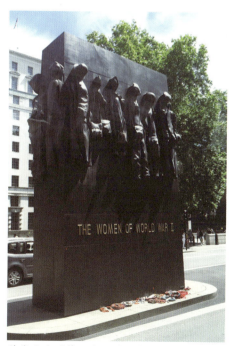

雕塑名为"第二次世界大战时的妇女"

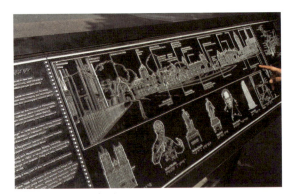

英国人对历史的解读

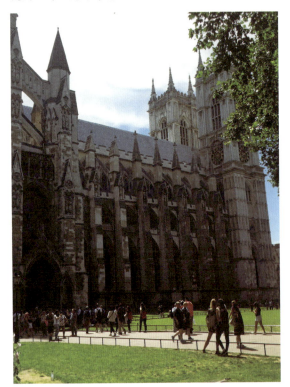

威斯敏斯特教堂外景

宏伟壮观的威斯敏斯特教堂（也译为西敏寺）是英国圣地，可以说是英国地位最高的教堂。原因之一是除了王室成员，还有英国许多伟大人物埋葬在此。

威斯敏斯特教堂门楣雕塑

我在网络上搜索到一些资料：英国人把威斯敏斯特教堂称为"荣誉的宝塔尖"，认为死后能在这里占据一席之地是至高无上的光荣。著名的"诗人角"位于教堂中央往南的甬道

名人墓园雕塑

教堂一角

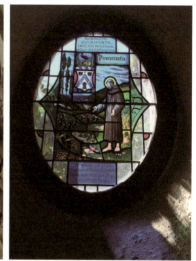

玻璃画

上，长眠着许多著名的诗人和作家。如 14 世纪"诗圣"乔叟陵墓周围有一扇专门的"纪念窗"，上面描绘着他的名作《坎特伯雷故事集》里的情景。旁边还有丁尼生和勃朗宁，都是名噪一时的大诗人。著名作家哈代和 1907 年诺贝尔文学奖获得者吉卜林也葬在这里。"诗人角"中央，并排埋葬着德国著名作曲家亨德尔和 19 世纪最杰出的现实主义作家狄更斯。还有些文学家死后虽葬在别处，但这里仍为他们竖碑立传，如著名的《失乐园》作者弥尔顿和苏格兰诗人彭斯就享受这种荣耀。

教堂北廊伫立着许多音乐家和科学家的纪念碑。其中最著名的是牛顿，他是人类历史上第

一个获得国葬的科学家。其墓地位于教堂正面大厅中央，上方耸立一尊他的雕像。旁边还有一个巨大的地球造型，以纪念他在科学上的功绩。

此外，进化论奠基人、生物学家达尔文，天王星发现者、天文学家赫谢尔等许多科学家都葬于此地。在物理与化学领域均做出杰出贡献的法拉第在去世后，本来也有机会在威斯敏斯特教堂下葬，但因他信仰的教派不属当时统领英格兰的国教圣公会，威斯敏斯特教堂正是圣公会的御用教堂，因此拒不接受他在教堂内受殓。雪莱和拜伦这两位举世闻名的大诗人也因为惊世骇俗的言行被教堂拒之门外。

在威斯敏斯特教堂内还安置着英国著名的

威斯敏斯特教堂大门上方

游人络绎不绝

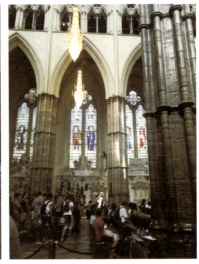

华灯彩窗

教堂庭院

这座古老的教堂结构宏伟，装饰辉煌，外观是依拉丁风格建造的十字形。本堂宽11.6米，上部拱顶高达31米，是英国最高的哥特式拱顶，巍峨挺拔。教堂四周高处的窗户都是用五颜六色的彩色玻璃装饰而成，它们使以灰色为主调的教堂在庄严中增加几分典雅和华丽的情调。在最后校定本书时，女王伊丽莎白二世葬礼在这里举行。通过电视转播，全世界据说有40亿人收看。

政治家丘吉尔、张伯伦等许多知名人士遗骸。此外，两次世界大战中阵亡的英国官兵花名册也保存在教堂内。大院正中还设有无名英雄墓，供人们在此地驻足停留、凭吊缅怀。

泰晤士河·伦敦桥·伦敦眼

我们在伦敦的那几天真是热极了，有一天

最高气温达到了 31.8℃。气象部门说，这是自 1953 年以来英格兰地区 5 月最炎热的一天。

伦敦的交通，如果不是亲身经历，难以想象它的堵。堵到什么程度？我坐在车上就把街景拍了个够。各种古老的和新式的建筑、匆匆走过的人、啤酒桶上的空杯子，还有汽车屁股上的广告和街头的报垛，无不体现着伦敦特色。扫拍是我常用的记录手段，而在伦敦街头的扫拍因交通拥堵倒成全了照片的清晰度。

垃圾堆放点

报纸随便拿

我们顺着泰晤士河参观伦敦。泰晤士河是英国著名的母亲河，全长 346 公里，横贯伦敦与沿河十多座城市，流域面积 13000 平方公里。这条河到伦敦下游河面变宽并注入北海。入海口隔着北海与欧洲大陆的莱茵河口遥相对，向欧洲最富饶地区打开一条直接航运的通道。泰晤士河虽不算长，但流经之处都是英国文化精华所在；或许可以反过来说，泰晤士河哺育了灿烂的英格兰文明。英国政治家约翰·伯恩斯说：泰晤士河是世界上最优美的河流，"因为它是一部流动的历史"。

泰晤士河边古堡

伦敦主要建筑物大多分布在泰晤士河两旁，尤其是那些有着上百年甚至三四百年历史的建筑，如有象征胜利意义的海军统帅纳尔逊雕像、葬有众多伟人的威斯敏斯特大教堂、具有文艺复兴风格的圣保罗大教堂、曾经见证过英国历史上黑暗时期的伦敦塔、桥面可以起降的伦敦塔桥等。以上每一幢建筑都称得上是艺术杰作。这些建筑虽历经沧桑，乃至包括第二次世界大战那样的战争洗礼（伦敦大轰炸），但仍然保持固有模样，直至今天还在为人们所使用。

泰晤士河，在塞尔特语中意思是"宽河"，河流水量稳定，冬季流量较大，很少结冰。在牛津以下，河道变宽，河口最宽处达20公里。由于河口濒临北海和大西洋，每逢海潮上涨，潮水顺着漏斗形的河口咆哮而入，一直上溯到伦敦以上很远的地方。人们为了防止涌潮淹没伦敦，兴建技术复杂、耗资巨大的泰晤士河拦潮闸工程，其中的伦敦塔桥是世界最著名的桥梁之一。

一个城市的标志性建筑，有的纯属自然，有的饱经沧桑，有的就特别有其创造性了。

"伦敦眼"的构想可追溯至1993年《泰晤士报》举办的竞赛。该报要求参加者提出庆祝千禧年（2000年）最具野心的计划，马克斯与

伦敦塔桥

"伦敦眼"为庆祝新千年而建造，又称"千禧之轮"

巴菲尔德这对夫妻建筑师提议建造全球最大的摩天轮。这项计划激发英国航空公司董事长艾林的想象力，决定出资使其付诸实现。

令人难以想象的是，这样一个史上技术最艰难的摩天轮，竟然在16个月内就完成设计与兴建工作。如今，"伦敦眼"是最吸引游客

伦敦街上也有拉三轮的

的观光点之一。

顺着泰晤士河，我们坐船经过格林尼治古天文台所在山丘的下面。限于时间，未能参观天文台。绿家园生态游英伦之行已近尾声，剩下两个必看项目，一个是圣保罗大教堂，一个是白金汉宫。

老海军学院

告别英伦：圣保罗·白金汉

圣保罗大教堂是世界著名宗教圣地，世界第二大圆顶教堂。它模仿罗马的圣彼得大教堂，是英国古典主义建筑的代表。圣保罗大教堂的穹顶每天晚上都会在BBC屏幕背景中出现，与大本钟同为伦敦地标建筑。

1981年戴安娜与查尔斯的婚礼大典在圣保罗大教堂举行。西敏寺本是英国王室大多数重要婚礼、洗礼和葬礼的首选之地，但这次婚礼

圣保罗大教堂的特色圆顶

除外。2013 年，英国"铁娘子"、前首相撒切尔夫人去世，享年 87 岁。覆盖英联邦旗帜的灵柩一路行经英国议会、伦敦市中心，最后到达圣保罗大教堂。

圣保罗大教堂的建筑别具一格，既继承传统的教堂建筑艺术，又突破普通教堂的设计。其主体建筑是两座长 150 米、宽 39 米的两层十字形大楼。十字楼的中间拱托着一座高达 111.4 米的穹窿圆顶建筑。圆顶底下高出十字楼的部分是一个两层圆楼。底层四周走廊外面建有一圈圆形的石柱。顶层则有一圈石栏围拢的阳台，人们可以站在这里欣赏伦敦市景。

同其他有名的教堂一样，这里也有一些王公达官的坟墓和纪念碑，还有欧洲最大的地下室。英国著名海军上将纳尔逊和惠灵顿将军的墓室就在这里。

圣保罗大教堂曾经几度重建。目前建筑是 1666 年被大火烧毁后，由英国建筑大师克里斯托弗·雷恩爵士重新设计建造的。工程于 1675 年开工，直到 1710 年才最后完工。雷恩爵士于九十高龄目睹教堂落成，这是西方世界中唯一一座在建筑设计师有生之年完成的大教堂。

圣保罗大教堂里不准照相，这倒可以让人们静静地坐在长条椅上，一边聆听乐师现场演奏的管风琴，一边与自己的想象对话。

圣保罗大教堂内景

白金汉宫与故宫、白宫、凡尔赛宫、克里姆林宫齐名。白金汉宫著名的卫兵交接仪式成为英国王室文化的一大景观，夏令时季节每天进行，冬令时季节则两天一次。7 月 19 日上午我们特来参观，那人山人海的程度让我们还真没想到。

白金汉宫是英国王室居所，宫内有典礼厅、音乐厅、宴会厅、画廊等 775 间厅室，宫外有占地辽阔的御花园。1992 年 11 月，王室

白金汉宫前的维多利亚女王纪念碑　　白金汉宫大门悬挂着王室徽章　　白金汉宫换岗仪式

行宫温莎堡发生火灾。为筹措修复所需的巨额开支，伊丽莎白二世1993年春宣布，白金汉宫于该年8月7日—9月30日正式对外开放；此后作为惯例，每年8—9月对外开放，但仅有三个地方可供游人参观。我们没赶上这个日子，只能参观换岗仪式。

白金汉宫起先并非王宫。1703年至1705年，白金汉公爵舍费尔德在此兴建府邸并改名为"白金汉府"，之后曾一度用于帝国纪念堂、美术陈列馆、办公厅和藏金库。1761年，乔治三世买下该府邸，作为妻子夏洛特王后的一处私人住宅，这才改名白金汉宫。白金汉宫又被称为"王后的家"。王后和乔治三世的15个孩子，有14个出生在这里。1820年，乔治四世继位后决定重建这所房子作为乡间寓所。1826

年，国王又改变主意，把这里改造变成真正的宫殿。1837年，维多利亚女王即位，白金汉宫正式被当成英国王室府邸。此后白金汉宫一直是女王召见首相大臣、举行国家庆典、接待和宴请外宾及其他重要活动的地点。

原本白金汉宫换岗仪式是为了渲染英国君主高贵尊严的传统和权威的一种排场，现在已经演变成游客观光的保留节目。皇家骑兵卫队的高头大马、红缨金盔以及步行卫兵和乐队的熊皮高帽，华丽庄严而有气势，也算是一种传统的延续吧。不过我们一行人看了后，有人认为卫兵个子高高低低，走得也不那么齐，乐队演奏缺少点气势。然而，这就是白金汉宫，这就是大不列颠，这就是每天都能人山人海的地方。看来无论是否脱欧，这都是改变不了的。

图书在版编目（CIP）数据

绿镜头．欧洲．上 / 汪永晨著．-- 上海 ：文汇出
版社，2024．10．-- ISBN 978-7-5496-4322-6

Ⅰ．Ⅰ267.4

中国国家版本馆 CIP 数据核字第 2024L8X685 号

绿镜头——欧洲（上）

著　　者 / 汪永晨
责任编辑 / 徐曙蕾
特约编辑 / 胡　泊
装帧设计 / 高静芳

出版发行 / **文汇**出版社
　　　　　上海市威海路 755 号
　　　　　（邮政编码 200041）
经　　销 / 全国新华书店
印刷装订 / 北京雅图新世纪印刷科技有限公司
版　　次 / 2024 年 10 月第 1 版
印　　次 / 2024 年 10 月第 1 次印刷
开　　本 / 850×1168 1/20
字　　数 / 230 千
印　　张 / 12.5

ISBN 978-7-5496-4322-6
定　　价 / 168.00 元（全二册）

绿镜头

汪永晨——著

欧洲 （下）

文汇出版社

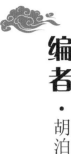

编者·胡泊

　　《绿镜头》系列图文内容，作者此前都在博客上发布过。此次出版前，编者对其做技术处理之余产生几点感想，借此机会和读者分享。

　　第一，"绿镜头"以"绿"开头，顾名思义，首先是着眼于环境保护的绿色观念。环境保护正在逐步成为人类共识，中国是世界第二大经济体，还是世界人口大国，中国环保事业是全球环保事业的重要组成部分。包括"绿家园"在内的中国民间环保组织，几十年来坚持不懈、脚踏实地、一点一滴地做力所能及的工作。本书展现的就是这样一批人走出国门后的所思所想，而非"到此一游"、定点打卡的导游手册，不可能面面俱到。这是事先要向读者说明的。

　　第二，《绿镜头》系列是作者马不停蹄，遍访各国的行记，更是基于环保主义者立场的考察笔记，而且是口语体的、日记体的和生活化的。这应和作者的播音记者身份有关。近年来，中国人眼界大开，对世界的认识也呈现多样化，有些海外游记是很深入、细致的。相对而言，本书没有那样强的指导功能，比如教你怎样游学和旅行。其价值可能在于作者对如何把各大文明和中国国情相结合的思考，而这正是目前最缺乏的。

　　第三，从某种意义上说，《绿镜头》系列是以图带文的，相当于画册。作者行迹遍及五大洲，拍摄的照片涉及生态、地理、历史和人文的方方面面。限于篇幅，本书只选取其中一部分，不可能像网络媒体那样海量采用。建议读者关注作者的公众号或视频号，那里呈现的是和本书不一样的视角，而且更适合展示影像。

　　通过环境保护，实现人与自然的和谐，既是一种美好的理想和情怀，更是刻不容缓的现实和每日应有的践行。"他山之石，可以攻玉"，传播中国环保人在海外的感受，让更多人行动起来，把中国的环保做得更好，是出版《绿镜头》这套书的意义所在。衷心希望这一目的能够早日达到。

作者的话

从 1986 年到 2024 年我走访过 80 多个国家，一个洲出一本书，是我一直的向往。如今已由花城出版社出版了一套《绿镜头下的美丽星球》（全四卷）。文汇出版社已出版了《绿镜头——南美洲》《绿镜头——北美洲》。《绿镜头——欧洲》内容多，分成上下册。

现在人们看手机的时间远远超过读书的时间，所以我在这里概括一下我采访欧洲各国所得的知识与趣谈，让朋友们先睹为快以决定你和这本书共处的时间。

中国有许多老年人想着在城市抱团养老，奥地利年轻人有不少却选择到农村实现庄园梦。2016 年 11 月 16 日，我走进一个离维也纳 100 多公里的村子和一伙年轻人生活了一天。他们在村子里种有机蔬菜、养蜂卖蜂蜜。如果有人愿意来，他们管吃管住，学生价 12 欧元，非学生 20 欧元，也有足够大的房子开会和培训。晚饭吃的是炒饭，装进柿子椒里烘烤，不爱吃西餐的我也吃得心满意足。

这些年轻人来这儿不是为了挣钱，而是圆梦。空旷的原野，静静的黄昏，闲散的生活，朋友间的友情，接待客人时的好奇……这样的生活是回归自然，还是吃饱了休闲，或是追求生活的另类？不管怎样，我看到的是一脸轻松，一种淡淡的、自由的情调。几个人合伙买或者租一所大房子，把一半时间花在享受田野和种植上，另一半时间去挣钱。我问这些年轻人：有多少同龄人愿意到这里来过这样的生活？城里有工作，但把自己一半的时间消磨在村子里？答案是估计有 20%。比例真不小！

乡村，能给我们的很多，很多。悠闲，才有时间思考。我想，不是谁都能写出《瓦尔登湖》《沙乡年鉴》的。但悠闲中的思考，能净化心灵，让思想升华，让生活有滋有味。我从 2020 年回到妈妈的老家——河北蔚县涌泉庄以来，已写了两本《涌泉庄的故事——在妈妈的老家种树》，遗憾的是：羡慕者多，追逐者寥寥。

在奥地利还有一群年轻人，于 1996 年用政府贷款买了一片地，盖了楼，目的是不想个人寂寞地生活，而要过大家在一起的日子。这个年轻人的共同体做什么都要讨论，比如房子盖什么颜色的？最后决定用橘色。经过讨论，生活中有了公共游泳池和小剧场，年轻人在这里表演、聚会，孩子也有伙伴。

维也纳中央公墓是维也纳最大、全欧洲第二大公墓。使这里声名远扬的音乐家墓地，除了安葬莫扎特、海顿、贝多芬、舒伯特和施特劳斯父子等 20 多位世界著名的音乐家、作曲家以外，还有一座"音乐神童"莫扎特纪念碑，因此这里成为全球音乐爱好者的朝圣之地。我去那儿的时候，整个墓地没有几个人。在这些熟悉的音乐家墓前想象着聆听他们的乐章，真是别有一番感受在心头。

西班牙高迪的建筑风格名气很大，不过自 20 世纪 50 年代初，维也纳建筑师百水开始通过建筑艺术展示自己。在生命的最后阶段，百水先生专注于自然与人结合的建筑艺术理念。他的建筑模型展示了其独创的屋顶森林、树屋、"窗户权利"等建筑理念的各种建筑形式。他设计的眼睛楼、高草坪楼、螺旋楼、地坑楼等，都体现其建筑艺术的理念。所以去维也纳不仅要去听音乐会，也不能错过去看看百水先生那一幢幢让人叫绝的建筑的机会。

格鲁吉亚自称小国，可在这里，连厕所门口都是艺术照，"烤箱"里游着的竟然是鱼。把脑筋用在这样的日子里，肯定滋味不同。格鲁吉亚的老房子是旧的，开国际会议吃的是非常简单的饭，但当地人对艺术和品位的追求，让我这个外来者感觉之舒服、记忆之深刻，都可直达心底。对我的这些追问，真希望读者朋友在看了本书后会有自己的解答。

欧洲最高峰厄尔布鲁士山在俄罗斯高加索地区。走进时方知它的很多山峰都很高大，绝对高度超过海拔 5000 米。厄尔布鲁士峰是大高加索山群峰中的"龙头老大"，它位于高加索中央，在群山环伺之下，显得出类拔萃、卓尔不群。

在山下野外实地远眺，望着眼前高不可攀的厄尔布鲁士山时，我发现这里有雪地摩托。价都没问，我就叫停一辆，窜到车后座上。那一刻的我被同行的朋友拍照且说：哪是六十好几的人。他们形容那一刻的我"分明是眼快、手快、脚快的年轻姑娘"。不喜欢自吹的我，此时此刻也忍不住来自吹一次吧。

坐在雪地摩托后座上，飞驰般地冲向雪山。这时的我紧张、害怕、刺激、爽，交织在一起。带着这些体验，上到近海拔 5000 米处。风大，站不稳，高海拔，雪深，激动，这些是那一刻我要面对的。先安静了一下自己，我从包里取出"绿家园志愿者""乐水行""全球护水者联盟北运河护水者"三面旗子，希望在这个高度一展保护江河的决心、勇气和志愿精神。虽然冷，虽然风很大，虽然空气稀薄，我还是在海拔近 5000 米的雪地上排空脑海和心中的杂念——空、空、空……人融化在雪中、山中、自然中……

在塞尔维亚，普通教育是免费的。上大学有一个考试，但不是入学考试，而是成绩好的 10% 可以免费。塞尔维亚的医疗制度和克罗地亚有点像，虽然是免费的，但需要预约，三四个月才能看上。塞尔维亚人不喜欢星巴克，而是喜欢土耳其、意大利的咖啡，口味重。

走进波黑首都萨拉热窝，发现这里和我想象的不一样。电影里出现的钟楼、水亭和青石板路，虽然现实中都有，可给我最大的感受是休闲，是古朴，是洋溢着浓浓的文化气息。街边的人喝着土耳其咖啡，抽着水烟，聊着闲天，好不懒散，好不悠哉。记得在希腊采访时，当地人告诉我他们半天工作，半天喝咖啡，靠着老祖宗留下的遗产过日子。希腊人说：为什么要勤劳？人就是要享受生活。因为没有毁掉老祖宗留下的遗产，所以能躺在老城里，尽情地享受生活。

十六湖，无论是景色还是地质成因都和我国的九寨沟极为相似。十六湖国家公园位于克罗地亚中部喀斯特山区，创立于1949年，1979年被联合国教科文组织列为世界遗产，是东南欧历史最悠久的国家公园。红色的树叶，白色的绝壁，配上童话般的绿水，水上水下交相辉映的画面，神魂变幻。而不流动的花、树、石头，与之一起共同形成动中有静、静中有动的韵律，让画面成为诗、成为歌。

去布莱德湖，要先经过波希涅湖。特里格拉夫国家公园是斯洛文尼亚唯一的国家公园，与意大利和奥地利交界，占据斯洛文尼亚四分之一的领土即8400公顷，是欧洲最古老的国家公园之一。公园中有著名的波希涅湖——斯洛文尼亚最大的冰碛堰塞湖，湖水如明镜般透亮。我们来是秋天，湖畔层林尽染，像着火了。明镜般的湖面、阿尔卑斯山雪白的倒影、四周葱绿的树林，共同构成布莱德湖迷人的自然风光，使它无愧于"山上的眼睛"的美誉。

世界几条大河，如亚马孙河、尼罗河、密西西比河、多瑙河，我都到过并记录过。以媒体视角关注江河命运，是我1998年去长江源头姜古迪如冰川后开始的。2010年到2019年我参加"黄河十年行"从黄河源头约古宗列走到入海口，用了整整十年的时间关注母亲河的生态及两岸人家。

2019年我要记录的则是莱茵河。莱茵河发源于瑞士东南部的阿尔卑斯山麓，流经列支敦士登、奥地利、法国、德国、荷兰，在鹿特丹附近注入北海，是欧洲西部第一长河。从莱茵河上游走到入海口是我多年的梦想，在欧洲过一次圣诞节也是向往已久。2019年12月20日，我登上游轮，开始了莱茵河之旅。

欧洲城市建筑有一个特点，会在墙上画上生活场景。在瑞士的卢塞恩，当年药房的墙上还保留着一句话："爱情无药可医。"真是道出人生真谛！

在卢塞恩，圣诞节前夕市场上卖四个一套的蜡烛。那是因为当地人家从12月开始，就要一周点一支蜡烛，直到圣诞节。另外还有一些小口袋或者是小袜子，上面标着数字。原来这些也是从12月1日开始，孩子每天都会得到父母送的一个小礼物。最后一个袜子里的大礼物，要在平安夜才能打开。了解西方文化，从参与节日中感受是最身临其境的。这里的狂欢节要折腾六天六夜呢！

据说圣诞树源于斯特拉斯堡。因为山里人砍了树，在上面挂了各种小礼物过圣诞节，由此风靡一时。每年圣诞节前，一定要有一棵30米高的圣诞树耸立在这里的广场，上面放满各种小装饰，陪伴人们过节。2018年立了三棵树，为什么呢？因为第一棵树心烂了，第二棵倒了，直到第三棵立起来才算完。立起一棵圣诞树要5万欧元呢！

2019年12月23日，我们在斯特拉斯堡街上看到的，都是人们手拿冒着热气的葡萄酒边喝边走。那气氛，给人是暖暖的、诗意的、浪漫的感觉。一个民族的修养、情怀和生活态度，很多都在其节日中体现。

2019 年的平安夜我们是在巴登巴登过的。在这特殊的日子，我到市场上给先生买了一条围巾，并告诉售货员这是送给我先生的圣诞礼物。她非常认真且漂亮地边包边说：真羡慕你们的爱情。

海德堡的哲学家小道长约 2 公里，在内卡河北岸圣山南坡的半山腰上。我两次去都在那里漫步。据说哲学家黑格尔在任教海德堡大学时，经常与朋友、同事在此散步，一起讨论学术问题。走在这里，可一边眺望对岸城镇风光，一边遥想当年的无限情景。哲学家小道旁边的花园门口竖着一只向上平伸的手掌模型，掌心写着一句话："Heute Schon Philosophiert？"直译为："今天你哲学过了吗？"

莱茵河德国段共有 800 余座城堡，大都建于神圣罗马帝国初兴时期，至今已有千余年历史。之所以有这么多城堡，可能和地貌有关。这里是岩石地带，有的是建造城堡的石料。莱茵河畔的石料自然叫莱茵石，莱茵河上有座莱茵石城堡，可谓气势恢宏。

别人到科隆，可能直奔大教堂，我们却被街头雕塑迷住了。在一座高层建筑窗户外面，有一个小混混塑像。原来当年楼上住着小混混，楼下住着艺术家。艺术家一拉琴，小混混就打开窗户，在窗台光着屁股撅着，而且正对着不远处的教堂。所以有人说，这也是对宗教的一种态度。

科隆大教堂在建成初期，外观呈米白色。但科隆大教堂先是在二战时饱受战火熏灼，外壁渐渐开始发黑，加上二战后德国经济快速发展，科隆作为最重要的工业基地、德国主要褐煤生产基地，由此产生的泛酸的空气侵蚀着教堂的每一块石头。由于长期受到工业废气和酸雨的污染腐蚀，教堂双塔由米白色变成黑褐色。当地政府决定保留黑褐色的科隆大教堂，以引起世人对环保工作的重视。

荷兰的风车，大家都熟悉，可是你知道吗，一个风车就是一个家庭，里面住得挺宽敞，如同一套房子，要啥有啥。据说现在还有人申请住进风车。不过，要当管理者必须是荷兰人，外国人没有这个资格。

荷兰画家中享有盛名的有梵高、伦勃朗、约翰内斯、弗兰斯等人，不过在荷兰绘画史上伦勃朗的名望最高。他被誉为 17 世纪荷兰画派主要人物、荷兰历史上最伟大的画家。在阿姆斯特丹最后一天的下午，我走进伦勃朗故居大饱眼福，进一步了解这位画家的生活细节。

以照片和故事成就的《绿镜头》被编者批评为：《绿镜头》系列是作者马不停蹄，遍访各国的行记，更是基于环保主义者立场的考察笔记，而且是口语体的、日记体的和生活化的。这应和作者的播音记者身份有关。近年来，中国人眼界大开，对世界的认识也呈现多样化，有些海外游记是很深入、细致的。相对而言，本书没有那样强的指导功能，比如教你怎样游学和旅行。其价值可能在于作者对如何把世界各大文明和中国国情相结合的思考，而这正是目前最缺乏的。对于这样的批评，我还是笑纳吧。

目录

CONTENTS

不一样的奥地利——乡村、殿堂、年轻人的共同体

不一样的乡村

    2016 年 11 月，我再次来到奥地利。这次是受维也纳大学邀请讲学，上次是 2010 年绿家园生态游，去了莫扎特的故乡萨尔茨堡。到维也纳第二天，一位教授问我有没有兴趣去看看旁边不远处的农村。当然！太有兴趣了！我们坐了 20 分钟左右的火车到 40 公里外的村子，我第一次感受到音乐之乡的农家是什么样子的。

维也纳乡村

乡村教堂内景

农家新一代

商店付款处。这里没有售货员，按标价把钱留下就行

农家房前

老人家一个人住

农家屋后

用自己制作的腊肉待客

可能是三代人夫妻合影

这张表显示这家人种植的甜菜从 1945 年到 1985 年的产量

俯瞰农田

远眺

送我一朵小紫花

主人是位 86 岁的老太太，刚才还在院子里收集树叶。不为别的，是一种洁癖，也是一种锻炼。这是她一个人的家，老伴去世了。小儿子在维也纳大学教书，大儿子住在旁边一栋大房子，不出去了，要陪伴妈妈。这是奥地利农民的家。让人感慨，让人思考。

在村子里我们碰到一位年轻人，他说自己从事艺术工作并有著作，到中国参加过艺术节，在农村租了当地已经废弃的一所小学。圣诞节快到了，他采了一些野花。我们在回维也纳的火车站又碰到了，他特意送给我一朵紫色的小花。

中国老年人想着在城市抱团儿养老，奥地利年轻人有不少选择到农村实现庄园梦。2016年 11 月 16 日，我走进另一个村子，在离维也纳一百多公里的这个地方和一伙圆梦的年轻人生活了一天。这七个人中，有电影制作者，有三个在大学读博士、硕士、工作。这伙人的管理者说自己学过农业，也在做一些和政治有关的工作。七人在村子里种有机蔬菜、养蜂卖蜂蜜。如果有人愿意来，管吃管住，学生价 12欧元，非学生 20 欧元，也有足够大的房子开会和培训。

晚饭吃的是炒饭，装进柿子椒里烘烤，不爱吃西餐的我也吃得香喷喷的。然后大家坐在

晚霞满天

一起聊天，从政治到文化，从美国、欧洲到中国农村，从电影到有机食品，想聊什么聊什么。9点大家就散了，准备睡觉。

这些年轻人，来这儿不是为了挣钱，而是圆梦。空旷的原野，静静的黄昏，闲散的生活，朋友间的友情，接待客人时的好奇。这样的生活是回归自然，还是吃饱了休闲？或是追求生活的另类？不管怎样，我看到的是一脸轻松，一种淡淡的、自由的情调。几个人合伙买或者租一所大房子，把一半时间花在享受田野

做饭

林地

放养的猪

这群年轻人的家

门口的铁艺和量雨杯

和种植上，另一半时间去挣钱。

我问这些年轻人，有多少同龄人愿意到这儿来过这样的生活，城里有工作，但把自己一半的时间消磨在村子里？答案是估计有20%。比例真不小！

在这里，再小的河也是干干净净的。一头自由自在的跑地猪卖五六百欧元，普通的200欧元不到就能买。一筐有鸡有肉有蘑菇的食品，25欧元买下了。欧元真经花！回归田野，回归村庄，回归慢生活，过精致而散淡的日子。当然，要想过这种生活，首先要挣够钱，愿意花时间享受清闲，喜欢自己种些健康的食品与家人分享，与朋友共乐。

乡村，能给我们的很多，很多。悠闲，才有时间思考。不是谁都能写出《瓦尔登湖》《沙

村里也有这样的家

雕塑表现的是和两次世界大战有关的记忆

乡年鉴》。但悠闲中的思考，能净化心灵，让思想升华，让生活有滋有味。遗憾的是羡慕者多，追逐者寥寥。

美泉宫之秋

在维也纳，国会是可以参观的。在维也纳，自然博物馆的石头上游着鱼。在维也纳，垃圾焚烧厂像一件艺术品，却在为城市供暖。在维也纳，周日大教堂里的弥撒，让浮躁的心灵归于平静。在维也纳，多瑙河水中的云，分明是一首歌，在娓娓地吟唱着。在维也纳，莫扎特塑像是和天使般的孩子们在一起的……约上三五好友在中央咖啡馆坐一会儿，享受啊！来到音乐之都，听歌剧应是必须的。还有里面的雕塑，让你与艺术同在。这里有贝多芬、舒

曼、施特劳斯、莫扎特，他们的旋律在我们心中流淌，精神诱惑着我们的灵魂。这一切就是维也纳。

奥地利美泉宫背面的皇家花园，是一座典型的法国式园林。硕大的花坛两边种植着修剪整齐的绿树墙，墙内是44座希腊神话故事人物雕塑。

维也纳街头

城市雕塑

动物也离不开音乐

美丽泉

美泉宫屋顶

美丽泉老照片

花园尽头是一座 1780 年修建的美丽喷泉，名曰海神喷泉。水池中央是一组根据希腊海神故事塑造的雕塑。从海神喷泉向东，就来到赫赫有名但是不很起眼的"美丽泉"。这眼泉水是奥匈帝国皇帝马提阿斯一世 1617 年狩猎时发现的，整个夏宫因此得名。

美泉宫的历史可以追溯到中世纪。14 世纪初，这个地区称为卡特尔堡，经营一座磨坊和一家葡萄酿酒厂。1548 年起，这里成为维也纳市长办公地。1569 年，神圣罗马帝国皇帝马克西米连二世（1564—1576 在位）买下这块地，包括一座房子、一座磨坊、一间畜舍和一座休闲果园，从此成为哈布斯堡王朝宫室所在地。1743 年，玛丽娅·特蕾西娅女王下令在此建宫，出现气势磅礴的宫殿和巴洛克式花园，面积2.6万平方米，仅次于法国凡尔赛宫。1745年至1765年，来自洛林的艺术家致力于皇家花园的扩建。他们将花园林荫路设计成星状，各条林荫路在美泉宫中心中轴交汇，巴洛克艺术的花园风格代表皇家由内向外的统治。

1747年在皇宫北侧完成一座剧院，采用洛可可艺术，这在奥地利极其罕见。1752年，爱

走在林荫道上

美泉宫动物园

好自然科学的弗朗茨一世在皇宫旁建造美泉动物园，第二年又在花园西侧建造荷兰式的植物园，19世纪改成英国式。皇宫花园中的雕塑大部分是德国艺术家威廉·拜尔（1725—1796）的作品，出自希腊神话、罗马神话和古罗马历史，最主要的作品是大花坛中的雕塑。

1830年，茜茜公主的丈夫、奥匈帝国第一位皇帝弗朗茨·约瑟夫一世出生在美泉宫。他是弗朗茨二世的长孙，童年和青年都在美泉宫度夏，其父母弗兰茨·卡尔和苏菲公主也都住在这里。1848年约瑟夫一世继任奥地利皇帝，后兼匈牙利国王，美泉宫经历辉煌时代。这里是弗朗茨·约瑟夫一世最喜欢和居住时间最长的住所，直到1916年他在此走完最后的人生旅程。

1945年在二次大战盟军轰炸中，美泉宫主建筑和凯旋门被严重损毁。战后奥地利被占领，美泉宫未被炸毁的部分是英国占领军总司令部。此后美泉宫遭损毁部分被逐渐修复。

中国人熟知的金色大厅新年音乐会主要演出施特劳斯家族作品，而从2004年起，每年6月初的美泉宫夏季音乐会演出曲目则囊括世界各国音乐大师的所有作品，范围大而且风格多样。这里的音乐会仍由维也纳爱乐乐团演奏，世界著名指挥家执棒，世界一流艺术家参与演出。此外，美泉宫后花园的演出场地可谓天府

圣地，绝无仅有。其壮丽繁华犹如皇家盛大庆典横空再世，加上精心特制的现代化舞台和灯光设计，使得慕名前往的乐民有如享受天籁之音。室外的生活化、民间化的综合效果，是传统室内音乐会所无法比拟的。音乐会通过奥地利电视台和德国电视台、日本电视台NHK等向全世界现场转播，全球数亿电视观众可看到演出盛况。

　　美泉宫音乐会是维也纳市政府继金色大厅新年音乐会之后倾力打造的又一个世界乐坛顶级品牌音乐会。在欧洲逐步走向统一的21世纪当今，在古典音乐的圣地维也纳举办冠以欧洲名义的全球性音乐盛典，除了复兴推广古典音乐，加强欧洲传统经典文化的主体地位外，其开放开阔的理念更使得音乐会焕发出真切亲民的地球村风采。

美泉宫落日

圣诞市场

美泉宫草坪

各式碗盘

小摆件

夕阳下的维也纳

买了一片地,盖了楼,目的是不想个人寂寞地生活,而要过大家在一起的日子。这个年轻人的共同体做什么都要讨论,比如房子盖什么颜色的?讨论的结果最后决定用橘子的颜色。大家各自有工作,只是住在一起。给我介绍这里的是罗伯特夫妇,他们觉得这里最热闹的是,经过讨论,生活中有了公共游泳池和小剧场,年轻人在这里表演、聚会,孩子也有伙伴。

房子的颜色是大家商量出来的

圣诞节快到了,维也纳大街小巷都布满圣诞市场。在教堂前、在商店门口,连维也纳大学校园里也一个赛一个地练摊,真忙!寒冷的冬季喝碗西式粥,我那不爱吃西餐的中国胃也馋了。

访问年轻人的共同体

奥地利有一群年轻人,1996 年用政府贷款

共用的屋顶

儿童游泳池

大家庭的画廊

这里是成片的两栋楼，住了 200 人，以知识分子居多，也接受一些难民。罗伯特说，曾经也有人把七大姑八大姨都接来住，大家讨论的结果还是以小家庭生活为主。公共空间大家分享，大家维护，都是志愿者。如果计较谁干得多了少了，这样的人被列为不受欢迎者。住在这里，就要走出小家庭的生活，把自己融入大家，一位带着小孩来游泳的男士说，维也纳附近乡村也有一个类似的社区，在美国也有。

大家庭的艺术空间

追求大伙一起过日子的生活，在西方国家成为时尚，尤其在年轻人中更是如此，这是为什么？这个地方不远处能看见的，就是我们刚刚去的茜茜公主生活过的美泉宫。

在歌剧院的殿堂级享受

维也纳国家歌剧院是世界四大歌剧院之一，素有"世界歌剧中心"之称，也是维也纳的主要象征。始建于 1861 年，历时 8 年完工，坐落在维也纳老城环行大道上，原是皇家宫廷剧院。

奥地利产生了众多名扬世界的音乐家：海顿、莫扎特、舒伯特、约翰·施特劳斯，还有出生德国但长期在奥地利生活的贝多芬等。这些音乐大师在两个多世纪中，为奥地利留下极其丰厚的文化遗产，形成独特的民族文化传统。

维也纳国家歌剧院前厅　　贝多芬塑像

的门楼有 5 个拱形大门，楼上有 5 个拱形窗户，窗口上立着 5 尊歌剧女神的青铜雕像，分别代表歌剧中的英雄主义、戏剧、想象、艺术和爱情。在门楼顶上两边矗立的，是骑在天马上的戏剧之神青铜塑像。

　　整个剧院面积有 9000 平方米，观众席共有六层，楼上楼下共有 1642 个座椅，背后还有 567 个站位，三层还有 100 多个包厢。剧场正中是舞台，总面积为 1508 平方米，包括前台、侧台和后台。舞台总高度为 53 米，深度为 50 米。舞台能自动回旋、升降、横里开阖。乐池也很宽大，可容纳 110 人的乐队。

　　国家歌剧院是一座高大的方形罗马式建筑，仿照文艺复兴时期意大利大剧院式样，全部采用意大利浅黄色大理石修成的。正面高大

　　歌剧院每年演出 300 次晚场，节目提前半

维也纳国家歌剧院观众席

年排定，而且每晚必换。观众可以在售票处得到详细的演出剧目表。有意思的是，刚到维也纳，为在国家歌剧院看一场向往已久的歌剧，当地一位中国朋友帮我买了200多欧元的票。可后来一起在维也纳大学开国际研讨会的朋友说，咱们可以离开演半小时时去买20欧元一张的票，还真就买到了票。虽然一直是站着看，但省了差不多200欧元。不能不说老外省钱有好多办法呢！

国家歌剧院上演的剧作以莫扎特和威尔第的作品为主，一般不试演现代作品，但每年新排一些著名歌剧，由世界最著名的艺术家演唱。艺术家一旦能在这里的舞台上引吭高歌，便从此奠定在乐坛的地位。

每年除夕，歌剧院举行一年一度的舞会，以其奢华典雅而成为世界各地政要名流、富商大贾云集的盛会，届时奥地利总统和国家政要都将出席。舞会一般在晚上10时开始，先是由专业舞蹈学校的演员表演波兰舞和华尔兹。接着，192对经过严格挑选的青年男女登场。女的头戴镶嵌宝石的小皇冠头饰，身着白纱长裙，男的一律身穿黑色大礼服。黑白相间，舞姿婆娑，美不胜收。最后是来宾同时起舞，整个大厅变成舞蹈的海洋，场面极为壮观。舞会一直要持续到第二天凌晨5时，入场券昂贵。

国家歌剧院夜景

上演的剧目是《波希米亚人》

去维也纳中央公墓朝圣

维也纳中央公墓位于维也纳东南郊，占地240公顷，共有墓穴33万座，是维也纳最大，全欧洲第二大公墓。中央公墓是19世纪初奥地利帝国皇帝弗朗茨在位时修建的，最初只有王公贵族才能埋葬在这里，1874年维也纳市政府在公墓内开辟荣誉墓区，凡对国家做出重要贡献而被授予荣誉公民的人，逝世后都可在此免费得到一块墓地。随着安葬和迁葬名人增多，中央公墓渐渐成为奥地利最有影响的荣誉公墓。历史上许多奥地利政治、经济、文化、军事等各界名人都安葬于此。使这里声名远播的音乐家墓地，除了安葬莫扎特、海顿、贝多芬、舒伯特和施特劳斯父子（小约翰·施特劳斯、老约翰·施特劳斯、约瑟夫·施特劳斯）等20多位世界著名的音乐家、作曲家以外，还有一座"音乐神童"莫扎特纪念碑。因此这里成为全球音乐爱好者朝圣之地。

1859年建立的莫扎特纪念碑由青铜制成，底座正面是莫扎特侧面头像。顶上的音乐女神雕像神情哀切，低头垂手坐在一摞乐谱稿上，手上还拿着一页未完成的乐谱。莫扎特晚年非常贫困，逝世后甚至买不起一块像样的墓地，只能埋在圣马克斯公墓一侧的贫民坟堆。后来朋友凑钱给他修整墓穴并立了一块墓碑，一个小天使塑像用手支着头靠在上面。为纪念这段历史，音乐之友协会决定不把其遗骨迁到中央公墓，只在这里修建一座纪念碑。但是从此以后，这里成为著名音乐家、剧作家、导演身后集合的地方。

贝多芬墓三面有三棵苍翠的松柏。这

莫扎特纪念碑

贝多芬墓

舒伯特墓

勃拉姆斯墓

小约翰·施特
劳斯墓

是一座锥形的白色大理石墓碑，造型简洁方正，正面底座上用黑字写着："贝多芬1770～1827"。中间雕刻着一架金色的竖琴，顶端是一条蛇团团围住一只展翅欲飞的金蝴蝶。蝴蝶象征着渴望自由飞翔的他，蛇象征着病魔。贝多芬自26岁开始听力明显下降，但直到两耳失聪后还写出大量传世之作。贝多芬的一生是与命运顽强斗争的一生。

贝多芬墓右侧是舒伯特墓，墓碑也是白色大理石的，有2米多高。墓碑上雕刻着带翅膀的音乐女神，正在给舒伯特戴上音乐桂冠。在舒伯特身下雕刻有一位小天使及其献上的花篮。舒伯特非常钦佩贝多芬的音乐才能，自视为其学生。贝多芬和舒伯特相继去世，后者晚一年。临终时舒伯特留下遗嘱，要求埋葬在老师旁边。但这两位音乐大师生前清贫，最初都被埋葬在市内一个小公墓里。直到六十年后的1888年，音乐之友协会才将他们一起迁到中央公墓，并修建较大的墓碑。

在贝多芬和舒伯特墓斜对面，是另一位音乐大师勃拉姆斯墓，墓碑上方雕刻着勃拉姆斯面对乐谱沉思的胸像。旁边是"圆舞曲之王"——小约翰·施特劳斯墓，墓碑显得最华丽。在几位音乐女神的簇拥中，是小施特劳斯面向人们微笑的头像，仿佛正在哼唱着婉转悠

维也纳最大教堂外部

维也纳最大教堂内部

扬的传世之作《蓝色多瑙河圆舞曲》。其父老约翰·施特劳斯及弟弟约瑟夫·施特劳斯的墓也在附近。在这些音乐大师墓地周围,还有许多其他艺术人士墓地。雕刻精细的墓碑,记载着其生前的显赫职务和经历。

去公墓凭吊后的一个周日,我参加了维也纳最大教堂的弥撒全程。周围的人十分虔诚。从气质看,有的人是精神富足以后的追求,有的是生存贫困中的祈祷。信仰是什么?我从神职人员脸上寻找答案。有两点让我颇感惊奇:一是做弥撒期间有一个环节,神职人员手拿一小筐,走到众人座位前收钱。我看筐里基本都是10欧元20欧元。还有一点是,弥撒全程完了以后,唱诗班的人齐刷刷地站在那儿让大家拍照。直到我最后一个拍完,他们才微笑着散去。

感慨一,神职人员也向人们要钱,如何理解这一做法?感慨二,在大教堂里,人和人之间的善意沟通和爱,可以那么简单地表现在满足每一个人的小小心愿?在那里的一个半小时,我的心情是平静的,思绪是活跃的。不知道这样的心情是不是能让前来做弥撒的人持续到下个星期再来？我可能持续不了多一会儿。周日到教堂来做弥撒的当地人，追求的除了内心的平静、对神的依赖，还有我这样内心拷问何为信仰的吗？在教堂里体味人生，也是一种境界吧。

维也纳垃圾焚烧场底层外立面

维也纳桥下

百水先生的建筑世界

谁能想到，多瑙河边这座怪异、漂亮的建筑竟然是垃圾焚烧场？烟囱冒着烟，窗户上画着几笔，停车场楼上画的轮胎和多瑙河边的树、鸟，共同构成城市生活的悠闲与品位。自 1950 年代初，维也纳建筑师百水（Hundert Wasser）开始通过建筑艺术展示自己。在生命最后阶段，百水先生专注于自然与人结合的建筑艺术理念。

维也纳垃圾焚烧塔

垃圾焚烧场的窗户

百水先生设计的公寓

百水先生先是用论文、评论和示范表演形式开始宣扬其建筑理念，后来又加入建筑模型。这些模型展示其独创的屋顶森林、树屋、"窗户权利"等建筑理念的各种建筑形式，他的眼睛楼、高草坪楼、螺旋楼、地坑楼等，都体现其建筑艺术的理念。

当年，时任维也纳市长海尔姆特·齐尔克一再劝说百水承担起设计施比特劳垃圾焚烧厂的任务。然而由于受其好友环境保护人士贝恩德·罗施的影响，百水一度拒绝领受这一任务。他认为，如果无法解决垃圾的预防及实现垃圾的再生利用等一系列问题，就不要建设这样一座垃圾焚烧厂。当得到承诺，垃圾厂将采用最先进的技术设备对垃圾焚烧排放物进行处理，而且维也纳这样一座百万人口级的大都市要想努力减少垃圾，也的确需要一座垃圾焚烧厂，最终他欣然接受这项设计任务。

引用几句百水先生的话：

平坦地面是建筑设计师的一项发明。但是它只符合了机器的要求，不符合人性的需求。

人们不仅有眼睛看到美丽的画面，有耳朵听到美妙的声音，有鼻子嗅到迷人芬芳，人们

百水先生设计的门脸房外观

百水先生设计的廉租房的咖啡屋

还有手、有脚去接触感知。

假如一个现代人不得不走在由沥青、混凝土铺成的平坦的路面上，以及待在用尺子画出来的那种毫无感情的办公室里，那么他就远离了自然和大地。这会极大地影响到他们的感知能力，使他们变得迟钝。这对人的精神、心理平衡、幸福感和身体健康所造成的影响都是灾难性的。

人类忘记了体验，会患上心理疾病。

有着生命力的不平坦的地面，让人重新找回了在平铺直叙的城市建筑中失去的人类尊严。

不平坦的走道成了一种交响乐，成了脚的旋律。它让所有的人都又动了起来。

建筑应当让人类更有活力，而不是让人类萎靡消沉下去。

为了身心得到休息，也为了重新找回人类

百水先生设计的廉租房

内心中的那份平静，人们愿意在高高低低的地面上行走。

这栋充满童话般的住宅，竟然是维也纳政府在1985年为低收入居民修建的廉租房，它的设计师就是百水先生。

廉租屋楼梯

廉租屋卫生间

百水的画印在包上

格鲁吉亚两地游——慢生活的城市爱你

2017年3月,我应邀到格鲁吉亚参加国际河流保护会议。下了飞机,机场地上有一行字居然写的是:这个城市爱你。住下后随便在首都第比利斯街上走走,立刻被这里的文化氛围所感染。雕塑、油画和破旧的大奔,都张扬着这里的特色。房子很旧,街边尽是醉酒的痕迹。

第比利斯库拉河

俯瞰第比利斯

街上的画摊

格鲁吉亚位于高加索地区黑海沿岸,北邻俄罗斯,南部与土耳其、亚美尼亚、阿塞拜疆接壤。面积 69700 平方公里,主要民族为格鲁吉亚族,官方语言为格鲁吉亚语,居民多通晓俄语,多数信仰东正教,少数信仰伊斯兰教。首都是第比利斯。格鲁吉亚原是苏联加盟共和国,1991 年正式宣布独立。要想了解这里的文化与传统,我们慢慢来。

以包子挂盘为主题的城市雕塑

一览无余

夜幕中的第比利斯

远处蓝色的是河上的桥

城市建在山上

第比利斯城堡

古堡遗址

第比利斯是格鲁吉亚首都和政治、经济、文化及教育中心，是高加索地区重要交通枢纽，也是格鲁吉亚最大城市。第比利斯建都于公元前4世纪，是格鲁吉亚多个朝代首都。

在第比利斯东部附近的素罗拉克山麓，自南向北保存有17至19世纪的女修道院、18世纪教堂等古代建筑。在山脊上，有残破的古代城堡和二次大战后建立的"格鲁吉亚母亲"雕像。这尊雄浑高大的塑像面向古城，左手托腕，右手执剑，象征反法西斯战争的伟大胜利，成为城市象征。沿山脊在崎岖的山路北行，能到达建于4世纪的第比利斯古城堡废墟。

其他古迹还有达列占女皇宫殿、宫廷教堂等。

晚上的第比利斯完全沉浸在欢乐中。不管是小饭馆还是大广场，河边灯光闪烁，舞台欢歌笑语。酒馆里的演唱和桌上、墙上的摆设，广场上的男声小合唱，无不透露着当地的文化

整个城市都能看到"格鲁吉亚母亲"的微笑

河流落日

古迹历历在目

城市广场表演

小饭店里

驻店音乐家

乌苏古里人的家

高加索乌苏古里碉楼

巴统黑海落日

巴统街头

传统、艺术品质和市民个人修养。

格鲁吉亚自称小国，可在这里，连厕所门口都是艺术照，"烤箱"里游着的竟然是鱼。把脑筋用在这样的日子里，肯定滋味不同。格鲁吉亚的老房子是旧的，开国际会议吃的是非常简单的饭，但当地人对艺术和品位的追求，让我这个外来人感觉之舒服、记忆之深刻，都

可直达心底。

从第比利斯出来，我到了巴统。巴统位于格鲁吉亚西南部，毗邻黑海，往南15公里便是土耳其，是格鲁吉亚第三大城市。这里拥有悠长的海岸线和一望无际的广阔海洋，与其他海滨城市不同的是，还耸立着高高的雪山。夏天可以在黑海游泳，然后仅需2小时便可到达山上的国际滑雪场。由于靠海，巴统市是格鲁吉亚最湿润的城市，降雨似乎随时不请自来。这里文化多元，多种宗教信仰的人聚居于此，如东正教、天主教、伊斯兰教和犹太教。

巴统鱼市

巴统老房子

4月6日是格鲁吉亚运动日，这是自行车赛终点发奖处

24小时不停
转动中的情
侣雕塑

巴统新房子

格鲁吉亚博物馆里的小孩子、大孩子，阳光而快活。我刚举起相机，孩子就挤过来，抢着上镜。不管这些照片自己看得到看不到，就是赛着摆样子让我拍。

孩子们在博物馆里

她们仨看见了我

旧书摊

恋人雕塑

二手相机摊

手托当地食物——
大饼

孩子从小就在博物馆里学习历史，长大了能记住多少呢？对一生会有影响吗？看得出来，今天孩子在快乐中成长，没有输在起跑线上的担忧。

求婚铁艺雕塑

独木成林

千年老桥

卖蜂蜜的大妈

听话的羊

一个城市到处有雕塑，一个城市街头摆着二手书卖，一个城市街边椅子上写着欢迎你……这里人的吃，不论是在城市还是在农村，大饼就是午饭。这里有要钱的，却没有争吵；有出租车，但不打表；有人行道，但没有红绿灯。大家相互谦让，少有交通事故。这样的地方，社会秩序靠什么维护？文化与修养，还是宗教和信仰？在这样的城市、这样的乡村、这样的街道上行走时，这样的疑问常常在我脑子里转呀转，想呀想……试图寻找答案。

这里才是欧洲最高峰—— 我们的旗帜和厄尔布鲁士雪山同在

高加索的矿水城和酸水城

2018 年 7 月 6 日，从莫斯科转机到高加索。飞机盘旋在城市上空，一眼望去，不能不感叹"绿色首都"名不虚传。莫斯科是世界上绿化最好的城市之一，从空中看满眼都是植被的绿色，河流水系纵横交错。

莫斯科气温较低，以前树木很少。自 1928 年被称为"沙漠城市"后，莫斯科开始进行大规模绿化，建立从市中心向郊外辐射的八条绿色林带。市内有很多大小公园和街心花园，在市郊建立 11 个自然森林区，过去一度绝迹的野鹿已繁殖到几万头。如今市区绿地面积已占总面积的 40%，平均每人拥有绿地 44 平方米。由于生态环境改善，美化市容，调节气候，使莫斯科摘掉"沙漠城市"的帽子，成为全世界羡慕的绿色首都。

此行要去的欧洲最高峰厄尔布鲁士山在俄罗斯高加索地区。20 世纪 80 年代以前，人们普遍认为位于法国、意大利边境上的阿尔卑

空中看俄罗斯

绿色首都名不虚传

斯山脉的勃朗峰（海拔4807米）是欧洲最高峰。这也难怪，厄尔布鲁士山刚好在欧亚分界线上，过去人们都把它当成亚洲的山。我问俄罗斯登山导游，她答：法国人会说勃朗峰是第一。高加索，过去只是在俄罗斯文学中听闻过，有点神秘，又有点遥远。其实从莫斯科起飞两个小时多一点，就到了高加索的矿水城。

高加索疗养胜地

矿水城到了

草甸地貌

高加索地区位于里海和黑海之间，约44万平方公里。这里群山环抱，重重叠叠，绵延深长。在山与山之间有片片小湖，湖水碧绿恬静，瀑布星罗棋布。普希金当年留下诗句：

这里，乌云在我脚下俯顺地飘逸。透过乌云，我听见喧响的瀑布，峥嵘赤裸的层峦在云下耸立。下面则是枯索的苔藓和灌木，再往下看，已经是翳翳的林荫。小鸟在鸣啭，群鹿在奔驰……

去厄尔布鲁士山，一般都要在矿水城落脚。矿水城是俄罗斯著名温泉生态度假地，这和高加索地质地貌有直接关系。高加索矿水城疗养地群包括基斯洛沃茨克、皮季戈尔斯克、叶先图基和热列兹诺沃茨克，彼此相邻不远，组成统一的疗养区。

高加索瀑布

1803年，这里的矿物温泉吸引许多音乐家、艺术家和贵族，这在莱蒙托夫1840年的小说中有描述。于是，沙皇亚历山大一世下令把高加索矿水城称为具有国家意义的治疗地。从那一时刻起，疗养地群成为公共财富，被置于国家监督之下。

不过奇怪的是，我们在矿水城下飞机后直接到的地方叫酸水城。在网上查了半天也没有找到半点有关此地的介绍，可能只是没有中文资料吧。身为中国人，我们走到哪儿都有这样的快乐："你们是我们这个饭店来的第一拨中国人""我的车第一次拉中国人""真喜欢中国人"。这喜欢可不是随便说说的——在甜蜜瀑布吃完中饭，老板追上我们，要送每人一个冰箱贴。礼品店老板和带我们去的俄罗斯姑娘

塔莎说："这个艺术品打折了，因为他们是外国人，是中国人。"可见中国人稀罕。在这儿，外国人是友人，是友人买东西就打折，这倒让我们挺感动的。

酸水城有一座很有特色的环形山和一个天然拱门，我觉得很像美国大峡谷拱门国家公园里的天然拱门，于是拍了不少照片。

环形山天然拱门

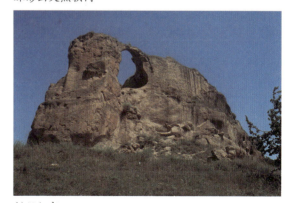

拱门细部

高加索山脉的桌山

　　我们攀登时很强烈的感受是，环形山上没有任何栏杆，保持着大山原貌。可这样一来，登山安全就没有什么保障了。上山时还好，下山差不多就是四肢并用。当然，这也没有阻拦前来探险、攀登的人们勇往直前。

　　放眼望去，四周的山都是平顶，很像在南非被称为桌山的大山，但这里不只是一座，而是一排。这些大山也都属于高加索山脉。瀑布

此处名为甜蜜瀑布

和温泉就在高加索大山怀抱之中。瀑布挨着瀑布，温泉串着温泉。小说中的高加索，就在眼前。勾起很多文学回忆的同时，感叹俄罗斯真是人少，大自然因此保持原生态。明天我们要去厄尔布鲁士峰北坡。欧洲最高峰，你是什么样子呢？

夜宿厄尔布鲁士峰北坡

7月8日，我们向此行目的地欧洲最高峰厄尔布鲁士峰北坡行进，去那里宿营。

我们的司机非常风趣，说个不停。只可惜讲的都是俄语，翻译完全跟不上他说的，于是

高山深谷

高加索的山脉与沟壑

老是这两句：我很喜欢你们、我很喜欢你们。我要带你们去非常美、非常美的地方。不错，高加索山脉景色真的太美了。7月初已是盛夏，鲜花开满山间。山峦起伏，云在天空与山间环绕，像是一条条哈达在祝福着山间的小花。

司机讲了一个故事：当年德国人认为这里才是香格里拉，特意从中国西藏请来活佛在这里念经。可这位活佛坚持认为香格里拉在中国西藏，最后被德国人杀了。不过司机特意又说了一句，后来德国人也承认香格里拉在中国。

高加索马

走近厄尔布鲁士山

车开向厄尔布鲁士峰的路上，我们一直欣赏大自然中的变幻无穷。一会儿是野花和山岩争艳，一会儿是山林与雪峰交融；一会儿是小鸟歌唱，一会儿是牛马满坡。

路上看到有不少人在路边采花，我问司机采花做什么，司机说当地有很多少数民族，这是一种民族习惯。每当鲜花盛开的时候，男女老少都会加入采花大军。至于采了花做什么，由于语言隔阂，我没能听明白。在这样的情景中采花，我想是真正的浪漫，或者是一种什么仪式，什么节日呢？

俄罗斯司机开车技术不能不说是很高超的。一边是绝壁，一边是小路，开车竟然还可一手扶着车把，一手拿着手机打电话。坐在旁

泥瀑布

冰川融水

人头石

边的我提醒几次，他完全不在乎，甚至连我系安全带也认为是多余的。在人家的地盘，除了无奈和提心吊胆，还能怎么办呢？好在大山景色怎能只用一个美字形容了得。一会是远远的泥瀑布，一会儿是人形脸的山石。就是在这样

的景致与这样的行车中，我们到了厄尔布鲁士峰北坡脚下。

到厄尔布鲁士峰脚下，横在面前的是一片乱石滩，滩中有几条湍急的流水。司机说这是少有的大水。我问：是这个季节少有的大水，还是这些年来少有的大水？这和全球气候变化有没有关系？是因为厄尔布鲁士山积雪化了，融水多了，水才大的吗？经过一番连问带吵，美女翻译还是没翻译出司机的回答。为什么要吵呢？因为只有一个回答，就是水大了。急死人呀！翻译就是这水平，没有办法，只好到山脚下的营地再问吧。

北坡营地十分简单。一个大木板房是吃饭的地方，也是营地唯一可以充电的地方。用的是太阳能，所以每天要到太阳出来时才有电。来这的人不管攀登还是旅行，大家吃的都一样，面包、汤和有肉或没肉的沙拉，还有随便喝的咖啡、茶。除了这个大房子，此外还有一些可租用的帐篷。有两人的，四人住的，睡袋要自己带来。在营地里，更多还是自带小帐篷。我们住的是租用的帐篷。

吃完午饭，我们选择了一条去看瀑布的路。这里有那么多泉水和冰川融水，所以瀑布也很多。可是，俄罗斯的大山中没有任何安全措施，就靠自己注意安全爬上爬下。我和一位大

几岁的张姐决定，还是就在已经非常美的山坡上静静地与大山"对话"吧。比如躺在花海中，展开想象的翅膀。

与雪山同在

在大山脚下，我有大把的时间，不是用来爬山看景，而是躺在花海中在脑海里找词，找话，找学识，和山石、山花、天上的云彩、崖下的河流聊天。这样的旅行，行万里路，是不是才能和读万卷书匹配呢？如今不管是旅游还是旅行，有这样闲情逸致的人，包括有这样的时间，真的不多呀。

在我静静地和大山、小花"聊"得尽兴时，不时有一些背着大行李的人从身边走过。这是要去山脚下的营地，明天攀登欧洲最高峰的探险者。问了后知道有从德国来的，有从莫斯科来的，有的年纪还真不轻了。得知我是从

中国来的，大家都非常友好，也有些惊奇。可能还是因为来的中国人太少了。我拿出"绿家园乐水行"的旗子，因为旁边就是哗啦哗啦的冰川融水汇成的河。关爱江河的人不分国界，我邀请大家一起拍照，对方答应了。拍照时我说：中国！一位登山者说：俄罗斯！我们一起说：为了友谊！为了江河！那一刻，我真的是觉得大自然中朋友间的交往有大山作证，是底气十足的。

7月8日，雪山一直在云间时隐时现。我们一直等了好久，都没有拍到雪山完全显露其或是雪白的或是披着晚霞的身影。不过，我终于问到一位来自法国的登山领队。他告诉我，山脚下河流里的大水确实是因为受全球气候变化的影响，雪山近年来消融得非常厉害。

我们在一起

今天，帐篷里没有电，我们早早地睡了，记得1998年在长江源头姜古迪如冰川前的帐篷里入睡时，觉得自己是枕着冰川入睡的。今天，我就是枕着欧洲最高峰厄尔布鲁士雪山入睡。做个好梦，明天的雪山有朝霞。

7月9日，凌晨四点多钟，一帐篷的人都被冻醒了。在雪山脚下过夜，对我们这些城里人还是很有挑战的。

雪山真容

走出帐篷，天已经微亮。东边山高，天色微红，映照得雪山上的云也泛着红晕。雪山的融水水量不小，声音也不小。昨天找了半天这条河的名字，网上没有找到，就叫它厄尔布鲁士河吧。我静静地坐在微微发红的雪山下，听着哗哗河水的声音，操着我的老本行，录下风声、山声、水声……

这一刻，觉得世界上只有雪山，只有小河，只有我。

这一刻，空间啊，你不用太大，容下我们

仁就行。

这一刻，时间啊，你能不能慢些走，慢些走，我多想把你留下。

雪山的云全红了。红的不仅有雪山、雪山上的云，还有小河和小河边牛圈、羊圈里的牛、羊；都红了的它们，有的漫步在河边，走到了我的面前，有的走向了雪山；红了的还有在雪山支起的帐篷，泛着红光的帐篷里住的是今天要登欧洲最高峰的勇士。

"厄尔布鲁士河"

在如此令人陶醉的河边，一位漂亮女士和我搭起话来。她叫秋莎，俄罗斯人，20多次登上厄尔布鲁士峰。她告诉我自己是一位登山导游，从尼泊尔两次登上珠穆朗玛峰。秋莎说，登山的秘诀就是慢，通常要花三四天登顶。第一天爬一千多米，还要回到营地，第二天再爬

到第二营地，也许还会回到第一营地，这样第三天才有可能继续攀登。当然，秋莎最要告诉我的就是雪山的融化。她说，自己亲眼见证这里的融水越来越多，雪山冰川经历严峻的挑战。对于深爱雪山的她来说，心里很难受。

冰川融水

雪水浇灌下的绿色

遥望厄尔布鲁士雪山

向日葵田

充足的光照种出来的庄稼

明天要去酸水城，走进欧洲最大的公园。尽管舍不得，也要离开北坡了。好在过两天我们还要到厄尔布鲁士峰南坡，那时可能上到更高一些，站在雪山上拉起绿家园的旗子。

走进欧洲最大的公园

去过俄罗斯的人，都会感叹那里森林的茂密。我前些年坐火车穿越俄罗斯大地，从车窗望去，几乎都是没有任何人工开垦痕迹的森林、沼泽与水域。到了北高加索，从矿水城一下飞机，同行的人就说，这不就是咱们中国新疆、内蒙古吗？大片大片的耕地，特别是一眼望不到边的向日葵田让我们停车拍了个够。不太一样的是建筑，中国北方农村的房顶一般是平的，上面经常用来晾晒玉米、大豆、被子什

么的；这边的屋顶都是有坡度的，大部分坡度还挺大。

这样的农耕与收获条件，与北高加索地区能得到较为充足的光照，土壤大多为非常肥沃的黑土地有直接关系。所以，这里都是国家"粮仓"。

写这组文章，苦于此行在当地找来的翻译实在不行。比如路过的叶先图基，少有中国

人来。前几天去的好多地方，我们是当地人第一次见到的中国人，所以网上的中文介绍也很少。幸好在斯塔夫罗波尔边疆区的介绍中，我发现叶先图基市建于 1917 年，矿水城建于 1920 年。其余历史文化信息，我无法说出更多，真是有点遗憾。

矿水城，顾名思义这里有温泉，有矿泉水。俄罗斯几乎每家超市都有一种本土品牌的矿泉水，一般是深绿色的玻璃瓶子，包装纸上印着"叶先图基"。我们路过的叶先图基，就是矿泉水产地。这里最多时有二十多处泉水，一直使用到今天的是 4 号泉和 17 号泉。厄尔布鲁士峰现在是雪山，早年是火山。火山活动除了会带来肥沃的火山灰之外，也在附近形成优质矿泉水。叶先图基出产的优质矿泉水是厄尔布鲁士火山活动的馈赠。

矿泉水产地

矿泉水博物馆

每个龙头里出来的水温度和味道都不一样

7 月 9 日下午，我们从厄尔布鲁士峰北坡回到酸水城，去了城里很有排场也很古老的矿泉水博物馆。大厅里面有一排水龙头，出来的矿泉水水温和味道都不一样。我尝了后觉得不太好喝，有点咸咸的，水温有热的也有凉的，应该说是富含二氧化碳的原因吧？咸味应是这里富含多种碳酸盐与硅酸盐。我们东北五大连池的矿泉水不像海水那样发苦，喝下去还是颇舒服的。当地人说喝了这里的水，对我们的胃很有好处。确实，喝了马上会打嗝。这里的水，开采出来后半小时就不能喝了。

酸水城还有欧洲最大的公园，1823年建园，发展到今天占地面积10万平方公里。当年沙皇是把这里当欧洲最好的公园建的。公园

公园里的画作

欧洲最大的公园里

以森林为主，道路两侧栽种种类繁多的花草树木，据说今天公园里的大树当年都是军人种的。沙皇亚历山大一世把这里划为皇家疗养区，留下沙皇行宫等建筑。今天，公园里坐着休闲的老人和玩耍的孩子。艺术家或一展歌喉，或摆摊展览拿笔作画。

画家与模特

镜湖

玫瑰园里的花艺造型

公园的中间部分需乘旅游车前往，那里是有红岩区，至今保留当年用红泥雕的列宁塑像。还有一个非常漂亮的湖，当地人叫镜湖，倒影很是漂亮。玫瑰园里有用鲜花摆出来的绿玫瑰花艺造型。公园最高处海拔800米，上去要乘缆车。山顶上可饱览整座城市的风貌，留有当地取材的沙石条凳，古朴中透着几分艺术气息。我们在那时，几只小鸟似乎对这个老石头凳子也有兴趣，在那里飞来飞去。此外，山顶还有俄罗斯奥林匹克训练基地。把训练基地建在高山上，和中国运动员要到昆明这种高海拔地方训练是一个道理吧。

沙石条凳

绿树丛中

俄罗斯奥林匹克训练基地

俄罗斯目前建有 40 处国家公园。国家公园是专门用于自然保护、生态教育和科学研究的公园用地，包括陆地或水域。国家公园具有特别的生态、历史和美学价值。政府允许有限度地发展旅游业，但每处公园都根据不同功能进行分区，既有"严格保护区"，也有允许开展旅游、传统土地利用（如环境友好的农林业）之类经济活动的游憩区和缓冲区。

我在公园见到曾经十分喜爱的俄罗斯诗人莱蒙托夫塑像，那里的人特别多。童年莱蒙托夫随外祖母来过高加索温泉度假，对这里的山水情有独钟，留有诗作。诗，是莱蒙托夫的生命。但也是诗，使他短暂的生命难逃厄运。

莱蒙托夫塑像

公园一角

老夫妻和小夫妻

既然有以上关联，这里为莱蒙托夫塑像也就很自然了。塑像中诗人身着军装，可能和他在高加索的战争经历有关。

莱蒙托夫最敬仰的诗人是普希金，他为悼念普希金而作的《诗人之死》惊世骇俗，气势恢弘，强烈表达俄罗斯人的愤懑情绪，在百姓中广泛传诵，因此触怒当权者。莱蒙托夫本人也继普希金之后，成为该国又一伟大诗人。同样以诗犯上，藐视皇权的莱蒙托夫，最终落得与普希金同样被流放。不怀好意的朝廷派莱蒙托夫加入镇压高加索暴乱的队伍，意欲借刀杀人。军校出身的他作战勇敢，立功凯旋。诗人没有死于战争，而是与普希金同样死于决斗。

花坛

不知道是俄罗斯都有这样的习惯还是只在矿水城如此，稍微高级一些的餐馆一定有人献歌。我们遇到的几次，唱的还差不多都是艺术歌曲。今天俄罗斯年轻人会唱的俄罗斯老歌，可能还没有我们这一代中国人多。7月9日这天晚上，我们在晚餐中听到《莫斯科郊外的晚上》，演唱的艺术家说这是专门为我们唱的。

日落高加索

7月9日下午，我们要去的是几乎没有中国人去过的地方，连地名也没有中文翻译。上车后司机说，你们前两天去的甜蜜瀑布是旅游的人去的，现在要去的瀑布只有当地人才知道。那个村子的名字叫卡拉切。去瀑布前先过一个很漂亮的湖。湖边的石头好看，湖边的花好多颜色。然后，要去一个看日落最美的地方。那真是要去享受自然"大餐"呀！这位会讲英文的司机让我们对目的地抱有极大希望。

还没有看到"大餐"，我们已经陶醉在花海中，一路上的花让我们惊叹。而且因为没有修路，是沿着前面的车走出来的辙走的。这样摇摇晃晃地行走，与其说是车在土路上，不如说是船在小河上。哪里是小河，分明就是花海。现代人能这样在花海里穿行，真是像在梦中呀。而且，梦还是香香的——美的香、花的香、空气的香。

司机告诉我们，这里人不种庄稼，只养牛、羊、鸡。花海中，我们看到一些马。我

远眺蓝湖

悬崖绝壁

在车辙中"荡漾"

问，在这里养马做什么呢？司机答：我们这的马是纯种的，阿拉伯贵族很喜欢，一匹好马可卖十万美元。

蓝湖四周的悬崖绝壁，分明就是大自然的鬼斧神工，可谓"山雕"。地上的那些小花，则恨不得要让人跪下来与之亲吻。我索性躺在花海里"游"了一会儿，其实就是在地上打了几个滚！一边滚，还一边喊：我躺在花里了！我游在花海里了。细看眼前叫为埃士卡空的蓝湖，实际是水库。这里很少有人来，水库是蓝绿色的。它太安静了，少了自然湖水的波澜。这里的发电对自然有没有影响，司机说他也不知道。

没到高加索之前，难以理解这样的文字："在古今中外的美丽世界中，能被誉为'充满爱和唯美率性''拥有喜乐闲情''自然景观丰富''兼具百般风情，旷世绝美'的区域或景点，可以说是寥寥可数。而高加索地区这片神奇地带却是当之无愧。"当置身于大山、花海中，才真的明白这每一种形容的真实与现实的大美。更庆幸的还有，这里没有多少人，没有被人类占有及征服。高加索的主人是小花和大山，还有生活在其中的野性生灵。

我们再次坐"船"荡漾在花海，去只有当地人知道的瀑布。看到瀑布之前，又从花海走向花墙。花这么多、这么高、这么密。比人还高的花墙，谁走过？对我来说，可是有生以来第一次走进这样的路。

花墙路

沿花墙，下花坡，瀑布就在眼前。瀑布不高，完全是散射状。大珠小珠落的不是玉盘，而是落在花海和绿茵茵的"地毯"上。瀑布不只一条，是一片；而且每个瀑布后面都是

高加索瀑布

一个洞，大的洞还可以走进去。洞里的钟乳石滴着水，好像多站一会儿就可以看着它们在长大，在拉长。在少有游人来过的瀑布前拍小视频，我多么希望自己不仅是游客，也是自然记录者、美的传播者和朋友的眼睛……

在走向看群山日落地点的路上，车停了好几次。每到一个地方，司机都告诉我们，这

瀑布与山岩

水帘

钟乳石在拉长

里没有游人……前面那个石头比这里还美……那里的峡谷比这里还美……此时，车上温度计显示从刚才 39 摄氏度一下子降到不到 20 摄氏度，而且还在一点点下降。刚刚被瀑布淋了个透的我，在峡谷边除了感叹那里的美以外，还感叹大自然的变化无穷，瞬息万变。此时，同行者站在崖边大石头上拍照，以便回去显摆自己曾置身险地。我则希望在这里的时间再长一点，排空脑子里一切杂质，做到这里没有我，只有石头、大山、天空和飘在空中的云朵；或者，我试图在悬崖绝壁中与大自然聊一聊，并且融为一体。

大山巍峨

高山草甸

远处的同伴

日影渐斜

雪山圣洁

山地森林和高山景观交错纵横

高加索山脉很多山峰都很高大，绝对高度超过海拔5000米。厄尔布鲁士峰是大高加索山群峰中的"龙头老大"，它位于高加索中央，在群山环伺之下，显得出类拔萃、卓尔不群。大高加索形成独特的自然地理区。我们等待日落时，可以看到那里的景观垂直地带性非常明显。山地森林和高山景观交错纵横，主要是由主脉、前缘山脉和横向山脉以及屹立在高耸地区的支脉组成。

真到看日落时，我还是被震慑住了。往上看，厄尔布鲁士峰四周排列众多雪山；往左看，层峦叠嶂；往右看，落日正在被一块山岩

太阳落入"虎口"

厄尔布鲁士峰高居群山之巅

所吞噬。太阳呀，你怎么就能一点点地进入"虎口"呢。当时在场的可能不到二十人。我心中纠结：这么壮美的大自然，应有更多人欣赏、记录、赞叹！这么壮美的大自然，又不应被打扰。应该由厄尔布鲁士峰凭自己性情梳妆打扮，任天上的白云与地上的绿草打打闹闹，嬉戏游玩。

平山落日

云里雾里看雪山

看日落的人们

这里留下的唯一人类痕迹的是几张桌子和一个烙饼的小铺子。大冷的天，煮壶热咖啡，吃着加奶酪的饼，慢慢等待落日把天一点点染红，把云一点点烧起来，让厄尔布鲁士峰在这变化中尽显神采。

天真冷！当一切都归于黑暗时，虽然是盛夏7月，我们已经差不多冻僵了。往回走的路

上，车没开了多一会儿就停下来，而且一起来的两辆车都停了。原来两位司机发现，今天的星空要拍下来。他们就是用手机，用一个架在车上的袖珍三角架。在有马吃夜草的荒野上，两人拍得那么投入，望星空，拍星轨。在高加索的大山中，我在心里记下这个晚上。明天，我们去厄尔布鲁士峰南坡。要经过蓝湖，还有高加索另一个诱人的大峡谷。我能做的，一定还有录下峡谷中湍急的冰川融水声。

湖水和峡谷

7月11日，我们再次走向厄尔布鲁士峰。这回要去的是南坡。在北坡认识的爱尔兰和俄罗斯两位登山导游，一位登顶12次，一位登顶20多次，都说更喜欢北坡，因为保留得更

大山下的小桥

为自然。可是我们这些凭自己不能登顶的人更适合去南坡，因为有缆车，可以上得更高。人就是这样，一方面要保留大自然原始状态，一方面为登上高山，就只能借助影响环境的工具满足自己的欲望。人啊，人！

一路上走过大片的向日葵田，黄黄的。让人看了，对黄色都又多了几分喜欢。这次沿着

山下通电

走的河叫切列河。过了这一大片庄稼地，又进入大山中。

中央高加索是大高加索山系中最高的部分，冰川分布也最多。高加索山脉的冰河多达1500多条，流域面积达2000平方公里。这些都便利于大高加索山成为气候天然屏障和分水岭山脉。高加索许多山峰绝对高度超过5000米。积雪和冰川对地形的侵蚀作用非常强烈，巨大的冰斗耸立于山腰，有的还形成薄如刀刃的刀脊。顶部是峰状，积雪堆压着群山，形成一条连续地带，沿山脊起伏几公里。古冰川底部常常汇集成碧波荡漾的圆形湖泊，景色绮丽迷人。走在这样的大山中，峡谷边的大小石头真是看也看不够，因为太奇形怪状、太陡峭、太容易让人感觉惊险、太让人大呼小叫了。

今天停车的第一个地方叫蓝湖。开始我还

壁立千仞

觉得这样的湖其他地方也有，加拿大卡尔加里的班夫湖、露易丝湖、梦莲湖，都是比这还蓝的湖呢。当然，那些湖都是冰川融水。细看一会儿眼前高加索山下的蓝湖，我发现这里的水是冒气泡的。气泡从水底升起，升到湖面后，会泛起一个个蓝色的水圈。这带有神秘色彩又有些透明的蓝色水圈，一圈圈地在湖水中放大散开。紧接着，又有一股气泡，重复在湖中泛着蓝光，散着蓝圈。太有意思了！每一次冒泡既相似又不同，真的可让你久久地在那儿去发现呢！

蓝湖水圈

冒泡的蓝湖

　　不少年轻人在那里跳水。他们不怕冷吗？这可是终年都在 5 摄氏度的湖水呀！问陪同的俄罗斯人，被告之：他们是高加索人，年轻人以此为勇敢，这是在挑战自我、锻炼意志。新一代的高加索人和当年作家笔下的高加索人有同样的性格，这是传承吗？

戏水的小姑娘

到了 1832 年建的隧道，司机让我们都下车。开始以为是隧道年久失修，为了安全下来的。下车后才发现司机用意。终于知道峡谷下的玛轲索钦河名字时，我真的是不敢往下看。谷深，水急，提心吊胆站在峡谷边上，把手伸过去，录下激流的水声。

高山峡谷

玛轲索钦河峡谷

我跟同行的俄罗斯姑娘索尼亚说，很羡慕你们的河流都是自由自在流淌。索尼亚马上说，

这些大河不仅仅属于高加索，也属于俄罗斯。不仅属于我们这代人，也属于下一代人呀！

自由流淌的大河

高加索地区是多民族地区。当地地势复杂，山脉、高原、山麓、平原、河流、湖泊与草地、森林、沼泽及干草原相互交错。正因为地域复杂，造成这里有 50 多个各自独立的民族。以语言社区来分，小的只有几百人，大的上百万人。这种分歧自古已定，罗马学者、《自然史》作者老普林尼记述罗马人在此地经商要通过 80 多名译员，阿拉伯地理学家则称高加索为"语言之山"。

高加索人饮食习惯有一点和我们十分相通，就是烤肉。各种烤肉既是家常便饭，也是待客大餐。不吃肉的我，每每看着火焰蹿上来的烤肉，都要把它们拍下来——这是记录风土人情呢，还是馋朋友呀？

晚上我们摸着黑，到厄尔布鲁士峰南坡脚下住宿。明天能上到雪山海拔多少米还不知道，还要有一个晚上的期待。

峡谷小瀑布

火焰蹿上来的烤肉

我们的旗帜与雪山同在

7月12日一大早，我是被窗外的流水声叫醒的。水声真大，水流真急。我急忙跑到外面，看昨晚到时因天黑没有见到的厄尔布鲁士山。

雪山融水汇成小溪

雪山在这里被森林遮住了一些，但雪山的融水却横冲直撞地把森林推开，义无反顾地奔腾不息，哪怕有躺在河床上的石头的阻拦。雪山、冰川末端溢出的融水，像乳汁一样"哺育"周围数以百计的溪流。高加索地区著名的库班河和捷列克河等，就是从这些冰川中导源，分别下注黑海和里海的。这让人们无形中平添对冰川浓重的神秘和敬畏之感。由于这里的冰川作用比较小，冰川积雪地貌形态发育不完全，古地形破坏比较严重，岩石比较容易风化，易被流水冲刷，冰斗湖几乎没有。一阵暴风雨过后，常常会导致破坏性很强的山洪暴发。

听说前两天这里发了大水，冲坏了路。可我们运气总是那么好，进山一路畅通。就像前

雪山下的森林

几天看瀑布，平常要三天不下雨才能穿过花墙，而我们简直美得打着滚过的花海和花墙，看了瀑布。

远处的雪山

雪到哪去了

雪山受气候变化影响很大。同来的俄罗斯姑娘塔莎几次告诉我们，这里原来都是雪，7、8月也是白色的。而我们看到的只有山峰是白色的。坐的缆车下面不仅绿了，还长满鲜花。

此行我对雪山下的森林也感慨颇多。这里的参天大树基本是原始森林，这在中国是很少见的。高加索山区植被呈典型的垂直分布，从山路到山顶依次生长落叶林、冷杉、白桦树、高加索杜鹃和灌木丛等。

人迹罕至的这里是动物的天堂。棕熊、高加索鹿、狍、欧洲野牛、岩羚羊、水獭、黑

雪山与森林同在

雪山脚下

鹳、金鹰、短趾鹰自由自在地生存。我们的车行驶在高山峡谷中时，车窗外天空中的猛禽就在前后左右盘旋、俯冲。

据说，西高加索最使人惊叹之处要数光怪陆离的昆虫世界。记载表明该地有 2500 种昆虫，但实际数目比记载的两倍还要多。可惜我们不了解昆虫世界，即使看到很多，也不认识它们。

欧洲最高峰，除了高度，"形体"也很出众，壮美中透着"威严"。这座山岳是地质史上火山长期连续喷发的产物，其锥状外形就清晰不过地表明它是"火山之子"。加之生来呈一大一小、一高一矮的"双峰对峙"态势，海拔分别为 5642 米（主峰，居西）和 5621 米（辅峰，居东）。从野外实地远眺，映入眼帘的

上接天际

这位"双顶巨人"巍巍而耸，凛凛而立，敦实中显现出一种难以描述的威严……因它矗立在大高加索山脉倾斜但比较平缓的北坡上，又游离于这条山脉主脊之外（以山脉相连），近处绝少其他像样的山峰出露。这么一来，它的高度格外触目。即使距离数十公里，一眼望去，也显得高插入云，上接天际。

我们前几天到的厄尔布鲁士北坡雪线在海拔 3200 米，今天到的南坡雪线则在 3500 米；50 多条冰川自然下垂，在南坡看得格外明显。今天看来，又有点像大山的眼泪。其中，大阿扎乌冰川和小阿扎乌冰川共长 2100 米。

在厄尔布鲁士峰南坡，同行的退休警察石白松突然从我手里拿过"绿家园乐水行"旗子，要说几句以雪山为证的话。她说，这是第一次参加职业以外的环保活动，希望以后也能以志愿者身份为保护江河做出自己的贡献。大自然是我们的朋友，也是我们的老师。欧洲最高峰，给我们的很多，很多。

双峰对峙

雪山为证

缆车

火山碗

7月12日，我们还要再坐两次缆车，才能登上白雪皑皑的雪山。在雪山南坡，我脚踏着白雪，马上体会到什么叫深一脚浅一脚。刚才坐在缆车上，已经感受到雪山的巍峨，而真正置身其中，才更感到人的无助与步履维艰。

一步步往前走时，两个俄罗斯女士举着

跋涉

一面旗子向我打招呼，让帮她们拍照。旗子上写的是俄文，我看不懂；说的是俄语，我听不懂。不过在高山上一展自己的追求，可能也有一种以此为证的骄傲吧。所以在我给她们拍完照后，也请和我一起举着绿家园志愿者的旗子，表示与厄尔布鲁士同在。

因旗相识

拍完照，望着眼前高不可攀的厄尔布鲁士山，我发现这里有雪地摩托。价都没问，就叫停一辆，窜到车后座上。那一刻的我被同行朋友拍照，哪是六十好几的人——用他们的话说，分明是眼快、手快、脚快的年轻姑娘。不喜欢自吹的我，此时此刻也来自吹一次吧。坐在雪地摩托后座上，飞驰冲向雪山。这时的我紧张、害怕、刺激、爽，交织在一起。带着这些情绪，上到近海拔5000米处。还剩642米，再往上就真的是要爬山登顶了。

　　风大，站不稳，高海拔，雪深，激动，这些是那一刻我要面对的。先安静了一下自己，从包里取出"绿家园志愿者""乐水行""全球护水者联盟北运河护水者"三面旗子，希望在这个高度一展保护江河的决心、勇气和志愿精

适合行走雪山的车

旗帜飞扬在欧洲最高峰

神。风太大了，旗子哪还听话，只顾自己飞舞。摩托司机善解人意，先是一面旗子一面旗子地帮我举着，我赶紧拍照片，拍视频。

　　经历无数大风的他想了个招儿，把一面旗子的一角系在摩托车把上，再把另一面旗子和这面旗子系到一起，然后把系在一起的两面旗子的另一端交到我的手上，再拿我的手机和相机拍摄、录制我站在雪山大风中的诉说。那一刻我说的，不是要登顶，而是仰视雪山，心中充满着对大山的敬畏，渴望把此时在雪山怀抱中的见闻、感慨与长年一起关爱自然、守卫江河的朋友分享。虽然冷，虽然风很大，虽然空气稀薄，我还是在海拔近5000米的雪地上排空脑海和心中的杂念。空、空、空……人融化在雪中、山中、自然中。

仰视

登顶

厄尔布鲁士山集多种天然优势于一身：按高度是高加索第一山、俄罗斯欧洲部分第一山，加上山区天造地设的绮丽风光，是天赐的自然财富。

在厄尔布鲁士山顶峰，有以前苏联政府为登山者修建的供休息和过夜、外表好像堡垒状的两层水泥建筑，人们称它为"高山旅馆"或"厄尔布鲁士大饭店"。之所以修成堡垒形，窗户很小，墙壁厚而且外形是圆形，是为抗强风和严寒。登山者不可能在当天突击登顶后返回基地营，至少需要在中途过一夜。苏联为登山者修建的这座"高山旅馆"不收取任何住宿费，是一种社会福利。今天上南坡索道时，当地人非常自豪地说，这是全世界最先进的索道和缆车。

我们在索道上下时，除了陶醉于置身雪山

的怀抱之中，直观火山喷发时留下的"碗"以外，就是目睹全球气候变化对雪山的影响，现状十分悲壮。今天，雪山下的河流还是奔腾咆哮的，可是再继续这样融化下去，明天还有雪吗？还有水吗？还能让江河流淌不息吗？

对我来说，到此一游和万里行读的区别，在于行走前有没有储备、行走中有没有思考、行走后有没有行动。欧洲最高峰之行，亲眼看到在人类行为干扰下，连这样远在天边的地方也没有逃脱气候变化，雪山一寸寸消失，冰川一寸寸融化。如今，绿家园志愿者旗帜先后飘扬在北极点和欧洲最高峰，表示与自然和谐共处的决心。我们将继续义无反顾，一步一步前行。

大片融化中的雪山

南斯拉夫的风风雨雨—— 强人、内战、创伤疗愈

匈牙利人是匈奴人的后代吗

2019 年 "十一" 还没过完，又有一趟旅行。这次是想满足我对巴尔干半岛前南斯拉夫国家风风雨雨根源的了解。从历史上的奥斯曼帝国到不太久远的波黑战争，可真是故事多多。导游尼古拉是当地人，一到大巴上就说：提起巴尔干半岛，很难对它在地理上做出绝对的解释。巴尔干半岛，不仅仅是地理学名词，更是地缘政治名词，甚至是文化名词。

巴尔干半岛位于欧洲东南部，夹在亚得里亚海（地中海东北部海域）和黑海之间面积约 49 万平方公里，名称来自通过保加利亚中心到东塞尔维亚的巴尔干山脉。巴尔干半岛国家包括斯洛文尼亚、克罗地亚、塞尔维亚、波斯尼亚和黑塞哥维那（简称波黑）、黑山、北马其顿（原名马其顿）、阿尔巴尼亚、希腊、罗马尼亚、保加利亚、土耳其（西北部）。其中前六国曾属于南斯拉夫联邦，此次要去四国，即克罗地亚、塞尔维亚、波黑和斯洛文尼亚。旅行从匈牙利开始，它并非巴尔干半岛国家。

匈牙利首都布达佩斯所见

我们到的第一站是多瑙河畔的布达佩斯。布达佩斯有"东欧巴黎"和"多瑙河明珠"的美誉，其最重要的名胜都位于多瑙河畔。

布达佩斯老建筑

中国人可能都会问，匈牙利人是从蒙古过来的吗？是匈奴后裔吗？尼古拉告诉我们，大家都说成吉思汗带来早期的匈牙利人。我查到有专家说：战国时期出现的匈奴人在西汉前期强盛一时，很快从人们的视野中消失。而在此后不久即4世纪，一支强悍的民族在欧洲东部崛起。到9世纪时，在多瑙河边形成今天匈牙利人的祖先。民间很早就流传匈牙利人是迁徙欧洲的匈奴人后代的说法，许多中外学者也据此推测匈牙利人是匈奴人后代。

城市里的森林

尽管"匈牙利人是匈奴人后代"之说为许多学者接受，但不同见解也依然存在。现今匈牙利主体民族和基本居民是匈牙利人，自称马扎尔人，占全国人口98%，其语言属芬兰－乌戈尔语系乌戈尔语族。今天的马扎尔人，是在中世纪由古代斯拉夫各族与来自东欧的草原部落，包括马扎尔人、匈奴人、阿瓦尔人等长期结合而成的。美籍奥地利学者门琴黑尔芬（Otto J. Maenchen-Helfen）在《匈人的世界》一书中引用考古发掘状况指出，经过长期发掘，没有发现过一个确定无疑的匈奴人头盖骨，说明"匈牙利人是匈奴人的后代"这一假说仍缺乏充分证据。

尼古拉告诉我们，现在匈牙利的经济主要是农业、汽车制造业和旅游业。汽车制造主要

离开布达佩斯时看到多瑙河

在大片的原野收割玉米

纪念碑

是德国的奥迪、日本的凌志和韩国车，因为人工成本低，所以把加工组装放在这里。

过境克罗地亚

离开匈牙利，过海关到了克罗地亚。克罗地亚近 500 万人口，每平方公里只有 70 人。走进巴尔干，太多的好奇，太多的兴趣。我们一起慢慢走，慢慢看，慢慢品。

巷道里的餐馆

导游尼古拉说，在巴尔干喝葡萄酒，就像中国人喝茶。白酒会有很高的税，而葡萄酒是当成茶的，所以免税。他每天中午一杯，晚上一杯，真像我们中国人喝茶呢！中午在克罗地亚的小镇龙屯吃烤牛肉和烤鱼，把我们一个个撑的……等到再品尝当地有名的葡萄酒，肚子里都没地儿了。正好有一车新鲜葡萄准备酿酒，我揪了一颗尝尝，本以为造酒的葡萄不一定好吃，没想到却是甜甜的，味道不错。

龙屯小景

克罗地亚小镇龙屯

龙屯的房子有意思。临街部分并没多宽，但后面延伸出很长一块，成了细长条。原来房子上税是以临街尺寸计量，所以造成临街的部分很窄，往里延伸很长。

龙屯街上有一些小房子，不知道是干什么的。我问尼古拉，他说你走进去看看。原来里面是水井。因为怕孩子掉进去，龙屯盖了很多

龙屯的房子

龙屯街上

井房

井房，把井都圈在小房子里。

尼古拉介绍，在克罗地亚这样的小镇，100平方米的房子售价可能就是两三万欧元，海边这样面积的房子得卖二三十万欧元。即使有十倍之差，在咱们中国人看来还是够便宜的，是不是？

龙屯的啤酒5元一大杯，海边则要20元。对克罗地亚的啤酒，自认为是喝酒专家的先生评价：好喝。

沿河展开

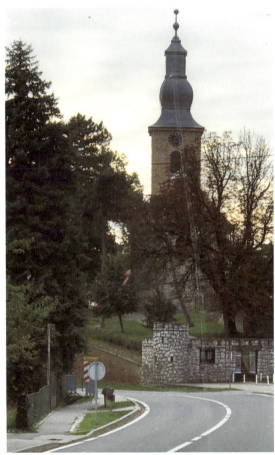

克罗地亚第三大城市奥西耶克

今天在这片土地上行走，车窗外一片沃土，大地被秋色所渲染。但是我的脑海里一直回想着 20 世纪末听到的这一地区的战乱。如今一切归于平静，只是在一些房子上还留有那个时代的弹洞，让人们回忆、惋惜。

游在空中的"鱼"

天上的云 街上的灯

德拉瓦河

城市广场

暮色中

掌灯时分

轨道交通

游船停泊

夜色中的喷泉

奥西耶克位于克罗地亚东部平原地区，是该国粮仓。奥西耶克－巴拉尼亚县是克罗地亚20个县中的一个，人口不到40万。

这里一片宁静。车上的我们数车窗外能见到的人，寥寥无几。但是那些跑步或划船锻炼的人们似乎在证明，爱好运动是这个城市的时尚。

20世纪90年代初，南斯拉夫社会主义联邦共和国解体而引发的民族对立和内战持续不断，造成大量人员伤亡。内战结束后，克罗地亚经济开始复苏。旅游、建筑、造船和制药等产业发展水平较高。

在这里，教育免费到高中，10%的尖子生能在大学享受免费教育。医疗在这里虽然是公费的，但是周期很长，等上六个月；如果掏钱，在私人诊所可迅速得到医治。从表面看，克罗地亚的发展速度不能说快，但深厚的文化底蕴、稳定的物价和悠闲的生活，让外来人感受到当地人的生活品位和修养。

明天我们要去的地方就更是我们中国人熟悉的了：贝尔格莱德、萨拉热窝。

需要记住所有历史吗

10 月 8 日早上起来，日出是闯进我的眼帘的，是多瑙河水一点点亮起来。

晨曲还在心中回荡，突然一座挺古老的临街房子墙上的洞眼吓着了我。是子弹打的吗？这一疑问来得极为强烈。原以为战争离我们是

多瑙河边的清晨

墙上吓人的弹洞

有距离的，怎么就在眼前？

上午在克罗地亚武科瓦尔博物馆，听得出讲解员带着那段历史留给心中深深的创伤。武科瓦尔在战争期间伤亡惨重，所有房屋被炮火夷为平地。用解说员的话说，被轰炸了 100 遍。现在克罗地亚年满 14 岁的学生都要来这里参观，记住这段历史。

下午来到塞尔维亚首都贝尔格莱德。这里也是前南斯拉夫首都，东西文化交替留下了古罗马、奥斯曼、奥匈等不同时期的帝国印记。如今南斯拉夫已不复存在，分成了六个国家。我问塞尔维亚导游叶莲娜，作为贝尔格莱德人，你们是什么感受？她的回答非常简单：无所谓。分成几个国家是政治家的事，老百姓过自己的日子。如此看来，在中国经常听到的

武科瓦尔博物馆的炮车

阳光中的玫瑰

《我和我的祖国》这种歌在这里不会有那么多人激情合唱。

叶莲娜很实际，一上来就和我们说自己一个月工资平均 4000 欧元，够用。老城区房价一平方米 8500 欧元，新区一平方米 15000 欧元，最贵的一平方米 30000 欧元，因为靠近高速路。当地的钱与欧元的比值和人民币的差不多。高铁现在还没有，不过已经在和中国公司谈。

在塞尔维亚，普通教育是免费的。上大学也有一个考试，但不是入学考试，而是成绩好的 10% 可以免费上。学生住宿在新城区，上课在老城区，要坐公交车。我们路过时看到一排排新的学生宿舍楼。医疗和克罗地亚有点像，虽然是免费的，但是需要预约，三四个月才能看上。塞尔维亚人不喜欢星巴克，而是喜欢土

耳其、意大利的咖啡，口味重。

下午去铁托博物馆，铁托是创建南斯拉夫的强人，打造南斯拉夫模式和发起不结盟运动的能人。据说他去世时有 128 国政要、31 国首脑、4 位国王参加葬礼，可见世界的影响。我发朋友圈后，有中国朋友盛赞铁托之伟大。

铁托博物馆里展示的送别铁托场景

叶莲娜告诉我们，常有中国人问怎么评价铁托。她对此的解释很有意思，自己的父亲早年家里是贵族，铁托时代庄园、土地、财产都被没收；自己的母亲则出身贫穷农家，铁托时代翻身得解放。叶莲娜的看法是，能让不同家族出身的人对铁托有同样的评价吗？我听这段解读，更感慨的是塞尔维亚人今天能站在不同角度来分析自己的国家、社会和百姓生活，这一定是社会的进步。

铁托博物馆里有很多接力棒。叶莲娜的

解释是，每年铁托生日大家要送礼物，不知送
什么的人就送接力棒。那么多的接力棒，是否
意味着对事业能够传承的期望？铁托是克罗地
亚人，而塞尔维亚人在国家政治生活中分量最
重，铁托凭借巧妙手腕和超凡魅力维持南斯拉
夫多民族国家的平衡。但他生前已预见到有一
天自己不在了，这种平衡会崩解。1980 年铁托
去世，南斯拉夫各共和国之间的民族矛盾渐次
爆发，直至 1991 年解体和内战。

贝尔格莱德东正教堂

铁托博物馆里的接力棒

贝尔格莱德，古堡告诉你一切

今天的贝尔格莱德卡莱梅格丹城堡，历史
上曾多次修缮和扩建。目前所存大部分遗址主
要是土耳其统治时期修建的。由巨大石块组成
的城墙边上，有不少一战、二战遗留下来的古
董火炮和坦克等兵器。

远看东正教堂

教堂外的新娘

古堡和游客

城堡里的雕塑

萨瓦河和多瑙河交汇处

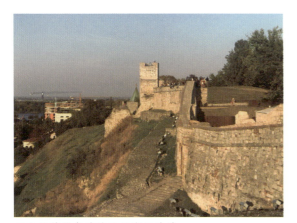

贝尔格莱德卡莱梅格丹城堡外景

卡莱梅格丹城堡木桥

贝尔格莱德卡莱梅格丹城堡内景

在这可称为古堡也可称为要塞的地方，对我来说更要好好看看的，是萨瓦河和多瑙河交汇。萨瓦河流入多瑙河，结束自己的行程。这里的水鸟有 200 种之多。

走在古堡的森林里，叶莲娜说，我们塞尔

子弹壳装饰的吊灯

维亚人没有你们中国人那么努力，我们希望生活里多些玩和休息。

在古堡小教堂里看到子弹壳装饰的吊灯，我的思绪在历史、战争和今天的休闲生活中穿梭着。

来到贝尔格莱德之前，从来没有看到天空中有那么多线条的出现。这些线条不管是在蓝色的空中构图，还是在傍晚的红云中绕起月亮，甚至连星空都如同让明月上了小帆船。这些图案如此梦幻，产生于这里空气的一尘不染。

天空就是一座大舞台

10月9日，带着悲伤，我们来到中国驻前南斯拉夫大使馆遗址凭吊。1999年5月8日，这里被北约轰炸，三位我的同行把自己的生命留在这片土地上。未来这里将成为中国文化交流中心，希望悲剧不会重演。

离开伤心之地，我们到了海边。这里的大天鹅和人朝夕相伴。今天我们刚刚走向它们，

三位中国记者遇难地

游向人类

其中三只就伸展双翼做欢迎状。

　　一群无忧无虑的孩子在海边的地上涂鸦，这视野该有多宽阔，想象力会就此插上翅膀了吧？

看到我们拍照时的男孩儿

看到我们拍照时的女孩儿

　　塞尔维亚人热情、豪爽，喜欢交友。在社交场合他们衣着整齐、举止得体，与客人相见时要一一握手、拥抱。塞尔维亚人喜欢送花，送礼之花有玫瑰、百合等。菊花为墓地用花。我们的文化似乎没有这里浪漫，但也有相近之处。

　　走在贝尔格莱德的大街小巷，造型讲究、年代久远的巴洛克式建筑随处可见。也有一些规规矩矩、方方正正、简简单单的房子——叶莲娜告诉我们，那是社会主义时期建造的。不同的风格体现对文化艺术的不同追求，也可以说是不同品位、不同修养吧。

不少商品和宗教有关

这里的秋天

河边餐馆

德里纳河是塞尔维亚和波黑两国界河。今天的午饭，就在这条河边颇有当地传统文化元素的"农家乐"吃。

三个"老男孩"组成的小乐队，一直起劲地为来客演唱。秀色、美餐、音乐，让我们这顿饭吃得——中文不算流利的导游尼古拉形容成——"高级"。不玩弄言词时，"高级"的内涵，细想想挺多的。

"老男孩"

河边人家

德里纳河

水库

德里纳河上的天空

路上，在巴伊纳巴什塔和兹沃尔尼克，我们看到大型人造湖为水力发电站提供动力。

午饭过后，从塞尔维亚到了波黑。整整一个下午，我们都在峡谷中穿行。我不时陷入沉思。为这里的自然风光感慨万千，也为曾经发生的战争而惋惜。

这样的心情，结束于看到天空中的一轮明月披戴着绶带，那是飞机划过天际的痕迹。

披戴绶带的月亮

波黑，两次战争与萨拉热窝

10月9日，我们的车驶入一座城市。同行中提醒，这就是萨拉热窝。晚上漫步在古街，发现这里和电影中看到的经历二战战火的萨拉热窝大不一样。人们的记忆真是有选择性的。《瓦尔特保卫萨拉热窝》留下的片段印象都是战争的硝烟、英雄的人物、创伤的城市。真正

古建不知毁于何时

夜幕下的萨拉热窝

萨拉热窝建筑

走进波黑首都萨拉热窝，发现这里和自己想象的不一样。电影里出现的钟楼、水亭和青石板路，现实中都有，可最大的感受是休闲，是古朴，是洋溢着的浓浓的文化气息。

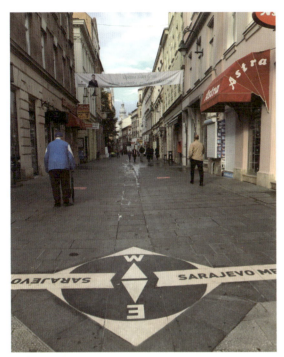

古街上的地标

老祖宗留下的老台阶和老城墙

古街·大树·木屋

街边的人喝着土耳其咖啡，抽着水烟，聊着闲天，好不懒散，好不悠哉。记得在希腊，当地人半天工作，半天喝咖啡，靠着老祖宗留下的遗产过日子。希腊人说：为什么要勤劳？

人就是要享受生活。没有大规模建设,不用修旧如旧,因为没有毁掉老祖宗留下的遗产。所以能躺在老城里,尽情地享受生活。我本想萨拉热窝也是这样吧,不过导游说,失业率高达29%,灰色收入也是目前老百姓要面对的社会问题。今天民族矛盾会不会再度激化是要面对的严峻挑战。居住环境里人员种族构成越来越单一,民族间通婚已成记忆中的昨天,不同民族的孩子也不能在一起玩了。

公共交通

旅游商品很有特色

萨拉热窝是塞尔维亚人、克罗地亚人和波斯尼亚人三方的家园,三方分别信仰东正教、基督教和伊斯兰教。在奥斯曼土耳其帝国统治的400年间,这里的发展是辉煌的,文化遗产最为丰富。南斯拉夫联邦成立后,政治整体平稳，经济开放富足，其标志性事件是 1984 年冬季奥运会在萨拉热窝举办。但南斯拉夫解体后，波黑战争数年，创伤至今未愈。

今天，站在萨拉热窝的高处望去，满眼都是红屋顶的房子。一战、二战都没有毁掉这里的建筑，波黑战争却让这里留下一座座坟墓。其中还有三个月围城，30 万居民靠一段生命通道挺过那段艰难的岁月。

满眼红屋顶

生命通道

萨拉热窝被河流环绕

萨拉热窝河谷地带有悠久的人类文明史。1893 年在该地区发现大量新石器时代的燧石，这在当时是巨大的成绩。次年，考古学家和人类学家在萨拉热窝举行会议，当年古文明被命名为布特米尔文化。几千年来，伊利里亚人、

直饮水

街头广告

罗马人、哥特人、斯拉夫人先后来此定居。罗马帝国未分裂前，这里名为硫磺温泉。东罗马帝国时期，这里名为乌尔夫－波斯拿。奥斯曼帝国灭亡东罗马帝国后，把这里改名波斯纳萨拉伊，城市建设得到巨大发展。19世纪中期，奥地利打败奥斯曼帝国，把这里改名萨拉热窝，从土耳其语"宫殿"演变而来。1914年，奥匈帝国王储在此遇刺，由此引发第一次世界大战。

萨拉热窝被浓密森林所覆盖的丘陵地和山峰包围。这些山峰中，除了特雷斯卡维察之外的4座都是1984年冬奥会会场。萨拉热窝位于丘陵地带之中，市内较陡的斜坡街道和位于高丘的住宅都证明这一特点。我们到达时天已经黑了，山上星星点点的灯光显示这里生存空间的多样与浪漫。

两座博物馆，艺术与真实

今天在萨拉热窝，我们看了两个博物馆。一个是《瓦尔特保卫萨拉热窝》博物馆。瓦尔特是真实人物，也可看作萨拉热窝反法西斯战士代表。电影讲的是游击队长瓦尔特凭借个人出色的谋略与众多英勇的游击队员，让打入内部的间谍现出原形，成功地挫败敌人阴谋的故事。令人遗憾的是，真实的瓦尔特在战争结束几小时前牺牲，没像电影里那样看到胜利。电影1972年在南斯拉夫上映，1977年在中国上映。因为这部电影，更多中国人从此知道世界上有一个地方叫萨拉热窝，那是英雄的城市。

街边小景

米里雅茨河

电影广告

电影场景再现

儿童和铁丝网

另一个博物馆是战争儿童博物馆，这是世界上唯一以战争中的儿童为主题的博物馆。战争儿童博物馆 2017 年 1 月正式对公众开放，展品并不多。乳白色二层小楼的一层，陈列着经历波黑内战、叙利亚战争的孩子的各种用品、书包、棋盘、芭比娃娃、作业本等。每一件物品背后都有一个或悲惨或感人的故事，讲述战争带来的厄运与噩梦。这里的展品去黎巴嫩、叙利亚展出过。

一件用纸餐盒做成的防弹衣让观众驻足流连。波黑儿童德哲米尔酷爱画画的弟弟亲手叠成这件防弹衣，还在上面画了画，然而，"狙击手杀死了我的弟弟，也杀死了我的童年"——德哲米尔在展品旁边这样写道。

叙利亚儿童叶海亚的爸爸在上班路上被炮弹夺去生命，留下半瓶他平时最喜欢用的香

不堪回首的日子还有音乐

孩子与和平鸽

水。叶海亚与妈妈珍藏着香水，因为仍能闻到亲人的味道。不幸的是一天香水被打翻在地，瓶子碎裂。叶海亚赶紧扑上去，尽可能将残留的香水转移到新瓶子里保存下来。如今，香水装在小小的无色玻璃瓶中，静静地摆在橱窗里，无声地控诉着战争的恐怖与荒谬。

展室中挂着一把吉他，讲述者在地下室躲避时什么都没有，只有吉他陪伴，度过战争期间的恐惧与艰难。这把吉他和吉他弹奏的歌曲，就是他那段生活的记录和坚持下去的希望。

别再让战争夺去童年！这是人们参观之后发自内心的祈愿。几个孩子在听大人讲同龄人在战争中的经历，这些故事会产生什么影响呢？

就要离开萨拉热窝了。古城的商业气息、文化氛围、休闲市民，汇聚着那份祥和与宁

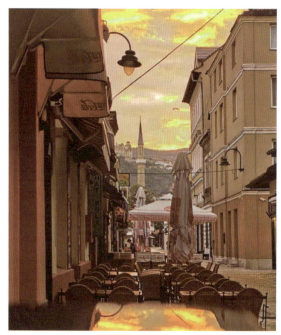

夕阳下的城市

奈雷特瓦河

莫斯塔尔古桥与小镇全景

静。但是听了那么多悲惨往事，又让人在祥和、宁静的氛围中感伤、担忧。中饭是在半山的饭庄吃的，望着红屋顶和弯弯曲曲的小河、小路，那一刻，我在心里为萨拉热窝祈祷。

波黑三座桥的故事

旅行中的记录，对我来说是职业，也是所好。每到一地聆听当地的故事，是我乐此不疲的事情。只是这次从克罗地亚的博物馆到塞尔维亚的中国记者遇难处，从萨拉热窝的战争儿

河水奔流

悲伤故事。波黑战争期间，塞族男子博什科和波斯尼亚克族女子阿德米拉是一对恋人，准备逃离，但成了狙击目标，被双双射杀在桥上。两人死时相拥在一起，殁年都是 25 岁。这座桥也得名为爱情桥。当时记者在场，把经过拍了下来。照片发表后震惊世界，由此产生很多纪念歌曲、文章和小说。据说波黑战争能在 1995 年达成停战协议，这对恋人的悲剧也是一个因素。两个人付出生命的代价，以自己的方式改变世界，这算是爱情的力量吗？

童博物馆到生命通道，记录下那么多来自战争的悲伤故事。离开萨拉热窝时，做了功课的同行者告诉我们，萨拉热窝不单有一座拉丁桥引爆第一次世界大战，还有一座爱情桥。这里的拉丁桥就是奥匈帝国王储遇刺处，此事改变了世界历史。那么故事又来了，爱情桥又是怎么回事呢？

　　爱情桥这个名字背后，还是和战争有关的

河边
餐馆

桥边的孩子

今天我们还途经一座有故事的桥。那是一座断桥，坐落在奈雷特瓦河上，也和战争有关。1943年3月6日夜，铁托率南共解放军在此强渡奈雷特瓦河，炸桥断路，粉碎敌人包括德军、意军和伪军围歼企图，史称奈雷特瓦战役。从此这座桥断在那里，再未修复，以一种独特的存在让人回味。

奈雷特瓦河上另一座桥

乌云蔽日

莫斯塔尔古桥宣传海报

我们真是与桥有缘，又得到一个和桥有关的故事。莫斯塔尔古桥横跨奈雷特瓦河，建筑工程从1557年开始，耗时9年，是一座空前规模的桥梁。奥斯曼土耳其苏丹苏莱曼一世下令，如果建桥失败，则处设计师死刑。设计师

奈雷特瓦河畔

老街角

不得不告诉家人，准备在脚手架最终从完全落成的桥梁移走的那一天举行葬礼。所幸如期竣工，葬礼成了典礼。古桥矗立427年后，1993年11月9日波黑战争期间被炮火摧毁。

波黑战争结束后，重建莫斯塔尔古桥被提上日程。世界银行、联合国教科文组织等国际机构组成联盟，监督重建工程。意大利、荷兰、土耳其、克罗地亚、欧洲理事会发展银行以及波黑政府提供资金。根据重建方案，尽量

遥想当年

按照原貌恢复，使用同样技术和材料。匈牙利军队潜水员从河中捞起原来石料供桥梁建造使用，不足部分则从当地采石场获得。工程开始于 2001 年 6 月 7 日，2004 年 7 月 23 日新桥落成。今天看到一些穿泳裤的男人站在桥上，以索取 20 欧元为价从桥上纵身一跳，引得游人如织。据了解，自从莫斯塔尔古桥建成就有跳水习俗，但现在这样的赚钱方式仍让我有悲伤之感。

街上小景

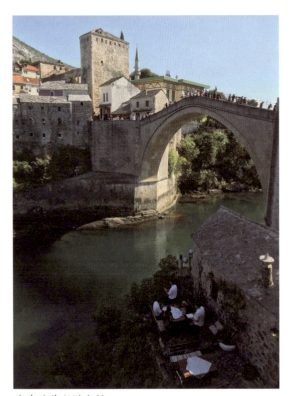

重建的莫斯塔尔桥

纪念章售卖

古街店铺

准备跳水

河山锦绣

今天的中饭是穿过鹅卵石铺就的古城小路，在桥边石壁上的餐馆中吃的。那份惬意，足够存入记忆，长久回味。这记忆不仅有美景，更有对古桥被摧毁又重建的遗憾。桥，本意是沟通。今天的三个故事都和桥有关。每一个时代，桥都会有独特的存在意义。有的故事会让桥的意义一直传递下去，甚至得到弘扬；有的故事，可能就是过眼烟云了吧。

追逐杜布罗夫尼克的太阳

今天我们离开波黑，回到克罗地亚。充足的阳光、宽阔的河流和丰茂的田地，让这里有"克罗地亚的加州"之称。司机居然在路边买了两大袋子橘子请我们吃。导游尼古拉也网开一面，招呼停车拍照。

今天我们又追赶了一次太阳，为了拍杜布罗夫尼克古城上的太阳一点点地落进亚得里亚海。

回到克罗地亚

美丽的亚得里亚

水网与田地

进海了

送太阳

古城的灯一盏盏亮了（徐一川摄）

杜布罗夫尼克之夜（徐一川摄）

用手机拍大片，是同行的徐一川博士给大家的信心和理念。今天太阳落进大海时没有云的陪伴。坚持一个人在海边的他，等到了天、海、古城慢慢从红色到紫色的浓浓的渲染。

10月12日，我们一扫这些天看到、听到太多战争带来的心理阴霾，走进一座阳光明媚的古城。有人这样形容过，这里是穷人艺术家和百万富翁的避难所。

阳光明媚

杜布罗夫尼克之所以如此知名，很大程度因为美剧《权力的游戏》在此取景，剧中称之为君临城，为此增加很多粉丝。这座周长约两公里的古城始建于 9 世纪，凭借从未被攻破的辉煌历史以及凭海临风的绝佳美景，即使没有

高墙

龙头吐水

美剧取景因素，也注定是旅游胜地。说起来真是有些孤陋寡闻，这么漂亮、著名的古城，要不是亲身到此，在我记忆中竟一无所知。英国剧作家萧伯纳说过，如果你想看到天堂到底是什么样子，去杜布罗夫尼克吧。

我们的导游说自己是杜布罗夫尼克唯一讲中文的人，只学了三年，去过一次中国。他很幽默，讲起故事来有滋有味。进入古城，先看到高大城墙，他问我们，知道为什么要修这么高的墙吗？13、14 世纪没有大炮，为防御就把墙修得高高的。看到一个大圆包上有龙头吐水，供游人饮用，导游告诉我们，这可是从 8 公里以外山里引过来的泉水，连意大利人都希望好好研究研究那个时候的水利系统。

在一个窗户和门几乎平分秋色的地方，导游告诉我们，这是当年的小卖部。为什么在门边修一个差不多同样大的窗户？原来是防贼的。谁来了，先看顺眼不顺眼。不顺眼，就从窗户交易；如果看着来人不像是坏人，那就打开门，进来买吧。看到当年的医院，就更有意思了。他说，那个时候看病先不给钱，看好了再给；看不好，对不起，钱就不给了。

遇到一个胖老太太卖小布人，她拿着一个个不同头饰的小布人告诉我们，当年戴这个颜色头饰是说明已经结婚了，戴那个颜色的是没

书店的门窗几乎等大

着民族服装的布偶

结婚；也有不想结婚的和已经有了男朋友的你就别惦记了的特殊颜色。她一再强调，当年一眼看过去，从头饰就知道婚姻状况和是不是找男朋友，或者还没遇到适合的人。哈哈，那时的人活得怎么那么明白呀！

　　导游告诉我们，当时这座古城有六个修道院，现在有两个。在通往修道院的边坡墙壁上是一个个小石柱，柱子和柱子之间是被石头砌筑的。这又是为了什么呢？那个时候有些男

柱间石头是干啥的

人居心不良，如果这些柱子和柱子之间不砌上，就会从坡外偷看穿裙子的女士。即使是女人小腿，也是性感的！这可真是中世纪禁欲主义的写照呀。可惜只有一个小时的时间听讲，要是时间再长一点，能听到多少当年的生活趣事呀！

在这里基本看不到原住民，乌泱泱全是游客。旅游业如此发达，当然是仰仗当地人六百年来一代又一代人对家园的珍惜与保护。要说谁不在意自己的家呢？

杜布罗夫尼克有"克罗地亚的珍珠"之称。该城建于7世纪，与意大利相对，面积979平方公里。这里港口避风，并且处于很好的保护之中。导游告诉我们，这里很早就对进城船只进行检疫，高大的城墙可以有效抵御外来入侵。

城墙之外

乘船观城

杜布罗夫尼克，古称拉古萨，历史上是巴尔干半岛商业、海事中心。15世纪这里进入鼎盛时期，建立拉古萨共和国。1453年奥斯曼土耳其灭亡东罗马帝国，深谋远虑的拉古萨共和国统治者马上意识到，若不同土耳其搞好关系，来日凶多吉少。除了继续与匈牙利维持宗主国关系，又主动与土耳其签署协议愿当附庸。与此同时，还与教皇仍然保持密切联系，

糖果店里处处体现艺术感

依然信仰和宣传天主教。

　　此后奥斯曼土耳其继续扩张，发展到兵锋直指奥地利维也纳，建立横跨欧亚非、囊括地中海的伊斯兰大帝国。在其控制区域内，只有拉古萨共和国一家没有改信伊斯兰教。不过，奥斯曼可没有匈牙利那么宽容，拉古萨每年要进贡 12500 金币才行。虽然如此，外交的机智依然带来巨大好处。在苏丹大军横行巴尔干、肢解匈牙利、进攻威尼斯时，拉古萨在地中海海上贸易中一枝独秀，只有它的商船能穿过奥斯曼控制区与世界各地来往。19 世纪，奥斯曼土耳其衰落，拉古萨先后被拿破仑法国、奥地利占领，结束几百年的领先地位，但仍保持美丽的市容。南斯拉夫内战期间这里也未逃过劫难，现受损古建正在修复。

雕塑

海平如镜

老城墙

红屋顶

今天走进城区，依然可以看到其分为新旧两部分。旧城有 14—16 世纪建的古城堡，建在一块突出海面的巨大岩石上。城堡用花岗岩砌成，厚 5 米，高 22 米，长 1940 米。墙外有护城河环绕，东面是陆地，西面临海。城墙上修有许多角楼和炮楼。城内完好保存着 14 世纪的药房、教堂、修道院、古老而华丽的大公宫及壮观的钟楼。在古城里可以看到沿着山坡有一排排红瓦小房。这些古建筑风格迥异，罗马风格、哥特风格、文艺复兴风格和巴洛克风格，应有尽有。

此行请来的徐一川博士现在成了古典建筑顾问，向大家介绍：什么是古希腊风格？以柱子为代表；什么是古罗马风格？以穹顶为代表；什么是哥特式风格？以屋顶为代表（高、大、尖）。走在饱经历史沧桑的建筑群中，听

钟声回荡

老院子

到这些简明扼要的知识点，我再次确认到此一游和万里读行的不同。到此一游是看看，拍拍，完事就走，回家照片往那一搁，碰都不碰；万里读行，读万卷书和行万里路并行不悖，就是要刨根问底，把深厚的文化底蕴化为自己的文化修养。

杜布罗夫尼克的街道和街灯的式样也是中世纪的，每到中午12时和晚6时，城堡内36

间教堂钟声齐鸣，悠扬悦耳。遗憾今天我们听到时并没太在意。还有一座新城，建于中部滨海缓坡，有现代化剧院、富丽堂皇的旅馆以及旅游设施。

这里岛屿星罗棋布，林木茂盛，海水清澈，阳光充足，风光旖旎。我们坐在船上游览亚得里亚海，水之蓝、天之蓝配在一起，再加上白色的墙、红色的屋顶，这幅画面真的是让

游船港口

山城小巷

海边城堡

人醉了。有意思的是，还大惊小怪地看到一些"天体"爱好者，也就是不穿衣服的人，在水中游泳、在岸边晒太阳。尼古拉说，在克罗地亚，这是要分区域的，不是哪儿都能裸。远远地看着这些和大自然亲密接触的人，让我们感叹这里的民风开放和自由。

杜布罗夫尼克是中世纪建筑保存较完好的一座城市，有"城市博物馆"美称，1979 年被

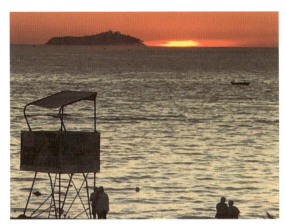

海上落日

温馨夕照

联合国教科文组织列入世界文化遗产名录。在一年一度长达45天的"杜布罗夫尼克之夏"戏剧节期间，有40多个露天剧场以文艺复兴时期的古建筑为布景，上演众多古典戏剧，旅游业十分发达。

在喀斯特的故乡看岩溶地貌

2019年10月13日，这天我们有8小时的车程。好在窗外的自然生态，除了有水库让激流成了平湖之外，一直是青山绿水，十分养眼。蓝天白云配上绿树，或者说绿树配上蓝天白云，都向我们示范着：人如果不过度地向自然索取，身边的环境应该是什么颜色和什么样子。我问导游尼古拉，你们这儿砍树吗？他说，在克罗地亚90%的树是国有财产，只有10%是私有财产。但是即使这10%的私有树，也不是你想砍就砍的。要砍须经过批准，而且只砍大树，不砍小树。

中途休息，大家拍克尔卡河汇入亚得里亚的入海口。徐一川博士说：带上石头，这是喀斯特地貌。看着很有风骨的石头，我一下想起来在

美景相伴

不长树的石头

主，流水的冲蚀、潜蚀和崩塌等机械作用为辅的地质作用，以及由这些作用所产生的现象的总称。由喀斯特作用所造成的地貌，称喀斯特地貌（岩溶地貌）。"喀斯特"原是伊斯特里亚半岛上一座石灰岩高原的地名，意为岩石裸露

喀斯特地貌

贵州荔波采访时专家说，喀斯特实际上是南斯拉夫的一个地名。专家告诉我，全世界喀斯特地貌都是各种形状的石头群，只有荔波是在喀斯特石头上长大树。贵州荔波是地球同纬度上的一条绿腰带。不过专家说这些树要是被砍掉，就如同我们的手指被砍掉一样，再也不长了。

喀斯特即岩溶，是水对可溶性岩石（碳酸盐岩、石膏、岩盐等）进行以化学溶蚀作用为

回望来时路

喀斯特地貌细部

的地方。那里有发育典型的岩溶地貌。"喀斯特"一词即为岩溶地貌的代称。

奇怪的是，在我们看来对克罗地亚什么都有研究的尼古拉，却并不知道喀斯特是来自这样一个地名。他倒是告诉我们，斯洛文尼亚也有很多这样的地貌。怎么能让普通人知道这样复杂的地质知识和科学的成因呢？但让这些专业的学识走进普通人的视野，丰富我们对自然

的认知，也是旅行中的大乐和魅力所在。

隐士之城斯普利特

昨天到的杜布罗夫尼克有 600 多年历史，今天到的斯普利特有 1700 多年历史，而且号称全球最幸运的城市。斯普利特，这个名字也许让你觉得陌生，这可是地中海知名古城。相比于那些出名的旅游城市，来到这里游玩的中

高大的教堂

钟楼

摸摸

国游客不多。虽然对于我们来说有点陌生，但这里非常适合旅行。古城有很多精致的古建筑物，带着浓郁雄浑的文化气息。

对建筑颇有研究的徐一川博士细看这些古希腊、古罗马、文艺复兴和巴洛克的建筑标识，发现一些特殊和不同，这说明什么呢？我说是不是偷工减料？也有人说可能是特殊艺术的综合。

斯普利特是克罗地亚第二大城，仅次于首

独特的建
筑风格

红白相间

仰视才见

都萨格勒布，位置靠近海洋，是极好的天然港口。这个城市的"特殊"之处是，罗马皇帝戴克里先出生在此，而他是罗马史上第一个主动退休不干的。他在此修建宫城，作为退休后的生活之所。后来罗马帝国覆灭，这座宫城成为很多逃亡者的避难所。天灾人祸更让周边的老百姓也都跑了过来。随着时间推移，到这个地方的人越来越多，在宫城附近修建房屋，久而

宫城平面图

指指点点

昔日皇宫

城市模型

久之成为一座城市，就是今天的斯普利特。

今天在斯普利特，来自中国的海燕给我们导游。她说，这个城市的保存不够完整，不够原汁原味，很大原因是普通百姓成了主角，而不是皇帝。我在小视频中发了这样一番感慨：是让皇宫能够保存得更完善，更有文物价值，还是让普通百姓居有定处，这个选择难吗？现实告诉我们，生活就是生活。是艺术高于生活，还是生活高于艺术，由生存环境决定。

古城斯普利特，艺术文化气息十分浓郁。除了有很多博物馆、美术馆，还是享受流行音乐的胜地之一。你身在其中，自身的艺术细胞会被调动出来。我们这群人被一组男声四声部

湖光水色

青铜人像

古城四重唱

旗正飘飘（细看上面的汉字）

合唱打动。在蓝色的天穹下，他们每一个声部表现出来的都是旋律的和谐，音乐的悠扬。我们听了两遍，很多人把 CD 买下来，让这旋律伴随我们。这无疑会帮助我们提高艺术修养。写到这儿，闭上眼睛，四声部合唱就会与那古老的建筑一起，在脑海中出现、响起。真是天籁之音呀！

十六湖，十六瀑

10 月 14 日早上，走出小木屋，看到院子里一个小男孩站在梯子上。我拍了下来并写了这样一段话："如果旅行中有一天早上看到的、拍到的、听到的是这样的一幅画面，你会怎么想呢？孩子眼前的世界和我们眼前的世界是不一样的。我们是带着岁月的沧桑在看这里的一切，而他看到的或许只有现实中的自然。"

乡民晨起

早餐时的窗外

林中小潭

伙房

今天上午我们去的十六湖，无论是景色还是地质成因都和我国九寨沟极为相似。十六湖国家公园位于克罗地亚中部喀斯特山区，创立于1949年，1979年被联合国教科文组织列为世界遗产，是东南欧历史最悠久的国家公园、克罗地亚最大的国家公园。

静中有动的韵律，让画面成为诗、成为歌。边拍边琢磨，水就一个字，包含的却是那么博大精深的内容。且不说蒸汽和冰雪，仅仅是湖水、溪水、瀑布，就构成变幻无穷的水世界。

十六湖地形图

红色的树叶，白色的绝壁，配上童话般的绿水

这里就像秋天的九寨沟一样，色彩太丰富了。水上水下交相辉映的画面，神魂变幻。特别是这几天学了用手机的实况长曝光处理照片，流水成了如丝如缎的画面。而不流动的花、树、石头，与之一起共同形成动中有静、

秋叶

水在流动中被丝滑

亲水栈道

十六湖国家公园由十六个大大小小的湖泊组成，呈带状蜿蜒于山谷中，分为上湖区和下湖区。上湖区聚集十二个湖泊，湖底是白云石；下湖区则包括四个湖，位于石灰石的峡谷中。许多石灰岩沉积而形成的天然堤坝分隔出许多瀑布和湖泊，湖泊呈现翠绿或宝石蓝等迷人色彩，被誉为"克罗地亚的宝石"。

胜地在前

"克罗地亚的宝石"

十六湖前身是普里特维采湖盆地，其湖群与瀑布的形成缘于石灰岩长期沉淀即钙化的结果。蜿蜒于石灰岩和白云石峡谷中的科纳拉河流到这里，因不能畅流而形成串串湖泊。这一地质现象虽然普遍见于流经石灰岩地区的许多河流，但以十六湖地区最为独特，景致最为壮观。人们常拿十六湖和九寨沟相比较，是因为两者都是由钙华钡围出的湖群，有着同样绚丽的色彩。由于湖水富含碳镁钙质的石灰岩沉积物，使水质清莹、碧绿，构成一道独特的自然生态景观，而且这种地理进程今天仍在继续。

层林尽染

把十六个湖连接在一起的，是形态不同、大小各异的十六条瀑布。有的瀑布很细，丝丝缕缕，不高也不壮观，有人甚至认为没有气势；有的则从高耸的石壁上飞流而下，气势恢弘。虽然这里的瀑布在落差和宽度上都不在世界前列，但是瀑布群的密度、绚丽和多样性却令人惊叹不已。青山绿水中，无论如盆景一样细腻，还是如江河一样粗犷，都无违和之感。这里落差最大的瀑布将近78米，落差最小的只有2米，甚至有的瀑布连接起上下两个颜色不同的湖。喀斯特地貌区的石灰岩等矿物质通过瀑布流水勾连，让十六湖呈现特殊色泽。

天然花洒

在这湖树相连的森林里，枯死的树也是组成部分。它们站的站，躺的躺，卧的卧，有的长满青苔，有的开裂发黄，或许已经没有生命体征，仍有独特风采。但是如果没有它们，森林会有如此旺盛的生命力吗？同行者建议把彩照改成黑白或许更有冲击力。我照此办理，发在朋友圈里，引来此前从未点赞的几位玩摄影朋友的关注。

十六湖公园里绿头鸭特别多。我们在一处水边走过，突然一只雄性绿头鸭从天上飞入水中，掀起了一圈一圈涟漪。旁边有人问这是什么鸟，我边拍小视频边介绍：绿头鸭。有丝绒般绿色的头，脖子上有一个白色的颈圈。都是雌雄在一起，雄性要比雌性漂亮很多。我刚介

绚烂之源

水下长树

叶落归根

成双成对

躺着也是森林

黑白版

美景！美景！

小河激流

绍完，这只绿头鸭展翅飞向天空。难道刚才就是想让我把它介绍给朋友吗？太有意思了！

　　导游尼古拉极为称职，时刻不忘把美景向我们推荐。今天他在十六湖附近一个小村庄前将车叫停，用怪怪的中文嚷着：美景！美景！果然不错，这里的几栋房子，一方池塘，几棵大树，还有古老的水车……简简单单所勾勒出来的画面既宁静又有动感，有倒影还有色彩，

老树

美得难以形容，美得不想走了。这是上天的给
予，还是人类的创造？尼古拉带着我们买了这
里农家自酿的蜂蜜，我更是边拍边想：生活在
乡村的人，是不是都想让生活过成这样？如果
过不成，又是为什么呢？

村舍倒影

布里俄尼，铁托别墅的动物园

伊斯特里亚是地中海沿岸最大的半岛，在巴尔干半岛最西边，面朝亚得里亚海。伊斯特里亚半岛旁边的布里俄尼群岛有一处神秘所在，那就是在大布里俄尼岛的铁托别墅。伊斯特里亚与意大利隔海相望，使用意大利语和克罗地亚语，城市名字有意大利语和克罗地亚语两种叫法，布里俄尼也是如此。布里俄尼群岛

1700 年的橄榄树

原属奥匈帝国，最早开发这里的是奥地利商人。一战后奥匈帝国解体，该岛划归意大利。二战中意大利战败，该岛被割让给率先占领这里的南斯拉夫。岛上有一棵 1700 年的橄榄树，橄榄树最长的寿命有 2000 多岁的。这棵橄榄树寿星枝繁叶茂，果实累累。

我们在伊斯特里亚等船去布里俄尼时，看到两对男女窃窃私语，一对年轻些，一对看起

海那边（徐一川摄）

铁托的观景长椅

仙人掌

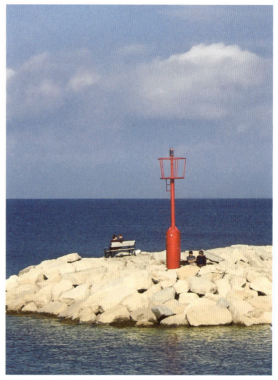

坐在岸边伸出来的一块礁石上

来上了岁数。这样的发呆生活，非常适合此时的气氛，和阳光、海水、礁石、飞翔中的海鸥在一起。到了布里俄尼群岛，导游尼古拉带我们坐上小火车，在岛上转了一个多小时。来这里旅游的中国团不多。

布里俄尼行宫是铁托钓鱼、打猎和接待贵宾的地方。这里有一座博物馆，里面展示铁托发起不结盟运动的协议书、和各国政要的合影。铁托喜欢动物，很多外国领导人投其所好送来很多珍禽异兽。博物馆墙上悬挂动物皮毛，柜子里摆着动物标本，有熊、狮子，也有大角羊。我特意问：全是送的吗？尼古拉答：全是送的，从大熊到小鸟。

士兵般整齐

伴生

尼古拉告诉我们，这里展览出来的动物都是自然死亡后被制成标本的。岛上还有一个动物园，展示送给铁托而且至今还活着的动物。其中有斯里兰卡的大象、非洲斑马，更多的是各种羊和孔雀。看来这些动物传宗接代的能力更强一些。当年印度总理甘地送的大象已故，院子里有它的雕塑，还有一只头埋在翅膀里的

鸟雕塑，让人见证曾经的快乐时光。

博物馆外面放着一台豪车，是当年一位在加拿大的克罗地亚人（一说美国总统艾森豪威尔）送给铁托的。这台凯迪拉克不仅仅是摆在这儿，如果花上1万块库纳（克罗地亚货币名，与人民币币值1:1）还能开一个小时。

中午在岛上吃午饭。虽然是西餐，我们的

动物园

铁托喜欢的豪车

鱼儿历历在目

像一幅镜框

中国胃还是美美享受海鲜汤和难得好吃的鱼。留下更深印象的是，这里清澈的海水中，大大小小的鱼条条清晰可见，自由自在游着。

拍不够的小镇罗维尼

下一个行程是古城罗维尼。在车上徐一川博士神秘透露，会有很好的角度拍下那里。罗维尼位于伊斯特里亚半岛西海岸，本是靠近亚得里亚海的岛屿，后来填海修路和陆地连接起来。罗维尼与意大利威尼斯隔海相望，在历史上、地理上都有很深渊源。13 至 18 世纪，罗维尼是威尼斯共和国的重要商业城市，那段时期是这里历史最辉煌的年代。和布里俄尼一样，罗维尼在一战之前属奥匈帝国，一战后成了意大利领土，二战之后成了南斯拉夫的一部分，直到克罗地亚独立。至今，罗维尼的官方语言仍是克罗地亚语和意大利语并存。

俯瞰罗维尼
（徐一川摄）

到罗维尼，不用特别去看什么景点。就在一南一北两个海港或老城走走，就让你拍也拍不够。徐一川带我们去的是可以将罗维尼古城尽收眼底的海边，能看见依山而建的色彩鲜艳的排屋以及圣尤菲米亚教堂高达 60 米的钟楼。在这里拍照堪称画面完美，他的安排果然不错。

小巷里的画廊，艺术品店与老城浪漫气质相符。这里居民自然见过世面，对游客及镜头

远眺罗维尼（徐一川摄）

天海之间(徐一川摄)

乌云苍水

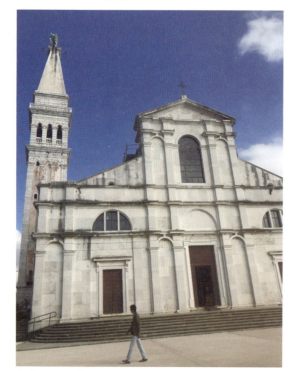

教堂的门开着

蓝天下的老城

视若无物。本来今天天气预报有雨，可是我们在岛上都是蓝天白云。自然风光与古建筑搭配在一起时，让人从心里感到温情脉脉。

　　这里很多照片是徐一川博士拍的。这位年轻人的壮志是要把世界上最美之处的拍摄角度找出并标识出来，以便大家去创作、去享受、去记录、去分享。感谢他的分享！

落日后

孔方兄

　　这篇文章写作过程有点小插曲。因为白天旅行，文章都要夜里写。从夜里3点写到5点半，就要结束时因为犯困，手不知道碰到哪儿，文章被删除，急得我赶紧有病乱投医。幸好和国内有六小时时差，那边已是上午。在三位朋友指导下，点苹果手机，在备忘录撤销删除恢复功能。这需要摇功，手腕子都快摇断了

桅杆们

时，竟然把已写的文章全摇回来了。感谢内行朋友！感谢现代科技！

茜茜公主最爱的小城奥帕蒂亚

10月16日，是在克罗地亚的最后一天。我们在奥帕蒂亚住了两个晚上，白天都去了别处，还没走进该市看看。传说中，这是茜茜公主最喜欢的地方。这里是克罗地亚、斯洛文尼亚和意大利三国交界处。从奥帕蒂亚出发，穿过斯洛文尼亚入海口到达意大利威尼斯，也就从沈阳到锦州的距离。奥帕蒂亚小城依山面海，主要街道和建筑物沿海岸线布置，是典型的线状城市。

渔夫要你买路钱

雕塑"渔夫的女人"

我们第一个看的是海边雕塑，举着海鸥，站在礁石上，任凭海浪拍打的"渔夫的女人"。女人总是期待丈夫平安归来，手中的海鸥或许可视为祈福世界和平。在克罗地亚这个经历过多少次战争创伤的国家，这样的雕塑，既有小家的期盼，也有大家的情怀。

克罗地亚绵长的海岸线最北端有一个深湾，奥帕蒂亚位于深湾最深处。这里有一尊渔夫似的雕塑，伸手做请进的姿势，似乎在开玩笑：留下买路钱。克罗地亚绝大部分沿亚得里

度假胜地

绿草如茵

宗教雕塑

亚海地区,海岸都面向西南。但是奥帕蒂亚所在的这段海岸线却面向东,这让我们拍照都处在逆光之中。

奥帕蒂亚整个城市建筑无论新旧都以古典风格为主,柔和的彩色涂料外墙,红色坡顶。这里的建筑和街道看上去都非常干净,维护状况也好,格外闲适惬意。从 19 世纪下半叶开始成为度假胜地,深受哈布斯堡王朝等欧洲各国王室欢迎,茜茜公主和丈夫多次来此度假。遥想当年在此闲庭信步,享受温暖冬日的情景,是多么惬意的悠悠时光。

斯洛文尼亚,富裕且悠闲

离开克罗地亚,我们到了斯洛文尼亚海关。这一趟从匈牙利到塞尔维亚,从波黑到克罗地亚,护照上被一个个海关盖了无数的章,空白页全满了。斯洛文尼亚海关的做法不同,其效率让我们感受到欧盟申根国家的速度,而且盖章也不是挑着空白页,而是在已经盖过章

卢布尔雅那街头

的地方见缝插针。斯洛文尼亚经济发达，成为前南斯拉夫国家中最富有国家，这些细节是不是原因之一呢？

斯洛文尼亚位于欧洲四大地理区阿尔卑斯山脉、迪纳拉山脉、多瑙河中游平原及地中海沿岸交界处，国土面积 20273 平方公里。9—20 世纪的一千多年间，斯洛文尼亚一直由神圣罗马帝国和奥匈帝国统治，1945 年成为南斯拉夫联邦加盟共和国，1991 年独立。斯洛文尼亚是发达资本主义国家，2004 年加入北约和欧盟，2007 年加入欧元区，同年底正式加入申根区。

车开进斯洛文尼亚，窗外自然景观更加迷

这两位有什么故事

似乎和灾难有关

别致的人体雕塑

大楼装饰雕塑

人，但给我更深刻印象的是城市管理的有序，道路的四通八达和乡村的富饶。吃的第一顿中饭，地点是徐一川博士选的。这家饭馆位置很好，从阳台望去，蓝天白云下，山上威严的城堡，山下尖屋顶哥特式建筑的教堂，全在视线范围中。

我们请的当地导游叫马佳，中文表达挺清晰，在短短的时间里介绍着拥有悠久历史文化的斯洛文尼亚首都卢布尔雅那。卢布尔雅那河

卢布尔雅那河

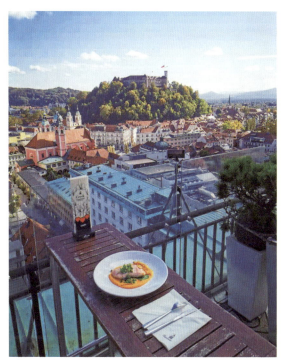
带风景的饭馆

城市绿化

诗人普列舍伦青铜雕像

横贯全城，城市因此而得名。步行到老城区，街道两边有很多有特色的建筑。

老城中心的圆形广场又称普列舍伦广场，以19世纪斯洛文尼亚伟大诗人普列舍伦命名，诗人青铜雕像竖立在广场一侧。他的诗句"当太阳升起来时，战争从这个世界上消失，每个人都是自由的同胞……"就是当今斯洛文尼亚的国歌，其头像印在该国货币上。

马佳讲的普列舍伦爱情故事也很有意思。诗人喜欢上一个姑娘，很多诗都是为她写的，可是人家不爱他。诗人和另一女朋友生下三个孩子，但他住的地方透过窗户就可以看到自己单相思的姑娘的家。今天，诗人心中女神故居窗口旁边，有贴在墙上的塑像，让来旅行的人回味起自己曾经炽热的爱情。

广场旁是另一个著名景点"三重桥"。它原本是1842年建的一座连接新城区和老城区之间的小石桥，随着城市不断的扩大变得拥挤不堪，于是1931年在旁边各加建一座附桥。两座附桥和主桥浑然一体，原来普普通通的石桥成了极有特色的景观。桥对面是建于1646—1660年的圣佛朗西斯科大教堂。大教堂是粉红色建筑，醒目精美。

沿着三重桥向右走不太远，就可以看到著

女神故居及塑像

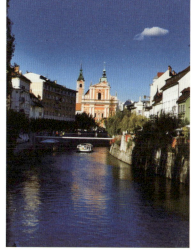
"三重桥"

城市保护神

名的龙桥。相传说希腊英雄伊阿宋偷了金羊毛后，一路逃跑到卢布尔雅那河边遇到怪兽。他杀了怪兽，成为卢布尔雅那第一个居民。而传说中被英雄砍杀的怪兽，就是蹲在龙桥两边桥头上的翼龙。

马佳又讲了一个。河里曾经有恶龙，作恶多端，最终被杀死。当地人为了记住，在桥上把它雕塑了出来。有意思的是，恶龙现如今反而成为卢布尔雅那的保护神。人们相信在恶龙守护下，卢布尔雅那才那么宁静。想一想，世界上好多事情不都是这样吗？

临近龙桥，还有一座桥挂满连心锁。我看到一个小小男孩儿正在好奇看着那些锁。他显然还不懂得锁的意义所在，但是这幅画面会在心里留下，等他长大了以后会再呈现。这座桥因挂的锁头太重以至于损坏栏杆，政府不得不重新更换。

全是连心锁

洋葱这样卖

城里也有它们的家

懒。窄窄的河岸上，咖啡馆和餐厅一间挨着一间，都是悠闲坐在温暖的阳光下聊天的顾客。多少年来，会享受生活的人都在享受，真是发呆、过慢生活的好地方。当然，享受生活要有多少先决条件啊！包括国家给的、自己挣的，

走过三重桥是自由市场。马佳说，这里曾经是修道院，后来改为小商品、蔬菜和鲜花市场。街头有一个自动出售鲜奶的机器，一位女士看我们拍她如何把装有鲜奶的奶瓶灌满，也转身拍我们。可是就这会儿工夫，牛奶瓶子装满了，没及时拿出来，放瓶子空间的门关上了。她鼓捣了半天也打不开，只好又付了一毛钱，门才开了。我们笑成一团。

卢布尔雅那河边，人们尽情享受午后的慵

河边小景

悠闲时光

熙熙攘攘

而且还有会生活的理念。

布莱德湖，摄影者的天堂

　　到达卢布尔雅那当天傍晚，徐一川博士带我们追赶太阳，因为他发现一个拍摄布莱德湖夕阳的好地方。到那儿时，太阳已落在布满云彩的山后，但余光还是让大山和湖水的倒影流光溢彩。

高山大湖

追逐太阳

山上城堡

薄雾迷漫

雾霭与大山

秋江水暖

小路两边

静谧安详

草间

　　10月17日，睁开眼睛，推窗远望，一层薄雾弥漫在山前，环绕着小屋，晃悠晃悠地与秋叶一起徜徉。

　　去布莱德湖，要先经过波希涅湖。特里格拉夫国家公园是斯洛文尼亚唯一的国家公园，

与意大利和奥地利交界，占据斯洛文尼亚四分之一的领土即8400公顷，是欧洲最古老的国家公园之一。公园中有著名的波希涅湖——斯洛文尼亚最大的冰碛堰塞湖，湖水如明镜般透亮。我们来的秋天，湖畔层林尽染，像着火了。

倒了也是景

云间

如诗

乡间

今天我们还见证一场雪山大幕徐徐拉开又缓缓合上的"大戏"。朦胧中秋天的雪山、纱幔里湖中的水鸟,在这里不分配角、主角,或者说,它们都是自然中的"角儿"。

同行的摄影家徐一川在朋友圈里这样写道:

当我走了3公里震撼的山路,5公里如画的湖边,脚开始疼,午饭也没有,还剩最后2

公里达到集合点，开始怀疑人生的时候……

关键是我上山几乎快要手脚并用的路上，还碰到几对背着孩子的父母。我在想这些孩子太幸运了，这么小就能看到世界顶级的风光，真应该感谢他们伟大的父母。

接着，突然脚立马不痛了，肚子早就不饿了，心情大好满载而归，精神力量真神奇！这对夫妇超过了我，感谢他们，重新给了我力量。

一叶小舟

如仙

如画

布莱德湖位于斯洛文尼亚西北部的阿尔卑斯山南麓，"三头山"顶部积雪的融水不断注入湖中，故有"冰湖"之称。有尖塔的圣母升天教堂所在的湖心岛静静地漂浮在湖中，南侧小山上的布莱德城堡守卫着这方净土。平静的湖面上，天鹅、野鸭成群遨游。同行的年轻人小方望着湖水感叹：安静做个画中人，真好。

山上布莱德城堡

湖心岛圣母升天教堂

布莱德湖不大，长 2.1 公里，宽 1 公里。湖畔密林浓翠，沿途风景秀美，徒步一圈 2—3 小时。湖中圣母升天教堂和湖畔布莱德城堡由德意志国王亨利二世建于 1004 年，风格独特的建筑与碧绿无瑕的湖面构成人与自然的完美结合。

湖心岛高出水面 40 米，其中的巴洛克式的圣母升天教堂昔日是教徒祈祷的圣地，现已辟为教堂艺术博物馆。明镜般的湖面、阿尔卑斯山雪白的倒影、四周葱绿的树林，共同构成布莱德湖迷人的自然风光，使它无愧于"山上的眼睛"的赞誉。传说每逢月白风清之夜，人们站在湖旁，能听到教堂钟楼的隐隐钟声。我们在那儿不断听到钟声，不是按时按点响起的。问了之后才知道，游人如果喜欢就可以随时敲响，让缭绕的钟声在美景中回旋。

山上布莱德城堡

云叶同在

现已辟为教堂艺术博物馆

美丽的布莱德湖吸引来自世界各地的游客。进入湖边小镇，不少房舍都挂着小旗或木牌，上书"有空房"。据说常有游客迷恋这里的新鲜空气，临时决定多盘桓几日。由于没有提前预订旅馆房间，游客开始求助于当地农家，"农家旅馆"就开始渐渐兴盛起来。这些开门待客的农家与乡间旅馆或度假村不同，经营者不是专职旅游从业者，而是当地农民。与

近观教堂

倒影

城堡窗外

旅馆不同的是，出租的大多是适合家庭住宿的套间。有的套间还带有单独的厨房和卫生间，供度假者烹饪适合自己口味的食品，就像在自己家里一样。

在这美景中，我一直反复问自己，我们会欣赏美吗？欣赏美，仅仅是嘴上赞叹和疯狂拍照吗？遗憾的是，今天在这大美的湖畔耳边充斥着喧闹。无论从游湖的船上还是岛上的林中，很多喧闹来自中国游客。美是要欣赏的，欣赏是要静下心的。我们常看见有人漫步在这样的美景中，神色是安静的，沉默的。那一刻，更值得品味的是人的修养，而非美景。

今天在这美景中，我忽然觉得，到此一游和万里读行还有一点很重要的不同，就是前者是热闹的，后者是安静的。热闹不分时机，安

湖山日暮（徐一川摄）

湖山夜景（徐一川摄）

静是在需要的时候。前者是玩，后者则不仅仅是玩，还要向自然学习，修炼自己，提高对美的欣赏能力。

萨格勒布，领带等一系列发明的故乡

  10 月 18 日，我们又来到克罗地亚首都萨格勒布。我们坐上一种很古老又很迷你的老爷车，很酷地在城里兜风。司机是一个帅极了的小伙子，英文不错。听到我提问，他高兴地一个接一个介绍周边建筑。我们的交流就是在车上边走，边问，边答。他在一个亭子前告诉我们，这里有经纬度，有即时的温度、湿度的标识，已经一百多年，显示这个城市科技水平和服务市民意识的发达。

  萨格勒布，充满生机和活力的城市。这里出现过三位诺贝尔奖获得者，著名的"特斯

一百多年前的街边温度表

萨格勒布街景

萨格勒布大学图书馆里

萨格勒布大学餐厅里

拉"线圈就是由克罗地亚物理学家尼古拉·特斯拉发明的，广泛用于各种电器中。途中司机指了个地方，我半天也没懂，只知道是一种什

么电，和我们坐的电动老爷车有点关系。后来上网查了才知道，指的那个地方，就是纪念特斯拉的。我们常用的钢笔和自动铅笔，也是由克罗地亚人爱德华·潘卡拉发明的，英语中的"Pen"就是由他的名字而来。他一生中共申请80多项专利，涉及化学、机械、工程和航空各个领域。

萨格勒布是克罗地亚最重要的文体、教育和科研中心之一。成立于1669年的萨格勒布大学是欧洲最古老的高等学府之一。大学国家图书馆是克罗地亚政府花巨资修建的，这里藏有该国有史以来各种图书，也是国家档案馆所在地。现代化的图书馆设备，明亮的大厅，舒适的环境，使这里成为萨格勒布大学生自习的好地方。克罗地亚教育发达，即使在餐厅里也摆满书，可见读书风尚。

今天还看到了一所一百多年前的中学，即使在今天看来其建筑也十分时尚。我在楼外录老房子的视频，听到孩子的读书声。中学旁边有一个人的坐像。导游告诉我们，那是一位著名的诗人。他喜欢在这一边望着远处的风景一边创作，所以人们在这儿为他做了塑像。

萨格勒布很多塑像不仅威武，而且都戴着

红丝带——据说是领带的起源。17世纪欧洲三十年战争期间，被法国雇佣的克罗地亚士兵在脖子上系了一块鲜艳的布，作为制服的一部分。这块布既有装饰作用，也能让人一眼分出敌我关系。法王路易十四对此大为欣赏，自己带头佩戴。后这块布被命名为"La Cravate"，也就是法语里"领带"的意思。起源是"a la Croate"，意为克罗地亚的风格。法王要求贵

诗人坐像

国王塑像戴着红丝带

族必须佩戴领带参加王室活动，这种习惯还被受法国支持得以复辟的英国国王查理二世带到英伦。

其实在克罗地亚传统习俗中，这块布还有更深的含义。战士出征前，母亲或妻子为其系上，饱含平安归来、早日团圆的期许；另一种说法是，恋人将其作为定情信物送给彼此，代表对爱情的忠贞。总之，克罗地亚士兵项上的布在法国人推波助澜下风靡欧洲。不过那个时候它更像是领结，系法和后来的领带完全不同。20世纪10年代末，纽约裁缝杰西·兰格斯多弗（Jessie Langsdorf）用新的面料裁切方式制作出今天的领带。

屋顶与天际线

开老爷车的小伙子告诉我们，有意思的还有在火车站对面一栋很古典的黄色建筑。它原在匈牙利布达佩斯，用了两年的时间修建。后来把它先分开再组装，通过火车运到这里，现

简易咖啡馆

老教堂

传统而有特色的街灯

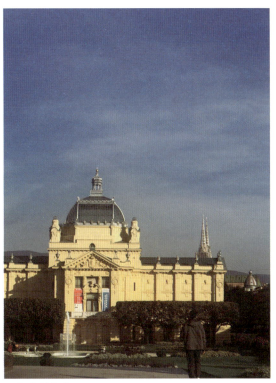

从匈牙利搬来

早年市民形象

在是克罗地亚国家艺术馆。太有意思了！一百多年前克罗地亚人就能从匈牙利搬过来一栋这么漂亮的房子。

如今在萨格勒布中心广场上，戴红丝带的国王雕像下，市民在悠闲生活。夏天举办各种音乐会，包括古典的，现代的。冬天，这里泼水成冰，让人们享受滑冰的快乐。广场周围有艺术宫，也有歌剧院。同样是戏剧场所，但小

伙子特别强调，一个是演的，一个是唱的，在英文里这两个词不同，表明在这里艺术门类的区别是那么专业和细致。

萨格勒布是中欧历史名城，建于11世纪，最早由居民聚居区逐渐发展起来，13世纪形成有一定规模的城市。19世纪随着欧洲工业革命发展，逐渐从老城扩展出新城。目前整个城市由三部分组成：由教堂、市政厅等古建筑组成

和宗教相关

市区模型细部

的老城,也称上城区;由广场、商业区、歌剧院组成的新区,又称下城区;还有战后发展起来的现代化市区。

　　萨格勒布大教堂始建于11世纪。1094年,匈牙利国王拉迪斯拉夫一世宣布成立萨格勒布天主教区并兴建教堂。13世纪,教堂被鞑靼人毁坏。19世纪经历一次地震,后几经修复并于20世纪初新建两座哥特式塔柱(高度为104米

和105米),得以重现昔日辉煌。萨格勒布大教堂是这里的地标建筑之一。

　　萨格勒布位于克罗地亚西北部。这里属温带大陆性气候,年均气温9.3摄氏度,年均降水量871毫米。该市与上海市结为友好城市。萨格勒布有着悠久的历史(从古罗马时代到现在)。1094年在东部的卡普托尔主教教区内,"萨格勒布"这个名称已始见于史籍。1945年,

教堂后来建的两座塔柱

教堂大门

随着人口快速膨涨，萨格勒布成为克罗地亚、地中海和东南部欧洲的重要交通枢纽。这里有通往其他国家的国际列车。市内有有轨电车，交通方便。

　　至今保存完好的萨格勒布古城门是老城仅存的城门，建于罗马时代。与石门相望的是著名的洛特尔萨克塔，曾是老城城墙的一部分。有趣的是至今上面还设有一尊大炮。当然不是用来守卫城门的，而是用来报时的。这里有一位服务人员，每到中午十二点整时他会鸣响大炮，这已成了萨格勒布的传统。我没有录到炮声，但拍到打炮的硝烟弥漫。就在附近的教堂广场，我们看到一队穿着古代军人服装的表演。我觉得这似乎不是每天都有的例行公事，而是供拍摄用的城市宣传。后来在大教堂，又

梅德韦德尼察山脚下所见

教堂比比皆是

洛特尔萨克塔

白天的老房子

晚上的老房子（徐一川摄）

走向集市的台阶

古装表演：列队

一次看到古装军人。看了两次，录了两次，与朋友分享。

从圣·史蒂芬大教堂出来，就来到号称萨格勒布"菜篮子"的多拉克菜市场。每天清晨，菜农从四面八方赶到这里，把最新鲜的水果、蔬菜摆上来。这里既有鲜亮的蔬菜水果，也有面包、奶酪等食品。在菜市场一角有当地农民用鲜花提炼出来的名叫"拉万达"的香水，是姑娘最喜欢的土特产。让我拍了又拍的是这里满满的鲜花正在老城中绽放。下午4点多我又来到市场，见到满地狼藉的收摊场面。

卖花

我想这可能也是每一个菜市场的另一面，尽管那些被丢弃的菜叶依然散发着菜香。

下午，大多数人都去奥特莱斯购物。我和

卖蜂产品

服饰摊

城市一角

拍夕阳

先生静静坐在咖啡厅前，看过往行人众生相。看到最多的，甚至可以用川流不息来形容的，那就是中国的旅游团。中国人真是给世界各国旅游业带来了兴旺。

10月19日，我们主要是在路上，要回到此行开始的国家匈牙利，以及巴尔干之旅最后一座城市匈牙利布达佩斯。早上从克罗地亚首都萨格勒布出来，听到不远处广场上的音乐声。想起昨天坐老爷车时帅小伙司机说的，每到周末这个广场都有音乐会。现在是9点，周六音乐会开始。这样的生活、这样的城市品位，让人羡慕。在这里，钱不是生活品位的唯一需要。

众生相

特色晚餐上的献唱者

都市落日（徐一川摄）

月圆之夜（徐一川摄）

喷泉迸发

我们的住地名叫摄政王酒店

此次同行，有位旅行社的年轻人小方，每天写的记事很有味道。在这儿请允许我抄下来，分享年轻人的旅行感受。他写道：

美好的一天从萨格勒布的"花车巡游"开始。五辆老爷车，五位西服革履的绅士，带我们游览上城区，这里主要以教堂、市政厅和古建为主。

我们的司机小哥叫卢卡，身材颀长，唇红齿白，温文尔雅，彬彬有礼，一上车就非常认

体验老爷车（小方摄）

真地给我们介绍景点。

卢卡是这边国际贸易大学的大二学生。他今天没课，出来兼职，赚了钱喜欢收藏手表，平常有钱有闲的时候也喜欢自驾游览欧洲其他城市。他本可以选择去俄罗斯或者德国做交换生，但他喜欢萨格勒布，并选择留在故乡修完五年学业。

说来也巧，卢卡的父亲二战时出生在俄罗斯，后曾从事中克之间的"糖贸易"。告别时，

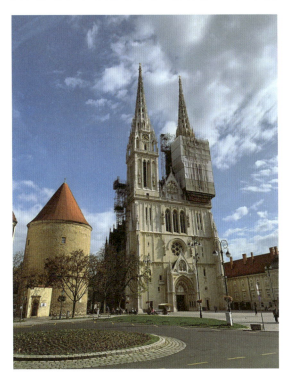
老教堂

我们和卢克亲切合影，我也突发奇想，和他来了个"变装秀"。

老旧的东西好不好，见仁见智，但我觉得是好的。它代表了一个地方的根基和灵魂。

我们入住的摄政王酒店，拥有百余年的历史和说不尽的故事。最让我感兴趣的还是房间内设，无烧水壶，瓶装水。淋浴需要调节三个复古样式的龙头，吹风机固定在抽屉里。

早餐基本只提供冷盘，热食和咖啡需要自己点……想必一百年前就是这样，或者酒店认为应该是这样。

所以，一样东西坚持得久了也就有了历史，有了规矩。对摄政王酒店来说，他们已经够古，够老，够知名。知名到可以毫不理会他人的目光，只为理解、喜欢他们的住客服务。这也许

摄政王酒店房间内景（徐一川摄）

就是一个"经营者"最幸福的事情了吧！

我很欣赏小方这些理念、观点和见识。在我看来，把对一个地方的了解写出来，不仅让自己内心得以梳理，见识有所寻觅，看法有个小结，还可以把自己回味后的所见、所思与朋友分享，共同提高旅行的品位与价值。

克罗地亚农田

回望萨格勒布

我们此次特邀的摄影专家徐一川博士，一直在用镜头记录旅行。在我看来，照片是一个人世界观的再现和思考。徐博士对酒店的选择很讲究，此行住的地方、吃饭的地方，好多是他选的。他的贡献还包括我们在吃住的同时，还有很好的角度拍照。让人与自然融在一起，当然也是旅行中的审美与追求。

此行有一个非常大的遗憾，就是欧洲人吃肉的量和中国人有很大不同，导致每一餐的大块大块的做得很讲究的肉剩下一大半吃不完。我问尼古拉，这些肉剩下就扔了吗？还是怎么办？他说可能会去喂猪，完全没动的也可能有服务员吃。旅行中的这种浪费，不知有什么好办法解决？

巴拉顿——中欧最大的湖

今天在路上，远处的一片蓝色让我们停车。那是巴拉顿湖，我们走近了她。匈牙利不临海，巴拉顿湖就是匈牙利人眼中的海。巴拉顿湖是欧洲中部最大的湖泊，位于布达佩斯西南约90公里处。巴拉顿湖的形成可以追溯到冰河时代，无数次地震使得沉积的地表变成一个个盆地，盆地中不断聚集的雨水逐渐形成湖泊和沼泽。风、雨及冰雪不断的侵袭将盆地分割开来，最终大约在5000至7000年前形成巴

巴拉顿，大湖似海

沐浴阳光

拉顿湖。据考证，巴拉顿湖北岸有 14 座火山。几千年来正是不断喷涌而出的火山岩堆积，形成富有特色的地貌特征。有人这样形容：时间在火山岩中凝固，山边被一股股凝固的火山岩浆装饰成一个个巨大的"管风琴"。

秋天的大地

巴拉顿湖湖水沿东岸希欧渠流入多瑙河，北岸的蒂哈尼半岛深深地伸入湖心，几乎把湖面分割成两半。半岛高出水面约百米，岛上道路崎岖，古木参天，景色幽静秀丽。蒂哈尼半岛是巴拉顿湖上景色最美的地方，从半岛顶端可眺望湖区全貌。

半岛上有野生动物保护地。还有另一保护区，设在凯斯泰伊附近广阔的芦苇荡里，以保护那里的罕见水鸟。南面的黄土地带土地肥沃，西北面火山土宜种葡萄，所以盛产名酒。

20世纪60年代这里开始发展旅游业，古老的蒂哈尼镇以博物馆和生物站吸引游人。

巴拉顿高地国家公园被称为小巴拉顿，1993年被列入国际野生水域名录。这里有巨大的沼泽地，栖息着230种鸟类。在这里，游客可以看到既丰富多彩又充满祥和气氛的鸟类世界。

布达 - 佩斯，双子之城

离开巴拉顿湖，我们回到布达佩斯。秋风落叶飘在弯弯的小路上，远处尽收眼底的都是

家中的大树

秋日农家

秋风落叶

历史悠久的古建筑。

布达佩斯是欧洲著名古城，位于匈牙利中北部，坐落在多瑙河中游两岸。这里早先是遥遥相对的两座城市，后经几个世纪扩建，在1873年由多瑙河左岸城市布达及右岸城市佩斯合并而成。

布达佩斯有"东欧巴黎"和"多瑙河明

这里号称"东欧巴黎"

多瑙河之夜

珠"的美誉，最重要的名胜都位于多瑙河畔。西岸布达一边，陡峭的山上有自由碑和城堡，山下有盖勒特浴场，还有布达佩斯技术和经济大学主楼。城堡北面的山上有布达城堡，是国家图书馆、国家画廊和布达佩斯市博物馆所在地。城堡边的桑多尔宫，是匈牙利总统官邸。

我们今天请的当地导游叫巴乐士，这个小伙子讲起汉语来简直连口音都没有。他说在北京语言大学时老师很严厉，常说的一句话就是：你们讲的中文是要让中国人笑吗？这样练出来的真的很厉害。巴乐士喜欢中国古典文化，研究孔子、孟子和老子。他说，因为太喜欢中国古典文化，他在匈牙利不仅教中文，更教中国古典文化。

游船经过多瑙河边的议会大厦，巴乐士告诉我们：这个大厦有12个塔（对应月），52个

议会大厦

12个塔，52个门，360个窗户

夜光（徐一川摄）

金碧辉煌

傍晚（徐一川摄）

门（对应周），360个窗户（对应日），代表一年各种周期排列。这样别开生面的介绍，是他对文化传承的兴趣使然。明天我们还有半天时间会在布达佩斯，再细细看看这座古城。

说到天气，巴乐士说，现在有点儿秋老虎。在船上聊天，他说这就是气候变化。以前10月已经很冷了，现在却依然热着；以前冬天零下15摄氏度，现在到零摄氏度都不容易；以前夏天热的时间没那么长，现在40摄氏度左右的天数在拉长。

真的很感谢两位年轻人！徐一川拍这么多

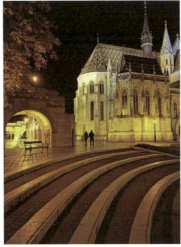

徐一川　　　　　　　　　教堂在上（徐一川摄）　　　　自然博物馆

如此高水平的照片，并无私地提供给我。也谢谢小方分享的旅行中的真实感受。

不变的多瑙河月夜

　　布达佩斯右岸多山，称为布达；左岸地势平坦，称为佩斯。将布达与佩斯连为一体的，是横跨河上的 8 座大桥和穿越河底的地下铁道。这里保留有诸如阿昆库姆罗马城、哥特式布达城堡等中世纪遗迹，采用受到好几个时期影响的建筑风格，是城市景观中的杰出典范之一，显示匈牙利都城在历史上各伟大时期的风貌。匈牙利布达佩斯多瑙河两岸和布达城堡区文化遗产，1987 年列入世界遗产名录。

拾阶而下
（徐一川摄）

徜徉其中
（徐一川摄）

2010 年多瑙河中秋夜

2019 年多瑙河中秋夜

2010 年中秋节，我在多瑙河船上赏月。两岸灯火阑珊处，是一座座古堡、皇宫、教堂……明月之下的多瑙河之波，在一行人心里留下难以忘却的记忆。

2019 年 10 月 19 日晚上，又值中秋，我在这里乘坐多瑙河上的游船。20 日一上午重温布达佩斯，得出这样的结论：十年了，古城没变。要说也还是有变化，那就是游人更多了，其中的肤色也更多样了。

变化还有，中文导游说的普通话更地道了。白天的导游娜娜，在走过一条长长的街道时告诉我们：这里很重要，得记住，因为我住在这儿。按照中国的习惯，娜娜让我们叫她美女。娜娜也会讲笑话，说曾经给中国客人介绍奶酪芝士，可谁都不吃，后来才知道自己的发

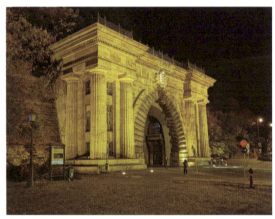

古老的城门

音像"鸡屎"。娜娜到中餐馆，最爱吃的一是臭豆腐，二是皮蛋豆腐。每次点餐后，服务员差不多都是满脸狐疑，老外爱吃这个？

和中国导游不同的是，娜娜每当催你快走时，表情是走吧，快走吧，嘴里说的却是慢慢来；过马路时，她说要考试，题目是不许拍照！过来后她说：考得不错，都通过了。她的解说在幽默的包装下有丰富知识的获取，让我们记在心里。

白天看是这样的

孩子被吸引住了

花团锦簇

城堡遗迹

我们先来到布达古城。这里依山而建，地处河岸台地和山坡之上，地形奇特，风光别致。这座狭长的古城长约1500米，宽约500米，只有3个城门可以通行，易守难攻。古城主要遗迹集中于多瑙河右岸的布达城堡山上。

布达古城纵横的街道和频繁出现的小广场，反映欧洲中世纪城市特点。这里共有4条平行的主要街道，大大小小的广场是城内最独特的景观，是当年居民自由交易的场所。城堡中心是圣三神广场，原有哥特式教堂，土耳其人占领期间被毁，19世纪末重修。此外，圣埃蒂安国王雕像和巴洛克式的圣三神圆柱是广场上亮丽的焦点，为之增色不少。

例行古装表演

布达古城宗教雕塑

紧握宝剑的青铜雄鹰

从城堡山看多瑙河

布达的城堡山不仅具有重要的历史价值，还保留着独特的自然景观。美丽的多瑙河在这里形成一个半圆，城堡山坐落在河套中间。山南端的椭圆形主峰耸立在多瑙河畔，俯视对岸的佩斯。从凹进去的对岸看，山水相映，城堡山巍峨壮丽。山后则是格列特山的巨大剪影，构成一幅美妙的山水画。可惜我们在时有雾，山看得不太真切。

我们来到圣玛利亚教堂。这里又称马加什教堂，因为 1470 年国王马加什命令手下将自

圣玛利亚教堂

穹形尖顶的西大门两侧有一高一低不对称的两座尖塔。南塔高80米,带有彩石花纹,是教堂外观最美丽的部分。另一又矮又粗的是贝拉塔,带有4个角楼,拱顶用彩色玻璃镶嵌,在阳光下熠熠生辉。其墙壁和墙角造型多变,给人灵巧而雅致的感觉。

还有白色渔人堡,是在中世纪城墙根基上建造的一段100多米长的建筑群。在城墙内沿阶梯拾级而上,可看到城外风光。渔人堡里很宽敞,两侧有半人高的护墙,还有数座烽火台似的圆塔楼。

己的王徽悬挂于教堂南门。教堂始建于13世纪中叶贝拉四世统治时期,此后几百年间众多匈牙利国王在这里举行加冕仪式,因此又称加冕教堂,包括奥匈帝国皇后茜茜公主兼任匈牙利王后那次。另外多次国王的婚礼,还有王室庆祝军队出征凯旋等仪式,也在这里举行。可以说,圣玛利亚教堂是布达佩斯历史的见证。

这座教堂从风格上来说属哥特式建筑,在

圆塔楼

渔人堡

画摊

　　为什么叫渔人堡？因为下面就是多瑙河，当年住的是渔夫。如此漂亮的古堡因渔家而命名，让人在欣赏、拍照之余还会想到，一个国家，人民地位重要与否，不是看官方语言，而要看生活中所到之处。

　　据考古发现，公元前3000年前后，便有原始居民在布达这块土地上居住。1—2世纪，这里是罗马帝国潘诺尼亚行省首府。896年，来自乌拉尔山的马扎尔族人来此定居，并将王宫建于险峻的维舍格拉德的山顶上。1241—1242年鞑靼人入侵后，国王贝拉四世终于决定在多瑙河右岸的山嘴上构筑城堡，建筑围墙。这是1247年，也是城堡山真正得名之时。此后又用了几十年时间，城市初具规模，这就是最早的布达佩斯。

　　14—15世纪，可以称为城堡山全盛时期。

红屋·碧水·绿树

这里逐渐发展为全国政治经济和文化中心，工商业之发达和艺术之繁盛享誉全欧。1541—1686年间，土耳其人的侵略让此地沦入异族铁蹄之下达145年，各种古迹遭到严重破坏。如今在布达佩斯有个习惯，就是喝啤酒不干杯。

当年土耳其人为庆祝胜利大喝啤酒并干杯，匈牙利人就说我们要150年喝啤酒不干杯。150年早过去了，喝啤酒不干杯的习惯却流传下来。匈牙利长期处于奥地利和土耳其的角力之中，18—19世纪奥地利打败土耳其，匈牙利得以重

落红满街

建，被毁的王宫改为巴洛克式建筑。1872 年，布达与佩斯正式合并，布达佩斯由此得名。

佩斯没有布达那么悠久的历史和众多的古迹，却也是布达佩斯不可或缺的重要组成部分。佩斯地处平原，是全国行政和工商业中心。这里林木繁茂，道路笔直。小林荫道环绕的内城是老佩斯的中心。内城有古老的王宫、博物馆、科学院和大学区，也是政府机关和议会所在地。

匈牙利国民议会大厦建于 1884—1904 年，是新哥特式建筑，长 268 米，高 96 米。晚上在多瑙河上乘船，看到的最宏大的建筑就要数这座，据说是欧洲第三大议会大厦。匈牙利在欧洲不是大国，建筑却如此壮观，可见当年实力！

在匈牙利首都布达佩斯，我们结束此次 16 天旅行。16 天来，主要走的是原南斯拉夫联邦各国，先从克罗地亚到塞尔维亚，再到波黑，还去了斯洛文尼亚。一路感受昨天的战火、硝烟和今天人们追求的平静生活，我得到很多感悟。

克罗地亚和斯洛文尼亚，是从原南斯拉夫联邦分离出来的国家中两个经济发展最好的。我们在那儿感受到的，是自然保护的原汁原味、文化传承的和谐有序。几乎难以想象，经历那么多战火的当地人，今天能如此享受自然与文化结合的美，真的是让人不能不多加思考。我在感慨，当今世界，旅游是时尚，但能在行程中静下来欣赏自然美，感悟自然哲理的人有多少？吃得好，住得好，固然重要；懂得欣赏和领悟自然，是不是更重要？也越发觉得，一路上是否得到收获，还要看每个人的修养及品位，不然会如入宝山，空手而归。我这些想法是不是太超前了？

凝视深夜（徐一川摄）

　　读万卷书，行万里路，这是老话。现在很多人不看书了，只剩下旅游也即行万里路，也就无所谓万里读行。每次旅行中，我天天写纪事。同行的人会说：有你写，我们就不用写了。这是懒得写，还是懒得想，放弃把自己的感受记录下来？每次听到这种说法，心中不免会想很多很多。再加上与在巴尔干半岛感受到的人文风情所产生的对比，会在我心中继续发酵。中国人何时能在旅行中提高对审美的追求？中国游客何时能不满足于到此一游？愿与朋友共勉。

圣诞之旅 莱茵之旅——感受自然流淌的大河

巴塞尔，过圣诞的第一站

世界各条大河，亚马孙河、尼罗河、密西西比河、多瑙河，我都到过并记录过，也向朋友分享过其风光和风情。以媒体视角关注江河命运，我是1998年去长江源头姜古迪如冰川后开始的。2010年到2019年"黄河十年行"又从黄河源头约古宗列走到入海口，关注母亲河生态及两岸人家。2019年要审视的，则是莱茵河。

莱茵河发源于瑞士东南部的阿尔卑斯山麓，流经列支敦士登、奥地利、法国、德国、

瑞士巴塞尔城市雕塑

荷兰，在鹿特丹附近注入北海，全长1320公里，是欧洲西部第一长河。从莱茵河上游走到入海口是我多年梦想，在欧洲过一次圣诞节也是向往已久。2019年12月20日，我登上维京游轮，开始走进莱茵河之旅。

飞向莱茵河

巴塞尔是仅次于苏黎世和日内瓦的瑞士第三大城市，坐落于该国西北方瑞士、法国、德国三国交界处。该城西北与法国阿尔萨斯为邻，东北与德国南北走向的黑森林山脉接壤。莱茵河在此穿城而去，将巴塞尔一分为二。其中版图较大者属西岸，称为大巴塞尔区，小巴塞尔区则位于东岸。

雨中巴塞尔

巴塞尔市中心是围绕市政大厅及14世纪建成的巴塞尔大学形成的。这里狭窄的街道及小路，有轨电车，还有因被莱茵河隔断而建立的桥梁，都很有特色。我打着红伞，雨中走在巴塞尔的圣诞集市上。几位年轻人在大教堂前唱赞美诗，虽然才6个人，但不同声部的旋律环绕在雨中的教堂广场上，让外来者瞬间进入圣诞文化氛围。

史前时期，巴塞尔被凯尔特人占据，之后是罗马人，再就是阿尔曼人和法兰克人。历史上巴塞尔原属勃艮第王朝（后与法国合并），1033年被德意志皇帝康拉德二世占领，其后约300年一直是德国属地。1501年巴塞尔加入瑞士联邦，是联邦的第十一个州。有人开玩笑说，什么是瑞士人？就是不想当法国人的法国人、不想当德国人的德国人、不想当意大利人的意大利人聚在一起，于是有了瑞士人。

广场充满圣诞气息

巴塞尔长期以宗教及文化名城著称于西方，从7世纪初便设有主教府。15世纪中叶，天主教内部发生严重分歧，一度出了两个"教皇"。这出"双包案"的舞台之一便是巴塞尔。1460年，巴塞尔建立全瑞士第一所大学，著名人文学者鹿特丹的伊拉斯莫在此执教。当时，巴塞尔成为人文主义及造纸印刷中心。300 年前，巴塞尔商人以丝织业起家，逐渐致富。18 世纪是该市建设的黄金时代，如今见到的辉煌古建多半是那一时期的产物。

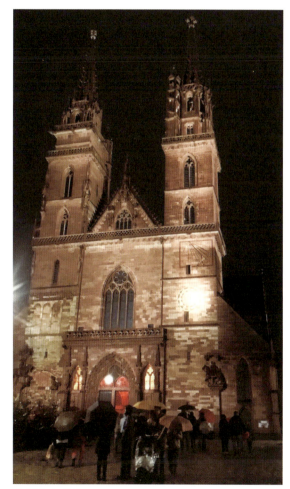

巴塞尔大教堂

以红色砂岩建成的巴塞尔大教堂是一座天主教堂，建筑风格为哥特式和罗马式的混合。它高耸在莱茵河边的绿树丛中，可眺望德国境内的黑林山和法国境内的沃杰山，将整个巴塞尔风景尽收眼底。大教堂从 11 世纪开始破土动工，经过几次改建才形成我们现在看到的样子，800 年来没有什么变化。在这里居住过统治全市数百年的最高主宰——既是主教，又是王公；既是精神领袖，又是世俗统治者，直到 16 世纪宗教改革才被推翻。

巴塞尔还是一座艺术枢纽。"艺术巴塞尔"是国际性当代艺术博览会，每年在瑞士巴塞尔、美国迈阿密和中国香港举办，给成百上千的画廊提供展示和销售平台。油画、雕塑、纸面作品、摄影、数字艺术、视频艺术和装置是主要展品类别，此外还有一些重要活动如奢华派对、现场表演和大师课程，深受人们喜爱。第一届"艺术巴塞尔"1970 年 6 月举办，策划者为三个艺术商、收藏者和画廊经营者。他们决心向三年前出现的科隆艺术展发起冲击，很快取得成功，有 10 个国家 90 多家画廊参加，吸引 16000 名观众。

每到圣诞节，巴塞尔有着浓浓的艺术气息。除了圣诞树、各种灯饰、时光雕塑（反映人生从孩童到壮年到老去的不同阶段）、五光

五光十色

十色的工艺品，还有戴上防护眼镜和小围裙的男孩、女孩在红红的炉火前打造喜欢的艺术品。酒，更是圣诞集市上不可或缺的，到处都是喝酒的人。所有这些，让人感觉温暖，驻足

雨巷无人

拍照，掏钱购买，更留在人生经历中，供在未来的日子里细细品味。

湖山胜境卢塞恩

2019 年 12 月 21 日，沿着莱茵河，我们到了瑞士最美丽且最有理想的城市卢塞恩（又译作琉森）。湖光山色，相互映衬。小雨中的卢塞恩湖也叫四州森林，山在湖边的云里，雾在

欢迎来瑞士

世界上最令人悲恸的雕像

波纹圈圈的湖中。

卢塞恩在罗马时期还只是没有几户人家的渔村，后来为给过往的船只导航而修建灯塔，因此得名"卢塞恩"（拉丁文"灯"的意思），1178 年正式建市。岁月的悠长和时光的停滞，给这座城市留下中世纪的教堂、塔楼和文艺复兴时期的宫厅、邸宅以及百年老店。至于长街古巷，这里比比皆是。

我们去看当地著名的狮子纪念碑，美国作家马克·吐温将其称为"世界上最令人悲恸的雕像"。这尊在巨大天然山石上雕刻而成的悲伤石狮，是 1792 年 8 月 10 日法国大革命中被法王路易十六牺牲掉的 786 名瑞士军官和警卫的纪念碑。雕塑下方有碑文描述此事经过。

当年，瑞士是一个贫穷落后的国家。男子迫于生计，纷纷到欧洲各国当雇佣兵。瑞士雇佣兵忠于雇主，英勇善战，但荣誉和金钱掩盖不了雇佣兵制度的残酷，这次悲剧之后，瑞士停止出口雇佣兵，仅留下在梵蒂冈为天主教廷服务的近卫军，这支瑞士近卫军一直服务到现在。

据说英国维多利亚女王和丈夫阿尔伯特亲王很喜欢卢塞恩，丈夫病逝后女王独自来到这里，凭吊当年的恩爱岁月。如今，在女王住过的，经过岁月沧桑翻修保留下来的宾馆前，导游问我们：知道今天哪国客人住得最多吗？大家都猜对了，中国人！

欧洲城市建筑有一个特点，会在墙上画生活场景。在卢塞恩，我们在墙上看到画着的实物，让人知道当年这里是间药房。有意思的是，上面还保留着一句话："爱情无药可医。"真是道出人生真谛！

卖蜡烛

带数字的圣诞袜

费瑞奇餐厅墙上画着费瑞奇、弗瑞岑及其一家

在卢塞恩，圣诞前夕圣诞市场上卖四个一套的蜡烛。那是因为当地人家从 12 月开始，就要一周点一支蜡烛，直到圣诞节。另外还有一些小口袋或者是小袜子，上面标着数字。原来这些也是从 12 月 1 日开始，孩子每天都会得到父母送的一个小礼物。最后一个袜子里的大礼物，要在平安夜才能打开。了解西方文化，从参与节日中感受是最身临其境的。这里的狂欢节要折腾六天六夜呢！

狂欢节上最重要的两个人偶，是老汉费瑞奇（Fritschi）和老妪弗瑞岑（Fritschene）夫妇。传说费瑞奇是长得很难看的只有三颗牙的男人，要娶一个漂亮的妻子。妻子就是弗瑞岑，长得什么样？更老更难看，而且只有两颗牙！这两口还生了很多孩子，就是"费瑞奇一家"。这个传说无论在卢塞恩建筑的墙壁上还是在广场雕塑中都有形象的描绘，充分体现当地人的性格及传承下来的文化。卢塞恩城里的费瑞奇餐厅，就是狂欢节扮演"费瑞奇一家"者的下榻地。费瑞奇的原型可能是弗里多林（Fridolin），15 世纪帮助瑞士打败奥地利，成为此地保护神。"费瑞奇一家"的原型可能是参加对外战争的好战分子，后来成为著名的瑞士雇佣兵。名人、战争经过戏说，被刻画成另一番模样并进入民俗，成为当地人生活的一部

翩翩起舞

圣诞装饰

古老的廊桥，画风和北京颐和园长廊相似

分，创意十足的卢塞恩狂欢节更在整个欧洲极负盛名。

在卢塞恩能感受的还有各国美食，包括地中海风格、西班牙菜式，甚至还有纯正的中餐。奶酪火锅被奉为瑞士国菜，在老城的 Fondue House 里可以尝到包含奶酪火锅、油炸肉火锅和巧克力火锅在内的火锅大餐。

今天，我们在云雾缭绕的卢塞恩湖上，目睹雾幕缓缓拉开。雨声结束，雪山与绿草中的建筑被上帝手中的调色板装扮着。有这样的美

景，配着餐桌上滋滋作响的奶酪火锅，让我们这些远方来客不但感受到圣诞前夕气氛，更体会到什么是热爱自然，以及什么是大自然对热爱自然者的回报。

云开雾散

瑞士人的教育观：用眼睛听 用耳朵看

　　到瑞士后，通过华裔向导，我们了解到很多关于这里的教育情况。比如：用眼睛听，用耳朵看，这样奇特的提法就是一位瑞士高中生毕业论文的题目。

　　我们的女向导讲起自己两个女儿的故事。老大、老二虽然年龄差一岁，但同年高中毕业。老大比较内向，喜欢艺术、摄影、旅游，想过懒散而自由的生活。老二上的是快班，她比较自律，选中学的标准就是在网上看食堂怎

礼品店里

圣诞前夕街头布景：东方三圣与圣母

向导大女儿的论文分为写作部分和表演部分。20 页纸，写的就是怎么把照片中的风情世态变成音符与旋律。看似漫不经心的写作过程，让全家人对论文能否通过都有点忐忑。

么样——对她来说吃得赏心悦目很重要。18 岁的老二现在学着 11 种语言。

　　大女儿不仅具有一定的艺术修养，还在旅游中拍了很多别具一格的照片。她高中毕业的论文就是通过这些照片创作的一首乐曲，让旋律描述画面。论文题目更是听起来有点奇怪的"用眼睛听，用耳朵看"。

　　在瑞士，高中毕业考试并不是以分数论高低，而要从论文中看出你对社会的认知和解决问题的办法。向导小女儿有个同学，论文是 200 页的小说和 20 页的小说写作动机及创意分析。在中国人看来不可思议的还有，一个班级要是整体都考高分，校长不是表扬你，而是找你谈话。是不是题出得太简单了？漏题了？公平、公正与监督机制，在瑞士是非常严格的。

　　小女儿的论文别出心裁。交论文前的一个暑假，和妈妈一起回成都外婆家，发现那里的屋顶菜园可产出供一家人全年食用的菜。于是从中找到灵感，回到瑞士后在父母帮助下买土、买种子，把家里休闲花园开辟成菜园。她决定种植四季豆和胡萝卜，每天严格记录雨水、气温、土壤变化。有点遗憾的是，菜还没有长好，赶上她出门，请人帮助照看。结果大旱，全都枯萎。好在菜的生命力还挺强，扛了过来。"危机"时刻，老师也为她着急，找来各种工具。终于，小女儿还是把在城市种菜经过写成 20 页纸的高中毕业论文。其中阐述在全球气候变化，城市人为干扰环境的情况下，城市菜园对周围环境所起到的作用及对净化空气所产生的影响。

两个女儿的两篇论文都交上去了，能通过吗？全家不安很久，得到的消息是，全是满分！在瑞士，论文得满分的比例只有 5%。值得一提的是，大女儿论文涉及钢琴和小提琴演奏，是姐妹俩共同完成的。

父女对话（讨论老桥结构？）

瑞士的高考和中国不太一样，考的是解决问题的方法，分析问题的视角和所掌握知识的结构。不需要死记硬背，连考数理化也能口试，考的是对这些公式的理解和运用能力。向导的小女儿，14 岁就兼职当保姆，给孩子讲故事，陪着做游戏。18 岁打工，因为自己的能力强却得不到应有的报酬，直接向老板提出加薪。内向的大女儿，在高中毕业后的空余时间去日本打工、拍照、学语言。

女向导给我们介绍，瑞士老人也很孤独。她做的义工是每周一次陪一位老人家，和老人坐在外面喝茶时，对方会向路人炫耀，今天家里来客了！

在瑞士，有三分之一的人靠租房生活。年轻人结婚没那么复杂，租间房子就住在一起过

高楼与泡泡

商店门口的一家子

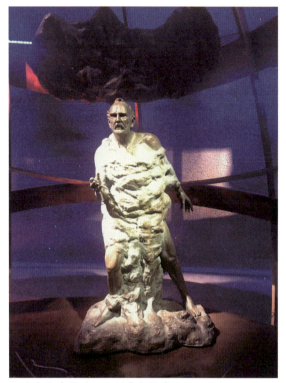

似为少女峰铁路工程师塞勒塑像

日子了。在瑞士，报税检查制度十分严格，满18岁打工挣钱就要报税了。制度甚至严格到，就连七大姑八大姨给你的钱要是不报税，也要被罚，让人难以想象。这些情形，都是我们去少女峰的路上听导游讲的。

少女峰在雾中

　　12月22日，从瑞士巴塞尔出发前往少女峰，一路下雨，下雪。上少女峰，如果风太大，上山的红色小火车就不能开。还好，我们登上了小火车。少女峰号称欧洲屋脊，其实并不是欧洲最高峰。欧洲最高峰，以往说法是阿尔卑斯山海拔4810米的勃朗峰，现在认为是俄罗斯欧亚分界处欧洲一方海拔5642米的厄尔布鲁士峰。

　　冬天的雪山脚下，总有浓浓的晨雾。它扑

走向少女峰

在地下，绕在半山，慢慢地向空中飘洒。行驶在田野农庄，间或能见到的牛群、羊群在铃铛响声中漫步，让你真想融入这片宁静致远的生活环境中。少女峰以冰雪与山峰、阳光与浮云吸引行者，带我们上山的少女峰铁路前几年已迎来百年诞辰。

少女峰铁路全长约7公里，最大坡度高达25%。1896年动工，施工长达16年，于1912年通车，四分之三左右的路段在冰河底下的隧道岩壁里通过，工程十分艰巨。终点站是少女峰站，也即全欧洲海拔最高的火车站，海拔3454米。

提议修建这条铁路的工程师阿道夫·古耶·塞勒（Adolf Guyer Zeller）最初的计划并没被批准，他硬是用私人投资赢得政府同意才得以开工。今天旅行者还可以看到在花岗岩上手工挖掘出来的隧道，不能不感慨在这样高的海拔施工的奇迹。建设中，工人几次罢

少女峰气象站

开往少女峰的火车

少女峰铁路修建工作照

工，要求增加工资。塞勒提议建设这条铁路，固然有伟大的理想，同时一定也被经济效益所吸引，因为他看到人们对少女峰铁路的长远需求。令人遗憾的是，工程刚刚开始不久的1899年，这位极富开创理想的人就因肺炎病逝，长眠在此地。

少女峰这个名字意译自德语，原文的意思是"处女峰"。关于这个名字的来由，在当地流传着两种解释，一是山上经常有云层笼罩，像少女"羞涩"不愿见人；另一个是旁边的艾格峰看上这位"姑娘"，但中间的僧侣峰一直阻挡着二位见面。少女峰的高度差不多是珠穆朗玛峰的一半，被称为阿尔卑斯山的"皇后"，是阿尔卑斯山脉的最高峰之一。它宛如一位少女，披着长发，银装素裹，恬静地仰卧在白云之间。

少女峰的美充满活力和变幻。从山下到山顶，一山之内景观却截然不同。山顶白雪飘飞，雪雾弥空，一派冰雪世界的奇观；而山腰以下却有着一眼望不到头的青草翠绿，山花明黄，和缓的山坡上牛群散布，牛铃回荡。山谷里村落安详恬淡，人们过着简单、质朴而闲适的生活。

我们虽然有幸登上随时受天气好坏、风雪大小影响的红色小火车，但因峰顶风雾太大，虽然登顶，却没能与少女峰近距离接触。好在刚刚参加马德里世界气候大会的中国独

少女峰上的宣传画

立科学家杨勇昨天登上少女峰。他的运气更好,虽然风大,但是看到少女峰直入云霄,群山缭绕。他拍了照片、录了视频,供我们分享。在这里,一是要感谢现在时空被拉近的科学技术,二是要感谢朋友间无私的分享,谢谢杨勇!

下山回程,大巴在因特拉肯小镇溪水边停下住宿,让我们体味从维多利亚女王时代形成的胜地。小镇位于图恩湖及布里恩茨湖之间,因特拉肯在拉丁文里的原意就是"两湖之间"。在这两汪晶莹剔透、明亮如镜的两湖之间,瑞士最壮丽的峰峦与冰川受湖水孕育滋养,因而

站在少女峰上远眺(杨勇摄)

格外壮美和雄浑。这是前往少女峰必经之地，因此成为全瑞士甚至欧洲著名度假胜地之一。早在维多利亚时代，这里就成为许多向往湖光山色的英国贵族所倾心的地方。风雪已停，傍晚在即。这里美得醉人的风情画面，叮叮当当的牛铃与哗哗流淌的溪水联袂交响，还有一位七岁就开始滑雪的小姑娘，都进入我的视频，供朋友一起观赏，一起聆听。

冰的雕塑

因特拉肯小镇

在斯特拉斯堡感受圣诞市

12 月 23 日，离开瑞士的我们到达法国斯特拉斯堡。该市中心地带是被河流环绕的大岛，在等待进岛检查时，导游贾莉莉（在当地学艺术的华人）指着一座写有旅馆字样的大楼问，你们知道这个建筑是做什么的吗？答：不是旅馆吗？不是！她说，是当地政府大楼，一楼大厅就是前台，当地人有任何问题都可以到这里寻求政府解决。把政府叫旅馆，这倒是挺新鲜的一件事。

法国国歌我们都知道是《马赛曲》。曲作者就是斯特拉斯堡人，作曲家鲁日·德·李尔（1760—1836），当时是斯特拉斯堡驻军工兵上尉。这首歌最初名叫《莱茵军战歌》（莱茵河流经斯特拉斯堡），当时法国大革命爆发，路易十六地位岌岌可危，暗地联系外国干预。此后奥地利和法国开战，法军节节败退。这首战歌使法国士兵受到鼓舞，乐队指挥格雷特里对作者说：这是具有大炮一样威力的音乐。这首歌很快流传开来，得到从马赛到首都集结，准备开赴前线作战的义勇军的喜爱。义勇军一到巴黎就高唱这一歌曲，于是巴黎人便称其为《马赛赞歌》，后来又称之为《马赛曲》。当时法国已经有两首在大革命中出现的著名歌曲，但《马赛曲》很快就取代了那两首，成了战斗

斯特拉斯堡河

的共和国之歌和革命之歌。1795 年 7 月 14 日，通过立法，《马赛曲》成为法国国歌。

斯特拉斯堡位于法国最东端，是阿尔萨斯大区和下莱茵省首府，也是法国第六大城市，与德国隔莱茵河相望。在这里，如果问当地人你是哪国人，他们可能会问说的是哪一年？从 1870 年到 1945 年，斯特拉斯堡三次更改所属国，被德国和法国多次交替拥有其主权。这里兼有法、德特点，是法、德文化交汇之地。古登堡、加尔文、歌德、莫扎特、巴斯德等德、法两国名人都在斯特拉斯堡居留，其中古登堡被流放到此后开始试验印刷术，歌德在此遇到比他大五岁的精神导师赫尔德。

与日内瓦、纽约以及蒙特利尔一样，斯特拉斯堡是少数几个并非一国首都，却有多个国

际组织总部所在的地方。欧盟许多重要机构就驻扎在此，包括欧洲议会、欧洲委员会、欧洲人权法院、欧盟反贪局等，因此也被称为"欧洲第二首都"。

沿河老建筑

斯特拉斯堡老城保留自中世纪以来的大量精美建筑，被联合国教科文组织列为世界文化遗产，并获得唯一一个由整座市中心区域作为保护对象的荣誉。这让我不禁感慨，北京的城墙、城门如果不拆，这个殊荣可能就不仅仅只有斯特拉斯堡了吧？

历史上，斯特拉斯堡处于多个民族活动范围的重合地带。从最初的凯尔特人，再到高卢人、日耳曼人以及后来的法兰克人，这些民族都在斯特拉斯堡留下足迹。斯特拉斯堡中心地带大岛被称为"小法兰西"或"小威尼斯"——"小法兰西"来源于15世纪末期的一所梅毒病院，而梅毒当时在一些地方也称为法国病。

伊尔河在斯特拉斯堡分岔成多条运河，这是一座沿河而建的城市。在一处地方，莉莉问我们知道这是做什么的吗。原来那儿很像中国江南水乡木板的小台子，人们蹲在那里洗洗涮涮。看来在人和自然和谐相处方面，各个民族是一样的。

伊尔河从城中流过

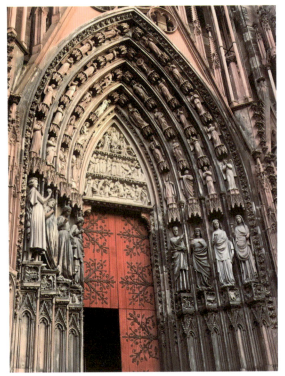

斯特拉斯堡大教堂正门

只有一座塔的大教堂

斯特拉斯堡大教堂始建于 1176 年，直到 1439 年才全部竣工。正面顶上，一边是一座高 142 米的尖塔，另一边却只有一座平台。此处原应该是一座对称的尖塔，由于财力有限而没有建起来，如今反倒成了特色。教堂内有一个 11 米高的天文钟，建于 1838 年。每隔 15 分钟，钟上会有代表人生 4 个阶段的儿童、青年、壮年及老年机器人出现；每一整点，就有机器人死神提着板斧出来。中午 12 点 30 分鸣钟报时之际，会有众多机器人轮流出场，带来引人注目、生动活泼、风趣幽默的场面。这座寿命已近二百年的大钟，至今报时准确无误。

教堂前有座雕像，莉莉说这是发明印刷术的古登堡。中国人发明了活字印刷，古登堡在此基础上发明了印刷机。这是印刷史上的革命性变革，古登堡是用印刷机出版圣经的第一人。斯特拉斯堡因此成为人文主义学术中心和神圣罗马帝国早期印刷中心，对新教在德国西南部确立地位产生重大影响。沿河之城斯特拉斯堡有一些美丽的桥梁，其中最引人入胜的是拥有 4 座古塔的中世纪盖顶桥，近旁就

倒影如画

古城古桥

是 17 世纪沃邦拦河坝（沃邦要塞的一部分）。还有 19 世纪华丽的 Fonderie 桥（石桥）和 Auvergne 桥（铁桥），以及莱茵河上未来派的步行桥（2004 年开放）。

斯特拉斯堡最著名的建筑是哥特式主教堂以及中世纪莱茵兰地区黑白木构架建筑。布满中世纪木桁架房屋和巴洛克风格的砂岩建筑，与交错的小运河相得益彰，有如童话般美丽，城市历史的灵魂，都在那些重建的建筑中得以体现。很有意思的是这些建筑的横木上有数字标识，这可让它们搬走再用在其他房子上。

斯特拉斯堡有一些获得国际声誉的机构如斯特拉斯堡爱乐乐团、斯特拉斯堡国家剧院、莱茵省国家歌剧院、斯特拉斯堡打击乐团，每年举行古典音乐节和现代音乐节。在独具魅力

永结同心

横木上有
数字标识
的老房子

小木屋

一年一棵圣诞树

与特色的斯特拉斯堡漫步,细细品味发觉,留在记忆中的还真不少,想与朋友分享的还真多。

　　我们来时正值圣诞节期间,通往大教堂的道路两边,天使的翅膀在灯光中呈现,让教堂

在镜头中既庄严又时尚,且洋溢着节日热闹气氛。据说圣诞树源于斯特拉斯堡。因为山里人砍了树,上面装了各种小礼物过圣诞,由此风靡一时,成为时尚。每年圣诞前,一定要有一棵30米高的圣诞树耸立在这里的广场,上面放满各种小装饰,陪伴人们过节。去年立了三棵树,为什么呢?因为第一棵树心烂了,第二棵倒了,直到第三棵立起来才算完。立起一棵圣

诞树要 5 万欧元呢！今年倒是一棵定乾坤。

　　圣诞集市又称圣诞市场，是指欧洲国家于圣诞节前夕举行的集市，也是欧洲集市贸易形式之一，通常在距圣诞节 4 个星期时开张，在圣诞节当天结束。法国斯特拉斯堡圣诞集市能追溯至 16 世纪，至今已有 445 年历史，是世界上最古老、最负盛名的圣诞集市之一。圣诞集市最早起源于法国和德国，两国一直在争谁是起源。斯特拉斯堡同时形成欧洲独有的德法两国双重文化，所以此地圣诞市场充满异国情调，闻名欧洲。

　　说来说去，斯特拉斯堡圣诞集市是法国最古老的圣诞集市。它创办于 1570 年，又被称为"圣婴耶稣集市"，所提供的圣诞装饰品之多样化在法国堪称独一无二，被誉为"圣诞之都"。在为期 5 周的圣诞集市活动期间，市政府投入超过 200 万欧元用于圣诞集市活动筹备，有效推动当地旅游消费，大大提高城市形象和品位。

　　每年圣诞节，在斯特拉斯堡市中心的 12 个地点，会分布超过 300 间木屋。这里可以品尝到地道的法国特色美食，更有历经数百年，一代代传承下来的手工蜂蜜、手工香皂、手工布艺以及各种圣诞主题的玩偶、瓷器、手工艺术品、古玩等。还有热闹非凡的花车、圣诞老人伴你游行。经过数百年打造的"圣诞集市"

圣诞悬饰

圣诞展板：东方三圣

这一文化品牌，极大促进了斯特拉斯堡旅游市场的繁荣。

在西方，圣诞节有一样点心是一定要吃的，那就是姜饼。姜饼就是小酥饼，用姜、面粉、蜂蜜、红糖、杏仁、蜜馅果皮及香辛料制成。有这样一个关于姜饼的传说。从前有一间甜品屋，老板是一位老奶奶。多年来，她只卖一种做成小人形状的姜饼，而且只做成男孩形状。有好心人问："你为何不卖其他食品呢？"老奶奶沉默不语，只是微笑。其实，这里深藏着一个秘密。年轻时，她救了一个军人，可发现对方是敌方间谍。不过因为爱他，自己一直保守着这个秘密。在一年圣诞节，她亲手做了一对姜饼人，一个男孩和一个女孩。她拿给军人时，发现心上人已被告密，必须立马逃亡。

她含着眼泪，把女孩姜饼交给对方。他握着她的手说：我一定会回来的。几十年过去，心上人再也没有回来。从此，老奶奶就开始用做姜饼人来纪念爱人。

后来，老奶奶收下一个关心她的小姑娘为徒，教授做姜饼。不久，老奶奶去世，徒弟继续做姜饼。徒弟老了，又教下一个徒弟……就这样，这里的姜饼被一代一代传承下来。因为小店地处麦格勒广场，"麦格勒的姜饼"也成为一个传统。每逢圣诞节前，到这里的人都会去买一块姜饼吃，而且姜饼永远都只有男孩形状。又过了很久很久，有一天一个远方旅客来到这里。他买了一块姜饼后，又从包里掏出一块与男孩姜饼造型非常像的女孩姜饼。许多本地人

圣诞灯饰

圣诞期间熙熙攘攘

欢迎来到斯特拉斯堡

节日的教堂前街

都围上来看，旅客说：这是我们那个小镇的传统小吃。很久以前，据说是由一位老爷爷发明的。非常奇怪，他只做女孩姜饼，听说是为了让爱人能通过姜饼找到他。从此麦格勒这个地方流传，在圣诞节晚上，如果谁在圣诞树下吃下姜饼，那么来年就能与心爱的人永远在一起。

在斯特拉斯堡，圣诞热红酒是这时必喝的热饮之一。它是一种加热红酒，不过除了一般红酒成分外，还会加入肉桂、蜂蜜、柠檬甚至水果烈酒等，令口味变化更多；还有专门给儿童准备的无酒精热红酒，适合全家人。热红酒会在圣诞市场上新鲜出售，也可以在超市买到半成品，甚至在家自制。2019年12月23日，我们在斯特拉斯堡街上看到的，都是人们手拿冒着热气的葡萄酒边喝边走。那气氛，给人的是暖暖的、诗意的、浪漫的。一个民族的修养、情怀和生活态度，很多都在其节日中体现。圣诞节在欧洲度过、在莱茵河上感受，让我越发觉得文化在民族间的交往与认知是可以震撼心灵深处的。

沐浴之城、豪赌之城巴登巴登

有一个地方，19 世纪欧洲所有大人物都来小住过几日。这里是拿破仑三世钟爱的城市，还接待过俾斯麦、维多利亚女王、俄罗斯沙皇亚历山大和普鲁士威廉国王——他在此差点被谋杀。不过政要不是唯一享受这里的温泉和温和气候的人群，文人墨客和音乐家们也同样受到欢迎，诸如陀思妥耶夫斯基、瓦格纳、勃拉姆斯……该地就是巴登巴登。

据说去年欧洲大旱，河流干涸。可我们一到巴登巴登，却看到绿头鸭在河里睡觉。全球气候变化对一山一水、一草一木的影响，是我时刻关注的。

告别法德边境城市斯特拉斯堡，2019 年 12 月 24 日，我们在雨中来到德国小镇巴登巴登。德语"巴登"（baden）是沐浴或游泳的意思，而这里有两个"巴登"，可想而知肯定水多、浴室多。巴登巴登位于黑森林西北部边缘的奥斯河谷中，城市沿着山谷蜿蜒伸展，背靠青山，面临秀水，景色妩媚多姿。勃拉姆斯说自己对巴登巴登"永远有着一种难以言传的向往"。岂止是他，欧洲浪漫主义文学与艺术大师都非常喜欢这个地方。在舒曼、勃拉姆斯、李斯特等人的努力下，此城在几百年前便成为欧洲沙龙音乐的中心。如今，这里更致力于将自己建设成欧洲文化与会议中心。

要上岸的绿头鸭

陀思妥耶夫斯基塑像前的女粉丝

巴登巴登还有一个身份，就是赌城。网上有人说巴登巴登是"欧洲的拉斯韦加斯"，其实这里跟拉斯韦加斯完全是两种味道。不错，巴登巴登也许是欧洲最大的赌城，但它也是世界上最美的赌城，甚至可能是最豪华的赌城。每年有60多万富豪从世界各地飞来这里豪赌，然而这里没有拉斯韦加斯那种疯狂，而是永远维持着它的斯文。赢了钱的，一出门就会买下商店中的豪华纪念品，一出手就是几万几十万欧元；输了的，也不过笑笑，默然离开。在这儿，也有像中国人那样用骰子打麻将用的。他们说麻将是怎么诞生的，就是泡温泉，没事干玩起来的。巴登巴登的最大赌场甚至不叫赌场，它有个文雅的名字——休闲宫。宫里并非

街头卖艺的孩子乐队

只可赌博，还有音乐厅、舞厅等。白天付费参观，从傍晚开始就是高雅的娱乐中心。要进入休闲宫，必须西装革履，系好领带。

巴登巴登圣诞布景

光顾这座赌城的不只富商巨贾，还有穷酸文人。陀思妥耶夫斯基就在这儿写的小说《赌徒》，而代价是什么？据说把结婚戒指和老婆的鞋子都输掉了。遗憾的是，现在的年轻人对他这样的作家都不知道了。当年俄国作家作品是中国人了解西方社会的窗口。陀思妥耶夫斯基的《被侮辱与被损害的》《罪与罚》《白夜》，还有屠格涅夫的《猎人笔记》《父与子》，都是我们喜欢极了的小说。

在自然风光得天独厚的巴登巴登，流传这样的说法：建筑师得到君主委托，"以天空为屋顶"，要建筑与自然浑然一体。建筑师确

实很好地实现了这个基本构思。这里处处有花园，所见皆绿地。小溪从山谷中流过，入夜四周群山回响，摇你入梦。

巴登巴登街景

罗马浴池遗址

从罗马时代起，巴登巴登就是温泉沐浴之城。古老宏伟的弗伦德里希浴场建于两千年前罗马浴池遗址上，让人可以一边泡温泉，一边看古建。用白色大理石建成的卡拉卡拉浴场则较富现代感，面积达 1000 平方米，有多个室内室外温泉和桑拿浴室。

太阳下山了 平安夜快到了

在巴登巴登正好赶上平安夜。在这特殊的日子，我到市场给先生买了一条围巾，并告诉

圣诞快乐

售货员是送给他的圣诞礼物。她非常认真且漂亮地边包着边说：羡慕你们的爱情。圣诞市场没多少人，咖啡厅、啤酒馆前人声鼎沸。在啤酒馆前遇到拉着两只小狗的女士和男士，我问你们在这儿过平安夜吗？为什么不在家里？女士答：我们家很远，所以今天的晚饭就在这里了。和认识的不认识的朋友一起过节，萍水相逢，少了寂寞与孤独，不错的选择与习俗。拍这段小视频时，拥挤的人群中一位男生把酒杯高高举着让我拍照，旁边几位更是做了造型，几位女士则直接把酒杯碰响的声音让我录了下来。这一时刻让人激动！我也大声地说：圣诞快乐！

海德堡，"偷心"的城市

　　2019 年 12 月 25 日，从莱茵河顺流而下，

我们来到海德堡。1990 年我到过这里，走过那条著名的"哲学家小道"。站在古堡上往下看内卡河边那片红屋顶的房子与清澈泛绿光的河水相依相偎的画面，在我的脑海里整整二十九年。

　　海德堡坐落于奥登林山边缘，整个城市傍内卡河而建。内卡河在这里流入莱茵平原，在几十公里外流入莱茵河。青山绿水间的海德堡，石桥、古堡、白墙红瓦的老城建筑充满浪

哲学家小道

漫和迷人的色彩。秀美的海德堡是浪漫德国的缩影，曲折而幽静的小巷沟通古堡和小河，充满诗情画意。这是一座能把你的心偷走的城市。诗人歌德说"把心遗失在海德堡"；作家马克·吐温说，海德堡是他到过的最美的地方。

哲学家小道长约 2 公里，在内卡河北岸圣山南坡的半山腰上。据说哲学家黑格尔任教海德堡大学时，经常与朋友、同事在此散步，一起讨论学术问题。今天走在这里，可一边眺望对岸城镇风光，一边遥想当年的无限清景。哲学家小道旁边花园门口竖着一只向上平伸的手掌模型，掌心写着一句话："Heute Schon Philosophiert？"直译为："今天你哲学过了吗？"

八百多年间，许多诗人和艺术家来到海德堡并被深深打动过。19 世纪德国浪漫主义在海德堡发源和发展，这里成为德国浪漫主义的象

今天我哲学过了吗

海德堡的浪漫：男女相吻牌巧克力广告

征地和精神圣地。许多伟大诗人和艺术家的传记都不能略过海德堡，甚至没有一部世界文学史著作能略过海德堡。

如果说，海德堡的思想产生于哲学家小道，海德堡的浪漫则表达在巧克力上。当时的男女大学生如果相爱又不好意思表达，怎么办呢？送一块巧克力。现在街上巧克力店还有男女相吻牌巧克力。据说后来，这样以送巧克力方式暗送秋

这里曾是海德堡大学学生监狱所在地

波，连严格的女生宿舍主管都默认了。

海德堡有供大学生暗送秋波的巧克力，也有大学生监狱。这在世界别的大学听说过吗？大学生监狱位于大学东侧，事实上相当于禁闭室，的确是世界上绝无仅有的。当时学生犯下轻罪，调皮捣蛋，警方无法干预。市民纷纷表示不满，于是大学当局设立这个监狱。犯罪学生白天上课，晚上回到这里接受关押。其间仅能得到面包和水，关押时间根据罪过轻重从1天到30天不等。这里毕竟不是真的监狱，没有禁止从别处买食物进来，也没有禁止别的同学探望。

因此，这里很快成了学生乐园，晚上在这里大吃大喝大闹。好多学生更是故意惹事生非，争取到这里"关押"。始于1712年的学生监狱，在1914年第一次世界大战爆发时停止使用，历时202年。监房内可见旧铁床和旧桌椅，四壁和天花板上则全是学生涂鸦之作。

海德堡（Heidelberg）一名是1196年在这里附近一座修道院证书上第一次被提到的，最初译为海岱山，是冯至那一代留德中国学者采用的。由于海德堡的古堡闻名于世，影响太大，城市中文译名也就干脆叫海德堡。

海德堡城堡坐落在内卡河畔王座山上，是一座红褐色古堡，为古代帝宫遗址。该建筑主

城堡巍峨

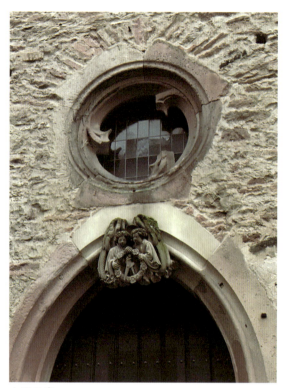

古堡门窗

要由内卡河砂岩筑成，包括防御工事、居室和宫殿等，结构复杂，风格多变。如今虽残破，仍不失王者之气。古堡始建于 13 世纪，历时400 年才完工。因建筑风格不断变化，形成哥特式、巴洛克式和文艺复兴式三种风格的奇妙混合，为德国文艺复兴时期建筑代表。城堡广场平台上有一枚凹陷的脚印，流传着浪漫和逃生的故事，一说是城堡遇火时逃生者留下

的，一说是城堡女主人情夫留下的。今天到那儿的女士拿脚比比，如果正合适，说明是幸福女人；男人呢，如果合适，就是花心男人。

海德堡大学成立于 1386 年，早在 16 世纪就成为欧洲科学文化中心，如今海德堡声望不减当年。由于城内多为学生，成为全德平均年龄最小的城市。海德堡是一个充满活力的传统与现代的混合体，过去是科学和艺术中心，如

古桥上的猴子塑像

智慧女神雕塑及其座下孝敬之神、正义之神雕像

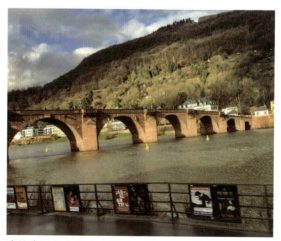

连接城区与山区的古桥

今市内和附近仍然建有许多研究中心，号称"欧洲硅谷"。至今到历史最久的古建筑"骑士之家"饭店就餐，去"哲学家小道"漫步，依然是当地人的习惯。

海德堡印刷机械股份公司广场前的印刷马塑像，代表思维和印刷之间的关系。这个典故出自希腊神话中不可忽视的神马，所有诗人都骑着这种带翅膀的马，代表飞跃的想象力。但

海德堡的河与山

诗人单靠灵感是不够的，也必须宣扬思想。在互联网出现之前，印刷术是传播思想最有力的工具。海德堡是世界最大成套印刷设备生产商所在地，此外轿车和飞机的发明地也是海德堡！浪漫思想和严谨科技的统一，在这里充分表现。

离开海德堡，雨后天晴的阳光折射在水面上。那光与影相间的美，和已在脑海中的红屋顶，再一次留在我心，供回忆、供感叹、供分享。

莱茵河游轮上的反思

2019 年 12 月 26 日，我们领略莱茵河中游从德国宾根到波恩这段的美。人称这段莱茵河是最美的一段。

莱茵河谷地带历史悠久，这里是欧洲人文主义摇篮，文艺复兴时期更是兴盛一时。莱茵河谷地区生态环境保护之好，两岸山峦都是郁郁葱葱。山脊上古老的教堂尖顶十分显眼，隔不了多远就能见到一座两座的，让想拍拍它

黑白世界

古堡里的教堂

莱茵河畔古堡

们的我真是忙不赢。如今莱茵河德国段被列为世界文化遗产，不能动一草一木。河段上没有桥，靠轮渡联接两岸。

莱茵河谷地区葡萄种植历史已有上千年，葡萄园非常多，是德国有名的葡萄酒之乡。漫山遍野的葡萄园下，是中世纪风格的小镇。似乎几百年来，这里一直保持着古老而传统的风貌。

莱茵河德国段共有 800 余座城堡，大都建于神圣罗马帝国初兴时期，至今已有千余年历史。之所以有这么多城堡，可能和地貌有关。这里是岩石地带，有的是建造城堡的石料。莱茵河畔的石料自然叫莱茵石，莱茵河上有座莱茵石城堡，可谓气势恢宏。10 世纪初期，莱茵石城堡最初是神圣罗马帝国皇帝行宫。后来，奥托二世将其送给美因茨大主教。1825 年，普鲁士王国腓特烈威廉王子把这里买下来，重新整

修成为哥特式城堡。所以，今天看起来城堡很有皇家气势就不足怪了！现在城堡内收藏有许多 16—17 世纪盔甲和艺术珍品，仍属私人领地。

建在岩石地带上的莱茵石城堡

莱茵河沿岸还有一座鼠塔，据说由罗马元帅德路威斯在公元前 8 年修建，后逐渐荒废。10 世纪被美因茨大主教重修，作为关税塔。美因茨大主教哈托二世残暴、贪婪、奢靡，强征重税以积聚个人财力。他毫无怜悯之心，将

一座座古堡让人应接不暇

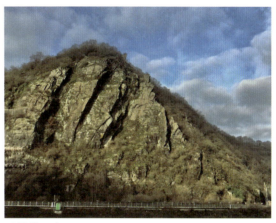

罗蕾莱山岩

饿得将死的百姓的痛苦哀号说成"老鼠吱吱叫"。传说上帝派老鼠来惩罚他，储存强行搜刮而来的粮食的粮仓起了大火，成群的老鼠跑进大主教住所。大主教只好过河逃进鼠塔，不料老鼠竟追到鼠塔，将他活活咬死并吃掉。

这个传说或许是人们因为憎恨大主教而有所夸张，不过以后人们就将关税塔都叫鼠塔，这是对贪婪主教及其下场的讽刺。对老百姓来说，收这些税赋的老爷可不就是偷吃粮食的鼠类！如今鼠塔已经不收税了，据说依然作为信号塔指引往来船只。

这段莱茵河还有一个河神罗蕾莱的传说。相传耸立在莱茵河 555 公里转弯处的一块巨大山岩，就是著名的罗蕾莱山岩。美丽的女河神总是在夜里坐在这块山岩上，缓缓梳理着长长的金发。每当船夫从这里经过，还能听到她动人的歌声。这让走神的船夫忘记这里暗礁林立、山岩凶险，没能及时躲避，导致触礁，船毁人亡。

莱茵河是德国最长的河流，流经德国河段长度 865 公里，流域面积占德国总面积的 40%，堪称德国的摇篮。我们在莱茵河畔看到的城堡，或依山或傍水而建，雄伟险峻，美丽古雅。这如梦似幻的胜境，依稀使人回到遥远的中世纪。行走在莱茵河上，风有点大。我录制视频的效果带着风声。手在外面冻得冰凉，但还是一直站在甲板上，听船上对古堡的介绍。每一个故事都让人感叹，让人思考。

在莱茵河边，看到黑白两种颜色的两座古塔，中间有一堵墙。听到介绍说，原来这两座

家在莱茵河

塔是兄弟俩的。他们一起参军打仗，哥哥先回来了，弟弟继续留在战场。哥哥回来后，和弟弟的未婚妻一起生活，但没有越雷池一步。哪想到弟弟回来，却带回另一个女人。兄弟二人反目成仇，结果弟弟的未婚妻和哥哥抑郁而死。弟弟带回来的那个女人侵吞家里所有的财产，家园从此败落。这样的故事，既有对忠贞

的赞美，也有对不义的评判。

另一座漂亮的古堡留下这样一段往事。一个 16 岁的女孩第一次和父母出行，兴奋之余在古堡里一脚踩塌，挂在山崖。她大声呼救，可是过往船只以为是古堡的主人，也向她挥手致意。女孩没能等到救命之人，就这样香消玉殒。多少年后重新修复古堡，人们发现女孩遗骨旁边放着她最后求生的日记。

一条大河的故事，有自然，有文化，有人生，承载得真多！这些故事一直流传下去，后人才有值得借鉴的东西，值得继续传承。

本文部分照片来自同行的刘刚先生，在此深表谢意。

漫步莱茵河最美的河段

父亲河 母亲河 中世纪城堡

2019 年 12 月 25 日傍晚，我们走进莱茵河

黑白古塔和中间的墙

畔的吕德斯海姆，这是通往莱茵河中流山谷的大门。有"酒城"之称的吕德斯海姆，年产 2700 万瓶葡萄酒。小镇吕德斯海姆，居民 1 万人，而每年来的品酒观光客有多少人？200 万。这么牛的地方，世界上能有几个？

　　因为是圣诞节晚上到的这里，没能看到坐落在河岸森林密布的缓缓的山坡上，满城都是重重叠叠的红色屋顶和绿树掩映的街道，没有感受到城里浸漫着的花香，没能看到大片大片的葡萄园随着季节变幻而改变颜色，没能听到每一处庄园的古老故事。但是，细雨中小镇的小巧精致，还有小酒巷、小博物馆、小火车站、小日耳曼尼娅女神像，都在灯火中体味到了。我们乘坐小火车游逛，沉浸在小街小巷的圣诞气氛中。

　　我们继续前行来到科布伦茨，在德语中

吕德斯海姆之夜

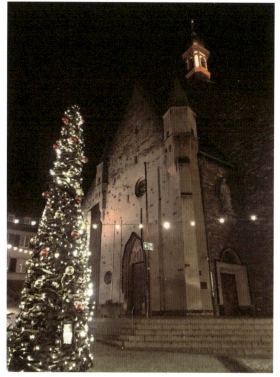

小镇教堂

这个词的意思是两河交汇之处。德国人通常把莱茵河称为父亲河,把其支流摩泽尔河称为母亲河,而父亲河和母亲河交汇之处就是科布伦茨。两千多年前,罗马人在这里建城。由于特殊的地理位置,这里是兵家必争之地。如今人们来此大多是为了看一看著名的德意志之角,即两河交汇处的一块三角地。1897年,人们把全城的中世纪城墙拆下来在这里垒成高台,在高台上矗立起德意志帝国首任皇帝威廉一世的雕像。站在高台俯瞰,好像站在一艘巨轮上。船头最前端插着德国国旗,两侧则插有全国十六个州州旗。这里的街角建筑非常特别,都是17世纪的。

莱茵河和摩泽尔河交汇处

科布伦茨的孩子

马克斯堡

我们还到了莱茵河与其支流拉恩河交汇处的布劳巴赫，这里的马克斯城堡是莱茵河谷沿岸唯一未遭战火破坏的中世纪城堡。这座城堡有超过700年历史，当年建它有两个目的：一是为了保护布劳巴赫，二是作为征收税费设施。1283年，当地伯爵将该城堡买下。14、15世纪，城堡改建工作一直没有停止。拿破仑时代神圣罗马帝国倒台，城堡被拿骚公爵攻陷，

城堡外的莱茵河

其间成为伤残军人居住的地方。马克斯城堡颇具中世纪骑士时代要塞据点特点，由城堡主楼、塔楼、住宅城楼、闸门、内外墙之间的回廊和棱堡等多个建筑群组成。1900年在威廉二世帮助下，德国城堡协会以象征性的1000马克将其买下进行修复。如今，马克斯城堡是德国城堡协会总部所在地，也是莱茵河东岸最引人瞩目的景点，同时也是整个德国最为重要的景点之一。2002年，马克斯城堡作为德国莱茵河中段河谷的一部分，被列入联合国世界遗产名录。

马克斯城堡内各楼层、厅堂、转角和通道间的布置，让今天的走进者感受中古时期城堡生活的真实面貌。有人记住了酒窖、厨房、骑士大厅、礼拜堂、惩罚和拷打工具，而让我留下更深印象的是古堡外院子里那片草药园。这里曾经驻扎过军队，受伤的士兵得益于草药治疗。这些植物从遥远的过去长到今天，依然被重视。

在城堡外面，我们看到一个小房子，是什么？厕所！当时家里有厕所，那可是可以炫耀的。介绍者特意让我把门关上，很有意思的是门不是从里面锁，而是从外面锁。原来这个厕所还有防御功能，如果外人入侵，这里可作为避难所而不容易被发现——对不起，门锁上

了。城堡里让人难以置信的是双人床之窄，两个人平躺着很困难，要侧着身躺。有介绍说，当时的军人睡觉不是平躺着，而是半靠着，这样可以迅速起身。

马克斯城堡里有军服展示，据说全世界军服展示这么全的只有三个地方：纽约、伦敦和马克斯堡。其中一件军服，脸是被盔甲盖着的，掀开才可以看到外面。而这个掀的动作，就是现在行军礼的起源。在马克斯古堡里走了一圈，真长知识。

德国的城堡有优美的景致，河流环绕，还有遍布森林的丘陵地带。古堡在欧洲有非同一般的意义。它们大多在中世纪前后建立，不是

示范军礼的
起源

骑士、贵族的私人居所，就是宗教建筑，往往经历过多次战争。不过，今天欧洲古堡只有少数还有人居住，多数家族后人都将自己的居所向外开放。住在里面，不只是能看看风景，还有难得一见的军械库，更有国库也见不到的宝贝。

科隆，大教堂的两种颜色

游船下一站是科隆。2019 年 12 月 28 日早上，我是被船外的鸟儿叫醒的。走出船舱，看到三棵大树上满是叽叽呱呱叫的鸟。举起手机拍下的，除了树上的鸟，还有科隆大教堂双塔。天呀，如此繁华的科隆，街边树上有这么多的鸟在早晨叫个不停，飞来飞去。

别人到科隆，可能直奔大教堂，我们却被街头雕塑迷住了。在一座高层建筑窗户外面，有一个小混混塑像。原来当年楼上住着小混混，楼下住着艺术家。艺术家一拉琴，小混混

鸟的家

就打开窗户，在窗台光着屁股撅着，而且正对着不远处的教堂。所以有人说，这也是对宗教的一种态度。

小混混塑像

偷鹅的人

科隆一条小巷子里的金色塑像也有故事。这是两个人的塑像，一高一矮。据说矮个子比较老实，高个子比较狡猾。当时德国很穷，人们常常吃不饱。一天，他们没得吃了，但发现市长家买了一只鹅。高个子对矮个子说，咱们把鹅弄来吃吃吧。晚上他们拿着梯子去市长家，没想到被警察发现了。警察问他们干什么，他们说：听说明天是市长的生日，我们想送点礼。警察说可以白天来呀。他们说又不是什么大礼，就是一只鹅而已。于是顺理成章把挂在阳台上的鹅拿走了。德国人有很多这样既智慧又幽默的故事，也表现在大街小巷的雕塑上。

还有一组小精灵的雕塑，相关故事说的是从前科隆人过得很舒适，白天不想干活，晒太阳、喝咖啡。不论面包师还是裁缝、木匠、纺织工，白天的活没干完也不发愁，因为晚上睡觉时会跑来一群小矮人，兴高采烈地唱着歌、吵吵嚷嚷，挨家挨户蹿。只要看见谁家有没有干完的活，就会非常麻利地帮着把活儿干完。有个裁缝太太非常好奇，晚上睡觉前在楼梯上撒了很多圆溜溜的豆子。小精灵纷纷踩在豆子上滑倒，裁缝太太连忙举着油灯出来看，一个人影也没看见，只看到豆子还在楼梯上滚……从那以后，小精灵就消失了，再也没有人半夜来帮手工艺人干活了。唉！只好自己辛苦啦！

据一位知情人说，这些小精灵很生气，跑到莱茵河中间那块美丽的罗蕾莱山岩的山洞里过隐居生活去了。这告诉人一个道理：不能偷懒，也不应窥视不该知道的秘密。

霍亨索伦桥是科隆最古老的桥，由三座铁路桥和人行道组成。它横跨莱茵河，连接大教堂，因此被认为拥有着最美丽的风景。科隆人相信，在桥上挂上锁，将钥匙丢进莱茵河，爱情就可以天长地久。很多当地人，还有慕名而来的游客，将自己和爱人的名字刻在锁上，留在桥上。日积月累，锁越来越多。有多少呢？还真有人算过：16万把，重30吨。五彩斑斓的各式铜锁，形成莱茵河畔独特的风景线。因为锁太多了，人们已经担心不要把桥压塌了。

科隆大教堂是该市地标建筑，157米高的钟楼使其成为德国第二、世界第三高的教堂，

小精灵塑像

不可承受之轻

科隆大教堂

也是世界第三大哥特式教堂，与巴黎圣母院大教堂和罗马圣彼得大教堂并称欧洲三大宗教建筑。教堂始建于 13 世纪中期，于 1880 年才宣告完工，至今依然在完善修葺。从建筑规模和装饰艺术质量来看，科隆大教堂胜过之前所有哥特式建筑，被联合国教科文组织列入世界文化遗产。

科隆大教堂建成初期，外观呈米白色。但先是在二战时饱受战火熏灼，外壁渐渐开始发黑，加上二战后期德国经济快速发展，科隆作为最重要的工业基地、德国主要褐煤生产基地，由此产生的泛酸的空气侵蚀着教堂的每一块石头。由于长期受到工业废气和酸雨的污染腐蚀，教堂双塔由米白色变成黑褐色。当地政府决定保留黑褐色的科隆大教堂，以引起世人对环保工作的重视。

保留黑褐色的科隆教堂

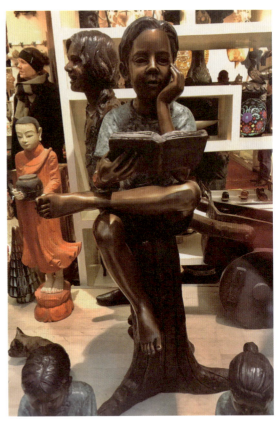

礼品店里

车站外观

小孩堤防的荷兰风车

莱茵河带着我们从瑞士到法国，再到德国。马上就要进入最后一个国家，莱茵河入海地所在的荷兰。

荷兰的风车，大家都熟悉，可是你知道吗，一个风车就是一个家庭，里面住得挺宽敞，如同一套房子，要啥有啥。据说现在还有人申请住进风车当管理者，但必须是荷兰人，外国人没有这个资格。

我们去看了小孩堤防。它坐落在莱克河与诺德河交汇处，1740年为排水建立由19座风车组成的系统。这是荷兰最大的风车系统，每座风车高达四五层楼高，巨大的车叶长20多米。风车内部住着看管者，除了有牵引车叶轴心、巨大的石磨、工具室和储粮室外，居住空间并不大。小孩堤防风车群已成为荷兰最知名的景点之一，1997年被列入联合国教科文组织世界遗产名录。

小孩堤防得名于民间传说。1421年，由于风暴吹袭，海水倒灌，荷兰受到可怕的水灾。风暴减弱后，有人尝试寻找生还者。看见远处

小孩堤防风车

荷兰乡村

有一个木制摇篮漂浮。摇篮漂近时，发现里面有只猫，为了保持平衡而来回跳动。人们吊起摇篮，惊奇地发现有一个小孩安详睡着。这个感人的传说流传至今，成为小孩堤防历史的一部分。

荷兰在日耳曼语中叫"尼德兰"，意思是"低地之国"，国土有一半以上低于或几乎水平于海平面。从13世纪开始，荷兰土地面积因海水侵蚀而减少56万公顷。小孩堤防风车群建造目的用风力原理推动转轮，让低于海平面低洼地区的积水排出，让地表不至被水淹没。由于科技进步，荷兰已设立世界最大的水渠站供排水用，取代风车功能，仅存的风车更显珍贵。早期全国风车数量最多时高达一万多座，现仅剩一千座左右，小孩堤防内的风车数量最

一字排开的风车

风车里的家

木鞋架

为密集。19 座风车中仍有 17 座持续运转，剩下 2 座在每年 7、8 月时加入运转行列。矗立于河岸两侧的风车群一字排开，极为壮观。

今天，小孩堤防风车内部可以参观，其中有部分向公众开放。风车内部得到很好保存，有一些古老的炊事用具、木鞋、传统挂毯等等。从前风车主及其家庭生活，让每一位来者回顾与畅想。这里还有研磨风车，让游人得知风车运作的原理。

据说在宇宙飞船上能看到的人类奇迹是须德海造地大坝，那是荷兰近代最大的围海工程。因为地处低洼，荷兰一直和海争地。经过几个世纪努力，建成堤坝总长度已达 1800 公里，向大海索回 70 万公顷土地。须德海原是一个深入内陆的海湾，湾内岸线长达 300 公里，湾口宽仅 30 公里。1932 年，荷兰筑起宽 90 米，高出海面 7 米的拦海大堤，把须德海湾与大洋隔开。此后不断地把湾内海水抽出，到 1980 年造地 260000 公顷（2600 平方公里）。剩下大约一半海湾，被改造成巨大的淡水湖。

要在长达几十公里海面上筑起拦海大坝，石头是不可或缺的。但荷兰全境均为平原低地，根本没有石头。为解决这一难题，政府在全国动员 500 余艘船只，不惜耗巨资从法国和葡萄牙进口石头满足工程需要。

据介绍，向大海争地的步骤是这样的：先在第一块垦区周围筑起堤坝，用 6 个月时间排出 6 亿多立方米海水。海底露出后，形成垦区雏形。而后经过撒播芦苇和茅草，两三年后海底变干。在此基础上，再翻地轮种，促进土壤熟化，将其改造为农田。新田开垦，从排水、烧荒、开沟、挖运河等一系列的过程，到土地能正常使用，一般需 10 年以上。经过这番浩大工程，荷兰获得相当于国土面积 1/5 的万顷良田。

不过随着人们对自然的认知，也越来越认识到人为围海造堤对生态会有极大影响。本来湿地是基因库，是大地之肾。因为拦海造堤，在失去大片湿地的同时也失去很多生活在湿地的动植物。荷兰人又开始反思如何顺应自然，

阿姆斯特丹的傍晚

而非改造自然。其实，岂止是荷兰人，人类曾经不都想改造自然，征服自然吗？这些年终于慢慢认识到与自然和谐相处、和自然交朋友的重要。

大画家笔下的"集体照"

和艺术家参观博物馆并听其讲解，真是巨大的艺术享受和熏陶。阿姆斯特丹国家博物馆，我们是随华人画家黄筱珮一起走进的。她把以前艺术家自画像比喻成今天的"自拍"，当年无论是梵高还是伦勃朗都有大量的"自拍"。群体画卷则被她称为"集体照"，不过当时这些"集体照"是要每一个画中人自己掏腰包的。谁掏的钱多，谁就会站在画面显著位置。

筱珮在题为《看信》的画面前说，这位女

《看信》

《倒牛奶的女仆》

士在读信，墙上是羊皮地图。这幅画给人无限想象，信中是情思，是悲伤，还是念念不忘？画中宽大的裙子，筱琍告诉我们是被鲸鱼骨头撑起来的，让风可以吹进人体以纳凉。

《倒牛奶的女仆》让我们看到的，是画风以皇宫贵族生活为时尚时，画家却把笔墨用在普通老百姓生活上。无论是衣服着装，还是倒出的流动着的牛奶，那场景不就在我们身旁？

1885年就开放的这座国家博物馆，里面有一个图书馆，收藏四百多年间欧洲著名的文化、艺术书籍，是世界十大图书馆之一。馆内采光选取自然光，楼梯是旋转的。别的地方有两三层的旋转楼梯，这里是四层。这样的话，书即使摆放在屋顶，也能不费劲地拿在手里。

馆内藏品中，最为著名的就是伦勃朗大作《夜巡》。其实这幅画本名和本意并非如此，所谓"夜巡"是观众的解读。这幅油画挂在博物馆中心，有一间独立展厅，可见荷兰对国宝的重视。工作人员会在旁边分发油画介绍资料，让大家更好地理解绘画细节。大部分游客都坐在展厅地板上，安静地欣赏画作。我拍到的画面，有孩子认真聆听的，也有不同肤色的人种在感受着不同文化的。

伦勃朗描绘的是民兵自卫队巡视城门的场景。黄金时代的荷兰经济繁荣，伦勃朗这样的顶级画师成了众多有钱人眼中的香饽饽。画中展现的都是真实人物，不但是模特儿，还是画作出资人。占据 C 位的自然是身份最高、出资最多的。当时的"集体照"和旧时老照片一样，"摆拍技术"还比较落后，基本都是生硬僵化的"站位"。《夜巡》可贵之处在于打破流俗，让画中人物布局合理，表达生动自然，又不失平衡的美感。这是一种勇敢的颠覆，也是大师功力所在。这幅画还有故事，留待下文讲述。筱琍评点道，《夜巡》为什么能成为镇馆之宝？就是充满画家所赋予的思想性。思想性让一幅作品有更深刻的魅力，更久远的传承与影响力。网上有人指出，这幅名画中有个特别的细节。在画面背景的城墙上挂着一面盾牌，盾牌上刻着一串人名。荷兰历史学家考证过这些名字的来历，正好和画作中所有人物对应。筱琍说，这不就是咱们熟悉的片尾"演员表"么？这个创意十足的内容，也从另一个角度印证这些人物的真实性。2007 年《夜巡》创作过程和伦勃朗的故事被搬上电影银幕，画作中的"主人公"在数百年后"成为"真正的演员！

荷兰国家博物馆里收藏的是大师艺术珍品和"黄金年代"靠经商或掠夺而来的全球宝藏，是荷兰大航海时代的成功缩影。有人说，荷兰的艺术家都非常"接地气"，画作中大量

《夜巡》

当年的家庭生活

出现的都是生活气息浓厚的场景。家庭聚会时男女老少开怀畅饮，吹拉弹唱其乐融融，还有厨房里琳琅满目的食材和珍禽异兽，都是通过航运从世界各地运来的"洋货"。虽然明显是

生活场景再现　　　　　音乐与酒　　　　　各种新鲜物件

博物馆里的彩绘玻璃　　　中国风瓷器　　　　瓷制大提琴

富人"摆谱",但不得不承认,在那个荷兰东印度公司横扫世界的年代,荷兰人的物质条件真是极大丰富,生活也过得幸福和满足。

　　走进荷兰国家博物馆之前,筱珂告诉我们,该馆在世界上众多博物馆中是为数不多的可以"穿心"而过的,中心位置有大通道贯穿其中。前些年维修时馆长想把它封住,从而增加一个大展厅。但是大多数阿姆斯特丹人不同意，认为这是设计师留下的公共空间，所以这个通道至今保留。我们从博物馆走出来时，"穿心"通道里有几个十分专业的，全套室内乐配置的乐手在演奏维瓦尔第的《四季》。驻足聆听的人们欣赏着艺术家演奏，默默走到乐队前面的小盒子前，放下自己的"心意"。

"穿心"通道里的演出

走进伦勃朗故居

荷兰画家中享有盛名的有梵高、伦勃朗、约翰内斯、弗兰斯等人，不过在荷兰绘画史上伦勃朗的名望最高。他被誉为17世纪荷兰画派主要人物、荷兰历史上最伟大的画家。在阿姆斯特丹最后一天的下午，我走进伦勃朗故居大饱眼福，进一步了解这个画家的生活细节。客厅是伦勃朗做交易的地方。画中银壶倒出来的酒，也举在伦勃朗和画商的手中。

自画像

伦勃朗年少成名，但晚年非常潦倒。除了因为他常出手不凡购买和绘画有关的奢侈品，还因为一幅画首次没了经济来源，这幅画就是《夜巡》。黄筱珂告诉我们，他因此上了法庭并被判败诉。因为伦勃朗当时使用的透视光还不被人理解，而且打破死板的"排排坐"常规，让画中人物都生动起来，因此出钱的人有的被画在黑暗中，而画面中位置显著、亮度饱满的小姑娘，其实并无此人，自然没有出钱。这些都成为争议点。总之买主看到这幅画不是赞叹而是愤怒，拒绝付款。然而这些争议反倒让《夜巡》更加声名远扬。当然，对为独立思想付出困顿至死代价的伦勃朗来说，已是后话了。2019年12月29日晚上，从伦勃朗故居出来，天边已被染成黛色。华灯初上，亮了天，亮了河，亮了圣诞后依然繁忙的市场。

阿姆斯特丹，东倒西歪的房子有门道

今天是我们圣诞航行在莱茵河上的最后一天，要坐在玻璃船上与阿姆斯特丹的三条运河近距离接触。

荷兰享誉世界的是风车、木鞋、郁金香。而来到阿姆斯特丹才知道，应该加上这里的朝霞和晚霞。在阿姆斯特丹的两天都看到了绚烂的朝霞和晚霞，而且持续的时间竟有半个多小时之长，爱自然、爱摄影的人们简直可以过瘾地拍个够。

阿姆斯特丹的建筑也很有特色。坐玻璃船时看到一些东倒西歪的房子，高度只有三四层，倾斜度却将近20度，是人们故意为之还是另有原因？当地人说，这里房子通常面朝运河向前倾斜，体现先辈在建造房子时的良苦用

万家灯火

莱茵河的早晨

东倒西歪的房子

心。这样一来可保护地基免受雨淋之苦，二来为吊运家具提供广阔空间，避免撞坏墙面和砸碎玻璃，操作起来更加便利。

城市雕塑

在阿姆斯特丹所有小楼顶部，都有数个伸出来的铁钩子，以固定吊运物品所用的绳索。该市倾斜房子的特点，让它们成为世界文化遗产。在2017年城市安全度调查报告中，此地被评为欧洲最安全的城市。这里古老而极有味

台阶高低显示着财富多少

道，所有三层和四层的小楼房都被蓝色、绿色和红色精心地装饰着。

听说过吗？阿姆斯特丹的房子，台阶高低显示着财富多少。台阶越高，说明这家越有钱。老楼房的门非常狭小，仅能容得一个人。为啥呀？此地有一条奇怪的法律，门越大，交纳的税就越多。无奈的市民只好将门尽量做小，却把窗户做得很大。这也成了房子上都有钩子的原因所在，好让家具什么的都从窗口吊运进出。阿姆斯特丹最窄的房子宽度，只比一楼的门宽一点。人们惊叹之余不免好奇，住在里面是怎样一种情景……阿姆斯特丹人也想出妙招，房子进深往往修得十分充裕，住在里面不会觉得特别"憋屈"。当然，越穷人家的房子越窄，进深也有限。

历史上，富人最先在市中心运河边建造宽敞和豪华的住宅。于是中产阶级就只好在运

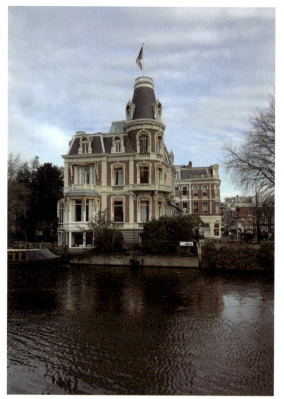

水边的大房子

廉价房出租。这种公租房比商业房租金便宜一半。即使你来自海外，只要是荷兰籍，就可以排队等着这种房子住。

我们坐船在三条运河上巡游阿姆斯特丹，看到河边停着一些船。这些船，早年间是初到阿姆斯特丹的穷人的临时寓所，如今是价格不菲的旅馆。河道上泊有两千多家"船屋"，设施齐全。看着这些船，真的是觉得应了那句话：奇货可居，时髦是轮回的。坐在船上发现，运河水位几乎与街面持平。一艘艘小巧玲珑的船屋泊于岸边，这就是阿姆斯特丹一景——水上人家。船屋的固定主人多为艺术家、作家，还有一些浪漫的年轻人。

河对岸建造宽度略小的房子，房子盖好就顺着住宅开通绅士运河。钱更少的人就只好和中产阶级隔河而居，在第三条运河——皇帝运河一边建造更窄的房子。因此以阿姆斯特丹三条主要运河为界，房子的宽度由于贫富差距呈现出相应变化，十分有趣。这里人告诉我们，这些当年的老房子其中不少已经为国家所有，作为

船屋

阿姆斯特丹三条
运河其中一条

自行车"垒"起的两道墙

荷兰是自行车王国。在阿姆斯特丹，我在中央车站拍到一张照片，那是自行车"垒"起的两道墙，真长见识。我还看着骑得飞快的自行车冲进运河轮渡的船上。

阿姆斯特丹运河边多为红砖建筑，梯阶尖顶，外形精致优雅。运河边酒吧、餐馆、礼品店鳞次栉比。工艺品店里摆满木鞋和风车，有的店面也以风车做装饰。在阿姆斯特丹还有一些特有的标志，比如一个非常漂亮的白色建筑，叫作眼睛博物馆，其实是电影博物馆。在

对面是眼睛博物馆

让希望插上翅膀

桥面上方三个"X"标志

这里可以看到很多三个叉子的标志，代表的是：水患、火患和黑死病。这些当年的灾难如今在大街小巷不时地出现，警示人们。

此番圣诞航行，像莱茵河入海、游船到岸一样，至此结束了。希望有一天也能在我们中国的江河上如此航行，感受大自然，感悟传统文化。这成了我心底的期盼，不知有生之年能不能实现。但是我想，看到并喜欢我写的文章、我拍的视频的朋友会引发思考，也会和我那样，做自己能做的事情吧？

图书在版编目（CIP）数据

　绿镜头．欧洲．下 / 汪永晨著．-- 上海 ：文汇出版社，2024．10．-- ISBN 978-7-5496-4322-6
　Ⅰ．I267.4

　中国国家版本馆 CIP 数据核字第 2024KZ9106 号

绿镜头——欧洲（下）

著　　者 / 汪永晨
责任编辑 / 徐曙蕾
特约编辑 / 胡　泊
装帧设计 / 高静芳

出版发行　**文匯**出版社
　　　　　上海市威海路 755 号
　　　　　（邮政编码 200041）
经　　销 / 全国新华书店
印刷装订 / 北京雅图新世纪印刷科技有限公司
版　　次 / 2024 年 10 月第 1 版
印　　次 / 2024 年 10 月第 1 次印刷
开　　本 / 850×1168　1/20
字　　数 / 230 千
印　　张 / 12

ISBN 978-7-5496-4322-6
定　　价 / 168.00 元（全二册）